EN PLEIN CŒUR

J. KENNER

AUTEURE DE BEST-SELLERS CLASSÉS AU NEW YORK TIMES

Traduit de l'anglais par Laure Valentin

DU MÊME AUTEUR

Stark - Nikki & Damien

Délivre-moi

Possède-moi

Aime-moi

Comble-moi

Prends-moi

Joue mon jeu

Séduis-moi

Déballe-moi

Baisers sensuels

Surprends-moi

Retiens-moi

Tout contre toi

Tout pour toi

Protège-moi

Damien

Regale-moi

Cheris-moi

Etreins-moi

Eblouis-moi

L'Interview du milliardaire

Sylvia & Jackson

Sur tes lèvres

Sur ta peau

À tes pieds

Jamie & Ryan

Apprivoise-moi

Tente-moi

Attise-moi

La série de l'Ange déchu

Mon Ange Déchu

Mon Doux Péché

Ma Cruelle Rédemption

La série Te désirer

Te désirer

T'enflammer

T'envoûter

STARK SÉCURITÉ

**Charismatiques. Dangereux.
Terriblement Sexy.**

Découvrez les hommes de Stark Sécurité.
En mille éclats
Dans ton ombre (prequelle)
En mémoire de nous
En demi-teinte
En haute voltige
En ton nom
En crescendo (nouvelle)
En plein cœur
A couvert de nos cœurs
Sous ton charme

MENTIONS LÉGALES

En plein cœur est une œuvre de fiction. Les noms, les lieux, les personnages et les incidents sont le produit de l'imagination de l'auteur et sont fictifs. Toute ressemblance avec des personnes réelles, existantes ou ayant existé, des événements ou des organismes serait une pure coïncidence.

En plein cœur © 2021, 2023 par Julie Kenner
Traduit de l'anglais par Laure Valentin pour Valentin Translation

English Title: Ravaged With You

Conception graphique de la couverture par Michele Catalano, Catalano Creative
Image de couverture par Annie Ray/Passion Pages
ISBN (Digital): 978-1-958379-10-3
ISBN (Print): 978-1-958379-11-0
Publié par Martini & Olive Books
V-2023-4-26P

CHAPITRE UN

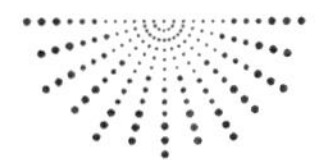

Ce n'était pas censé être lui. Cet homme au regard sensuel et lumineux, et aux cheveux blonds comme une couronne de feu. Ce héros marqué par la guerre et dont ma vie dépend.

Ma vie... mais aussi mon cœur.

Il y a entre nous tant d'années perdues, tant de mauvais choix... Mon âme, comme la sienne, est marquée au fer blanc. Pourtant, quand je le regarde dans les yeux, que je vois ces ombres sombres et cette douleur qui le hante, je comprends que mon vécu n'est rien par rapport au sien.

Alors que nous sommes aujourd'hui rapprochés par le drame et le danger, nous ne pouvons plus ignorer l'attirance que nous ressentons l'un pour l'autre depuis toujours. Une attirance tout aussi dangereuse que le reste...

Je ne suis pas stupide : je sais que notre histoire n'a aucun avenir. Notamment parce qu'il s'est trop endurci pour laisser entrer quelqu'un dans sa vie.

Mais, alors que, chaque jour, nous luttons ensemble pour échapper aux griffes de notre ennemi commun, je réalise que je n'ai jamais été aussi heureuse, que je ne me suis jamais sentie autant en sécurité qu'auprès de lui – en sa présence chaude et rassurante.

CHAPITRE DEUX

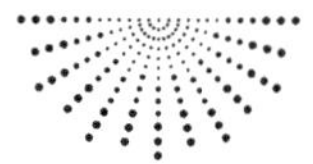

— Mel ? Je suis là ! Désolé d'être en retard…, lança Charlie « Red » Cooper en arrivant, essoufflé, dans la salle de dégustation de la distillerie Swift Red.

Red aimait tellement cet endroit ! L'atmosphère créée par l'association du bois, de l'acier et du verre. Le bar artisanal qu'il avait fabriqué et poli lui-même. Les luminaires qu'il avait mis si longtemps à choisir au Pacific Design Center…

Et surtout l'odeur. Cette odeur si enivrante du whisky raffiné. *Son* whisky – celui qu'il produisait. Chaque fois qu'il entrait dans cette pièce, il ressentait un plaisir inouï en constatant tout le chemin que lui et Mel Swift, son associé et meilleur ami depuis le lycée, avaient parcouru ensemble. Si leur distillerie était devenue aussi célèbre, c'était grâce à leur persévérance et à leur amitié. Ainsi qu'au soutien sans faille de Jo, femme de Mel et amie à tous les deux depuis l'université.

Cela ne faisait que trois ans que la distillerie existait, pourtant, Red ne pouvait déjà plus imaginer une autre vie que celle-ci, loin des mauvais souvenirs et de son passé douloureux.

Comme chaque fois qu'il pensait au passé, même brièvement, il se sentit mal à l'aise et fronça les sourcils.

Allez, oublie, Red... C'est derrière toi, tout ça ! se dit-il à lui-même pour se rassurer.

Se forçant à respirer lentement et profondément, il referma cette porte enfouie au plus profond de lui-même et qui renfermait tout ce qu'il avait décidé d'oublier. Les psys qu'il avait vus appelaient ça ses « souvenirs », son « passé » ou son « subconscient ». Pour lui, ce n'étaient que des flash-back. Or, il n'avait pas envie de leur laisser la moindre place... Il avait tourné la page et était bien décidé à ne pas revenir en arrière.

— *Mel ?*

Silence.

— *Hé, mon pote, qu'est-ce que tu fous ?*

Intrigué par cette absence de réponse, Red traversa la salle de dégustation puis poussa la porte battante ouvrant sur son bureau et celui de Mel.

— *T'es là ?*

Toujours rien...

Cette fois, Red se dit que quelque chose n'allait pas. Sortant son téléphone, il envoya un SMS à son ami et fixa l'écran, guettant la réponse. Mais aucune ne vint.

C'est alors qu'il réalisa... *Évidemment !* Il aurait dû y penser. Mel adorait la distillerie. D'eux deux, il était celui davantage intéressé par la fabrication en elle-même – fasciné par la magie du grain qui se transformait en alcool. Red, quant à lui, s'occupait davantage des relations avec le public. Alors qu'ils étaient partis de rien, il était fier de voir les gens venir goûter leur production et repartir avec des bouteilles. C'était chaque fois le même frisson....

En tout cas, il aurait dû savoir que quand Mel lui donnait rendez-vous à la distillerie, ce n'était ni dans la salle de dégustation publique ni dans leur bureau. C'était forcément dans la salle des fûts en chêne blanc. Mel y avait fait installer une grande table sur laquelle il adorait s'occuper de la paperasse, enivré par l'odeur du bourbon vieillissant qu'il aimait tant.

Rassuré, Red quitta à grands pas la salle de dégustation et se dirigea vers l'immense bâtiment en tôle ondulée dans lequel étaient entreposés les fûts.

Ils avaient eu beaucoup de chance de trouver ces locaux. Anciens entrepôts d'une entreprise qui fournissait les studios de production à la grande époque du cinéma hollywoodien, ils étaient situés sur le boulevard Santa Monica, près du cimetière Hollywood Forever, ce qui leur assurait un flux important et régulier de clients, tant des locaux que des touristes qui visitaient la région. Surtout, la propriété se composait de deux bâtiments séparés : celui de devant était celui dans lequel l'ancienne entreprise exposait ses costumes, accessoires et décors – avec des objets de toutes sortes –, et celui de derrière servait à leur fabrication. Quand ils avaient racheté les lieux, ce deuxième entrepôt n'était qu'un immense espace vide, et Mel et Red l'avaient subdivisé en différentes pièces – une pour chaque étape de distillation.

Les deux bâtiments étaient séparés par un espace que Red prévoyait de transformer en jardin paradisiaque, avec des tables, des sièges et un bar extérieur, pour leurs clients.

Depuis qu'ils avaient racheté les lieux, il avait traversé ce terrain des centaines – peut-être même des milliers – de fois. Mais il ressentait toujours le même plaisir. Le parfum des fleurs et des arbres fruitiers, les vieilles tables en pierre, l'immense alambic… C'était tellement calme ! Exactement ce qu'il était venu chercher en revenant à Los Angeles après l'enfer qu'il avait vécu en Roumanie.

Putain ! Arrête d'y penser, Red !

Mais c'était trop tard. Les souvenirs lui revinrent à l'esprit avant qu'il n'ait le temps de les repousser, et il sentit son cœur battre à toute allure.

Calme-toi. Pense au soleil et à la plage. Et aux chiots qui sont adorables au point de ressembler à des peluches !

N'importe quoi. Il avait besoin de penser à n'importe quoi d'autre qu'à ces années si douloureuses.

Comme retrouver son associé qui, décidément, était bien caché !

D'un coup sec, il ouvrit la porte principale de la distillerie et pénétra dans la partie où étaient entreposés les fûts de bourbon et de seigle vieillissants, avec lesquels ils produisaient notamment le Cooper's Slow Burn Rye, « un grand cru », selon les mots de Red lui-même.

Immédiatement, son regard fut capté par la grande table sur laquelle Mel travaillait. Il y avait quelques papiers éparpillés dessus, maintenus par l'un des presse-papiers que Jo leur avait offerts à chacun, lorsqu'ils avaient ouvert la distillerie, et sur lesquels elle avait gravé leurs deux noms.

Tout semblait normal, sauf que Mel n'était pas là. Et il n'avait toujours pas répondu à son SMS.

Une fois de plus, Red se rassura en se rappelant que c'était lui qui était arrivé en retard. Il décida donc de tenter sa chance ailleurs et traversa l'allée formée par deux rangées de fûts, puis tourna à gauche, vers le long couloir qui menait à la salle des alambics, traversant la succession de portes qui permettaient de réguler la température. Dès qu'il fut dans la pièce dont la température devait être maintenue élevée, il se mit à transpirer.

À première vue, tout avait l'air normal. Les trois alambics – qu'ils avaient appelés le « Faucon millenium », l'« Entreprise », et le « Firefly » – étaient en route. Mais ni Mel ni le régisseur n'étaient là. Or, la règle d'or chez Swift Red était de ne jamais laisser le matériel sans surveillance lorsqu'il était en fonctionnement.

Plus inquiet que jamais, Red alla vérifier toutes les jauges pour s'assurer que tout allait bien, puis envoya un SMS à Jessn, le régisseur du lundi – le seul jour de la semaine où ils étaient fermés au public.

Tu es avec Mel ?

Jessn répondit rapidement :

Il m'a donné un jour de congé. Il a dit qu'il avait des choses à terminer au travail et qu'il me remplaçait. Je suis à la plage. Tu ne savais pas ?

Fronçant les sourcils, Red essayait de comprendre pourquoi Mel avait pu faire une chose aussi inhabituelle. Il finit par répondre un message court et rassurant à Jessn.

On a du mal se comprendre. Mais tout va bien. Profite de la plage !

En fait, il ne comprenait rien…

Mel et lui s'étaient promis de toujours prendre les décisions concernant le personnel ensemble. Or, clairement, Mel n'avait pas respecté cette promesse – ce qui ne lui ressemblait pas. Il devait avoir de bonnes raisons pour cela, et Red avait hâte de les connaître.

Mel n'étant manifestement pas dans la distillerie, Red quitta la pièce, puis s'engouffra dans le dédale de couloirs jusqu'à la salle de fermentation, à laquelle on accédait également par une succession de portes. C'était là que la levure était ajoutée au mélange de céréales broyées et d'eau, le tout fermentant ensuite au cours d'un processus qui augmentait la teneur en alcool, mais qui libérait également du dioxyde de carbone comme sous-produit. Cela était donc particulièrement dangereux et cette pièce était la plus surveillée de la distillerie, avec un réseau d'aération complexe, combiné à un système de surveillance qui permettait de contrôler le niveau de gaz et déclenchait une alarme – en plus d'envoyer un SMS à tout le personnel – chaque fois que quelque chose n'était pas normal.

C'est bien pour cela que Red était inquiet : il n'avait reçu aucun message, l'alarme ne s'était pas déclenchée et, pourtant, la concentration de gaz dans la pièce était à un niveau létal.

Immédiatement, il attrapa un appareil respiratoire d'urgence suspendu près de la porte. Il y avait des fenêtres de chaque côté, mais comme le gaz était invisible, rien ne semblait anormal. Surtout, il n'y avait toujours aucun signe de Mel. Il abaissa le levier destiné à évacuer le gaz de la pièce en augmentant la capacité d'aspiration des aérations, ainsi que le débit d'air pur. C'était lui qui avait insisté pour que la distillerie soit équipée de systèmes de sécurité aussi performants – bien plus que ceux normalement installés dans un bâtiment de ce genre. Il en avait suffisamment vu dans sa carrière pour savoir qu'il fallait être prêt à toutes les éventualités et toujours avoir une longueur d'avance…

En vérifiant les jauges, il vit que ni les filtres ni les ventilateurs n'avaient fonctionné. Il leva alors les yeux et constata avec horreur que le système de ventilation avait été fermé manuellement. Il vérifia les épurateurs au sol : chacun d'eux avait été débranché.

Sans hésiter, il enfila son masque et se précipita dans la pièce pour rebrancher les épurateurs un à un, leur bruit assourdissant remplissant l'espace au fur et à mesure qu'ils se remettaient en marche. Lorsqu'il eut terminé, Red regarda autour de lui, cherchant Mel parmi la douzaine de cuves remplies du *wash* bouillonnant – non pas en étant chauffé, mais uniquement en raison de l'effet du processus de fermentation lui-même qui faisait augmenter la température du mélange.

Aucun signe de son ami.

De nouveau, il sortit son téléphone avec l'intention de l'appeler, mais il se ravisa. La sécurité avant tout ! S'aidant de l'échelle, il rouvrit manuellement chaque bouche d'aération.

Puis il pensa à aller vérifier le panneau de contrôle et eut la confirmation de ce qu'il craignait : l'alarme avait été mise en sourdine – une fonctionnalité qui nécessitait le mot de passe administrateur que seuls lui, Mel et Jo connaissaient.

C'est quoi ce bordel, putain ?!

Inquiet et confus, Red sortit à nouveau son téléphone, puis vérifia la jauge. Le niveau de gaz était encore trop élevé pour retirer son masque, mais il décida de passer malgré tout son appel et de parler à travers le masque. C'était mieux que rien…

Il composa le numéro et, alors qu'il s'attendait à entendre la voix de Mel ou – comme trop souvent – son message de répondeur, il entendit la sonnerie du téléphone de son ami résonner dans la pièce. *Whiskey River de Willie Nelson* – il l'avait entendue tellement de fois…

Ça venait de quelque part entre les cuves.

L'estomac noué, une terreur sourde s'immisçant en lui, Red avança sans même s'en rendre compte, machinalement. Ce n'est que lorsqu'il aperçut le téléphone de Mel au pied d'une des cuves qu'il réalisa qu'il avait changé de place. Mais ce qui l'effraya encore davantage fut le mot inscrit sur le plastique de la cuve : *Désolé.*

Aussitôt, sa poitrine se serra, la peur lui coupant le souffle. Il regarda à nouveau le téléphone de son ami et vit sur l'écran de verrouillage la notification de ses messages et de ceux de Jo.

Mais toujours pas de Mel...

Putain, mon pote... J'espère que tu n'as pas fait de connerie !

Rapidement, il rejoignit le mur sur lequel étaient rangés les bâtons stériles pour mélanger le *wash* dans les cuves, en prit un, et retourna vers la cuve au pied de laquelle il avait trouvé le téléphone de Mel. Lentement, il introduisit le bâton dans le mélange bouillonnant et, après quelques mouvements, ce qu'il avait craint se confirma : il heurta quelque chose de solide dans le fond. Alors, priant pour qu'il ne s'agisse pas de son ami, il tourna le bâton jusqu'à accrocher la masse. Lorsqu'il la souleva, il vit apparaître la chemise bleue qu'il connaissait bien, avec le logo Distillerie Swift Red.

Mel…

Se forçant à rester calme, il hissa son ami jusqu'à pouvoir lui prendre le pouls. Évidemment, cela était inutile car il ne faisait aucun doute que son ami et partenaire était mort, mais c'était plus fort que lui.

Lorsqu'il eut la confirmation qu'il n'y avait plus d'espoir, malgré l'envie de libérer son ami, Red relâcha le corps, le laissant glisser dans le liquide épais. Il avait déjà bougé trop de choses et, même si tout laissait penser qu'il s'agissait d'un suicide, il avait suffisamment d'expérience pour savoir qu'une enquête allait être diligentée.

Putain...

Mais pourquoi son ami s'était-il suicidé ?

Et pourquoi Red n'avait-il rien vu venir ? Il était son ami ; il aurait dû se rendre compte que Mel n'allait pas bien. Il avait remarqué, ces derniers temps, qu'il avait l'air préoccupé, mais il lui avait dit que c'était à cause de négociations difficiles avec un hôtel pour un contrat d'approvisionnement. Red avait bien compris qu'il y avait autre chose, mais il ne s'était pas inquiété outre mesure et ne lui avait posé de question.

J'aurais dû, putain... Je suis désolé, mon pote !

À sa décharge, il avait pensé que Mel rencontrait quelques problèmes de couple avec Jo, qu'il avait épousée quelques années avant l'ouverture de la distillerie. Si Red avait été heureux pour son ami, ce mariage – il devait bien l'admettre – avait été très difficile à vivre. Car, même s'il ne le dirait jamais à personne, le simple fait d'imaginer Jo dans le lit d'un autre homme le tuait à petit feu.

C'était totalement ridicule, il le savait. Il n'aurait de toute façon pas pu être avec elle. Il avait d'ailleurs tout fait pour maintenir une distance entre eux. Car une femme comme Jo méritait mieux qu'un homme comme lui, avec un tas de problèmes et de casseroles derrière lui.

Mais, ridicule ou pas, le jour de leur mariage, il avait eu l'estomac noué toute la journée. Il ressentait encore la foule d'émotions contradictoires qui lui avait fait battre le cœur alors que ses deux amis échangeaient leurs vœux. Il y avait à la fois de la jalousie et, étonnamment, une sorte de soulagement doux-amer. Au moins, Jo serait heureuse, s'était-il dit pour se rassurer. Quelque chose qui ne serait jamais arrivé si elle s'était retrouvée avec un homme aussi galère que lui.

Sauf que, visiblement, Mel n'était pas aussi équilibré que Red l'avait toujours pensé. Lui aussi semblait avoir eu ses faiblesses et, même s'il avait réussi à les cacher aux autres, elles semblaient avoir peu à peu pris le dessus.

Passant ses doigts dans ses cheveux, il recula et remit de l'ordre dans ses idées. Il devait appeler les flics. Et il devait prévenir Jo.

Surtout, il devait mettre de côté sa colère, sa confusion et son chagrin. Il y avait des choses à gérer, et il était le seul homme à bord, désormais.

— Okay, souffla-t-il, comme pour se donner du courage.

Il reposait le téléphone à l'endroit où il l'avait trouvé lorsque, soudain, un appel arriva. Mel se figea. Le numéro était « inconnu ». Il hésita une seconde, puis répondit.

— J'aimerais vous dire que je suis désolé pour votre ami…

La voix était déguisée et Red n'aurait pu dire s'il s'agissait d'un homme ou d'une femme.

— Mais je ne le suis pas.

— Quoi ? Vous êtes qui ?

— C'était un sale type. Il a fait de mauvais choix. Il a gardé quelque chose qui ne lui appartenait pas. Quelque chose qui m'appartient…, continua la voix, sans prendre la peine de répondre à sa question.

Machinalement, Red regarda autour de lui, essayant de localiser la personne qui était à l'autre bout du fil. Si elle savait que Red venait de retrouver Mel, elle devait forcément l'observer et ne pas être très loin. Mais où ?

— Je vous écoute, reprit Red en se levant lentement et en se dirigeant vers les fenêtres qui donnaient sur le couloir.

Son interlocuteur éclata d'un rire sardonique.

— Ce serait trop facile !

Les caméras…

Où étaient-elles déjà ? Red scanna rapidement la pièce mais ne parvint pas à les repérer.

— Qu'est-ce que vous voulez ?

— C'est évident, non ? Je veux ce qui m'appartient.

— Qu'est-ce que…

— Garde ce téléphone. Si tu tiens à ta vie – et à la vie de la femme de ton ami –, tu ne le donneras pas à la police. Appelle-les, bien sûr. Mais tu vas leur dire que c'était un suicide. Crois-moi, une enquête serait très gênante pour tout le monde…

— Qu'est-ce qu'il a pris ? Dites-moi ce que vous voulez, qu'on en finisse !

— Au cas où tu ne le saurais pas, le code de déverrouillage du téléphone de ton ami est le 798465. Je pense que tu vas découvrir des choses intéressantes… Notamment la dernière vidéo enregistrée. Regarde-la. Et souviens-toi : garde ce téléphone ! C'est notre moyen de communication. Et puis, moi je n'ai rien trouvé, mais peut-être que tu sauras découvrir un indice qui pourrait nous aider à trouver l'endroit où ton ami a caché ce qui m'appartient ?

— Si vous croyez…

— Je n'hésiterai pas à te tuer. Mais si tu fais ce que je dis, je te promets que je vous laisserai la vie sauve – à toi, et à la femme. Par contre, si tu parles aux flics… si tu refuses de m'aider à retrouver ce qui m'appartient, je te tue. Mais je la tuerai d'abord. Regarde la vidéo, Charlie. Et ne fais pas les mêmes erreurs de ton associé. Sois plus intelligent. Je te rappelle bientôt !

La ligne se coupa et, instantanément, Red relâcha la tension. Il jeta un coup d'œil à la cuve dans laquelle était plongé Mel, le cœur lourd.

Putain, Mel, mon pote. Dans quoi t'es allé te fourrer ?

Même s'il n'en avait aucune envie, il savait qu'il devait regarder la vidéo. Il saisit le mot de passe qu'on lui avait donné, se félicitant d'avoir développé une si bonne mémoire au cours de sa carrière, puis accéda aux photos. Comme la voix le lui avait dit, le dernier fichier enregistré était une vidéo qui datait de quelques heures à peine. On y voyait une personne mince et vêtue de noir de la tête aux pieds tenir Mel par la nuque. Son ami semblait faible et tentait vainement de se défendre. En fait, il avait déjà été roué de coups et n'avait plus aucune force. *Les bâtards !* Surtout, Red réalisa qu'ils avaient fermé le système d'aération et que le CO_2 s'était accumulé, jusqu'à atteindre un niveau toxique. Malheureusement, l'agresseur était masqué et Red était incapable de l'identifier.

Puis l'agresseur poussa Mel en avant, plongeant sa tête à l'intérieur de la cuve, dans le mélange bouillonnant. Une seconde. Cinq. Quinze. Quarante. Une minute.

Le bruit de l'eau qui ravage tout sur son passage. Le cœur de Red qui bat à toute allure. Des voix brouillées...

Non !

Pendant des années, il avait réussi à tenir ses démons à distance. Puis New York est arrivé et...

Reprends-toi ! Tu peux le faire. Arrête de penser !

Il prit une profonde inspiration, puis revint en arrière sur la vidéo, là où il avait commencé à se laisser submerger par ses émotions et à ne plus regarder. Se forçant à se concentrer sur les images, il regarda, haletant et impuissant, l'agresseur sortir la tête de Mel de la cuve. Instinctivement, Red posa sa main sur le couteau qu'il avait toujours avec lui, dans sa poche arrière. Ça ne servait strictement à rien, mais cela l'apaisa – au moins un peu.

Car les images étaient insoutenables. Mel essayait en vain de reprendre son souffle dans cette pièce remplie de gaz toxique. Puis l'autre le plongea à nouveau dans le liquide. Soixante secondes. Quatre-vingt-dix secondes.

T'as voulu jouer au héros ? Tu vas le regretter, espèce de connard ! grommelait l'autre, au visage masqué.

Puis, pour la seconde fois, il sortit la tête de Mel de la cuve. Mel essayait de respirer comme il le pouvait, mais c'était impossible. Il n'y avait plus d'air respirable dans la pièce.

Red suffoquait devant la souffrance de son ami et avait le sentiment de respirer aussi mal que lui.

Au bout de quelques secondes, l'agresseur fit basculer entièrement le corps de Mel, qui coula inexorablement au fond de la cuve, comme pris dans des sables mouvants.

Red fut alors assailli par ses souvenirs. Il manquait d'air et, laissant tomber le téléphone, il posa sa main sur sa gorge.

Je ne peux plus respirer. Je ne peux plus respirer...

Se forçant à se calmer, il reprit le téléphone de Mel et le fourra dans sa poche.

Sous l'eau. Ses poumons se serrent. Pas d'air. Besoin d'air.

Inspirant et expirant profondément, il sortit son téléphone et composa le 911. Il avait l'impression d'être sorti de son corps et, lorsqu'il s'entendit dire que son ami s'était suicidé et qu'il fallait envoyer des secours, il lui sembla que la voix n'était pas la sienne. Il ne prêta même pas attention à l'opérateur qui lui avait répondu. Tout ce qu'il entendait c'était le bruit de l'eau qui l'entourait. Et le battement de son pouls dans ses oreilles alors qu'il étouffait.

Ses jambes cédèrent et il s'écrasa au sol. Vaguement, il entendit l'opérateur dire quelque chose à l'autre bout du fil, mais il fut incapable de répondre.

Puis tout devint noir.

CHAPITRE TROIS

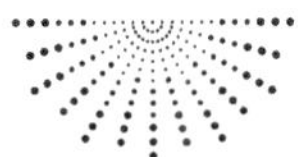

Un noir absolu. À la fois doux et réconfortant.

Il aurait aimé ne jamais en sortir. Ne plus jamais revenir à la lumière. À la douleur.

Tu dois revenir, Red. C'est important.

Mais pourquoi ? Pourquoi était-ce important ?

Il ne s'en souvenait pas. Il ne savait pas ce qu'il faisait là. D'ailleurs, il ne savait même pas où il était. *Putain !* il ne savait même pas *qui* il était.

Une panique glaciale s'empara de lui et il se débattit, essayant de bouger ses mains. Ce n'est qu'alors qu'il réalisa, avec plus d'étonnement que de peur, qu'elles étaient attachées derrière lui.

Je suis où ? Je suis qui ?!

Charlie...

Le nom était comme un murmure dans le noir. Un murmure presque moqueur. Un indice de qui il était – ou peut-être de qui il avait été.

Puis il sentit un coup lui brûler le visage. Il avait mal. C'était comme si tous ses os se brisaient.

— *Encore !*

La voix était dure. Mais il n'eut pas le temps d'y réfléchir longtemps car une série de coups lui fut assénée, toujours sur le visage. Ce n'était pas du français, réalisa-t-il lorsque les coups cessèrent. Pourtant, il comprenait. Comment était-ce possible ? Comment pouvait-il comprendre ?

Il était... *Je suis où, bordel ?!* Il avait été capturé. *Mais par qui ?*

D'autres coups. Une douleur toujours plus intense. C'était insoutenable. Il devait faire quelque chose. Réunissant ses dernières forces, il ouvrit les yeux – et vit ses ravisseurs. Quatre hommes. Grands, corpulents et balafrés. Et une femme, debout derrière eux. Des cheveux noirs tombant sur ses épaules. Une beauté époustouflante malgré un visage marqué par la haine et le dégoût.

— Ah... Le revoilà ! ricana-t-elle.

Maintenant il savait. *C'est du roumain.*

— Nous savions que vous étiez encore là, Monsieur Cooper.

La mémoire lui revint. Les deux hôtesses de l'air en mission humanitaire. Elles étaient là pour former le personnel de la compagnie aérienne à repérer et aider les victimes présumées de la traite d'êtres humains. Et l'autre femme – un agent secret du SOC qui avait elle aussi été prise en otage.

Lisa. C'était la femme avec qui il sortait depuis deux ans. Une femme dont le rire lui avait rappelé que la vie pouvait aussi être belle et joyeuse malgré les horreurs qu'il voyait dans son travail.

Son travail... Lui... Charlie Cooper.

Il avait été chargé de les libérer. Lui et son équipe. Mais il avait échoué et tous avaient été capturés. Les autres gars

étaient morts. Il ne restait plus que lui, et les femmes, enchaî-
nées dans des cages.

J'ai échoué...

— Vous ne pensiez tout de même pas que nous allions
vous tuer ? Vous êtes le seul homme qui reste ; comment
pourrions-nous ? C'est une question d'honneur... Vous avez
de la chance que nous ayons des valeurs...

La femme souriait. Elle était belle. Très belle. Un visage
d'ange qui cachait une âme de démon.

— Bien sûr, vous vous en doutez : nous finirons par vous
tuer. Mais ce n'est pas pour tout de suite... Vous nous avez
causé beaucoup d'ennuis, vous savez. Vous devez payer. Et
vous allez vite regretter de vous en être pris à nous !

Il ne bougeait pas. Pas par défiance mais parce qu'il ne le
pouvait pas : il était attaché à une chaise. Ses jambes, ses bras,
sa poitrine. Seule sa tête était libre.

— J'ai bien peur que ce ne soit pas une partie de plaisir.
J'en suis désolée.

Elle ne devait pas être si désolée que ça car elle fit un
signe de tête à ses hommes de main qui se placèrent autour
de lui – deux de chaque côté de la chaise. Lorsqu'ils le soulevèrent, la sensation de vertige qu'il ressentit renforça la
nausée qu'il ressentait déjà. Et la certitude désolante qu'il ne
pouvait rien faire. Ce n'était pas un film ; il avait beau avoir
de l'expérience et des compétences, à ce moment-là, tout cela
ne lui servait à rien.

Si seulement il avait eu son couteau...

Avec son habileté et sa rage, il aurait pu renverser la
vapeur. Il en avait toujours un sur lui pourtant, mais il avait
affaire à des professionnels qui avaient pris soin de le
démunir des armes qu'il avait cachées dans ses poches et
dans ses doublures – des lames petites mais mortelles, des
crochets pratiques pour forcer les serrures... Il n'avait plus
rien, que ses vêtements en haillons.

— Je vais te tuer, dit-il d'un ton menaçant.

Mais la femme éclata de rire.

— C'est tellement mignon… Bien sûr que non, vous ne me tuerez pas. Vous n'êtes pas le héros de l'histoire, Monsieur Cooper. Je dirais qu'au contraire vous en êtes la « victime ». En tout cas, si ça peut vous rassurer, vous ne serez pas le premier !

Il fallut un moment à son esprit groggy pour assimiler ce qu'elle voulait dire. Puis il se tourna vers les femmes qui étaient prisonnières avec lui.

— Non ! souffla-t-il, sa bouche terriblement sèche. Vous n'oserez pas. Elles ne sont rien pour vous. Elles ne pèsent rien par rapport à vous. Nous savons tous les deux que leurs efforts n'ont servi à rien et qu'elles n'ont pas freiné vos activités…

Ce n'était pas tout à fait vrai. Des rapports prouvaient que la formation délivrée au personnel de bord avait bel et bien permis d'aider des victimes. Mais il s'en fichait. Ce n'était pas le moment d'avoir des scrupules sur ce qui était vrai ou pas.

— Allons, Monsieur Cooper. Calmez-vous. Profitez plutôt de notre hospitalité… et du spectacle que nous vous avons réservé…

Alors qu'il tentait une dernière fois de se débattre, l'un des quatre molosses qui l'entouraient alla prendre l'une des hôtesses de l'air et la traîna derrière un panneau en bois. Elle était nue, les mains liées derrière elle et un chiffon sale dans la bouche.

— Ne faites pas ça…

Sa voix était à peine audible, absorbée par sa bouche sèche et fissurée.

— Bien sûr que si nous allons le faire. Mais la question est : est-ce que vous allez vivre assez longtemps pour le voir ? J'avoue avoir légèrement menti. En réalité, je veux que ces salopes comprennent qu'il n'y a pas de héros. Vous n'en êtes pas un, Monsieur Cooper. Vous n'êtes qu'un homme inutile, attaché à une chaise, et votre vie est entièrement entre mes mains. Comme la leur.

Il croisa le regard de Lisa, et vit la peur et l'horreur qu'elle ressentait. Il aurait aimé pouvoir la réconforter, mais qu'aurait-il pu lui dire ? La femme avait raison. Ce qu'elle prouva encore d'un simple geste de la main.

Sans prévenir, les trois autres hommes le soulevèrent à nouveau puis l'amenèrent à l'autre bout de la pièce, jusqu'à un énorme tonneau avec deux barres en travers. Puis ils le firent basculer et lui plongèrent la tête dans l'eau. Il se débattit, mais ça ne servait à rien. Son corps attaché de toutes parts ne bougeait pas. Seule sa tête se fatiguait, essayait de trouver de l'air, de ne pas boire d'eau, de protéger ses poumons. Mais c'était inutile. Il n'y avait pas d'air – que de l'eau. Bientôt, sa vision se troubla. Tout devint noir, puis rouge. Curieusement, il se sentait léger, perdu. Il savait qu'il allait finir par devoir ouvrir la bouche pour apporter de l'air à ses poumons. Alors, il ingérerait de l'eau et il se noierait.

Bientôt, tout sera terminé.

Alors qu'il était en train d'accepter l'idée qu'il allait mourir, les hommes le redressèrent et lui sortirent la tête de l'eau.

Il haleta, essayant d'absorber le plus d'air possible à la fois. Mais à peine eut-il le temps de reprendre son souffle qu'il fut à nouveau plongé dans le tonneau.

Encore. Et encore…

Jusqu'à ce qu'il s'étouffe et crache. Jusqu'à ce que son corps tremble et que ses poumons brûlent. Jusqu'à ce qu'il soit presque inconscient.

— Ça suffit ! déclara l'homme le plus grand. T'as assuré, mec. Grâce à toi, la fille va mourir rapidement…

Et, avant que Charlie n'ait le temps de réaliser ce qui se passait, l'homme sortit un pistolet et tira une balle dans la tête de l'une des deux hôtesses de l'air en civil que son équipe avait été chargée de sauver. Elle tomba d'un seul coup sur le sol en béton.

La femme s'approcha de lui en souriant.

— J'ai hâte de voir comment les autres vont mourir, murmura-t-elle.

Non.

Non, non, non, non, NOOOON !

Il ouvrit les yeux et recula, plaçant ses mains sur son visage comme pour se protéger du prochain coup.

Sauf que personne ne le menaçait. Il était libre, dans sa distillerie, baignée de l'odeur de levure.

Tu n'es pas en Roumanie.

Il n'y avait pas de femme, pas de torture.

Il était à Los Angeles.

Il aspira de l'air, tira son couteau de sa poche et le serra comme un talisman alors qu'il essayait de ralentir son rythme cardiaque. Il s'en voulait d'être encore en proie à ce genre d'angoisses. Il croyait que c'était terminé, pourtant. Force était de constater qu'il n'était pas aussi fort qu'il le pensait.

Reprends-toi, putain ! C'était un processus, paraît-il. C'était en tout cas ce que lui avaient dit tous les médecins qu'il avait vus, de grands psychologues qui lui avaient été envoyés par le gouvernement, jusqu'à un guérisseur qui avait tenté de « nettoyer son aura » avec du cristal…

Aucun d'entre eux n'avait réussi à faire grand-chose et Red avait fini par se dire qu'il ne devait compter que sur lui-même. Il devait être plus fort que ses démons intérieurs. Tout cela était derrière lui. Il était en sécurité, désormais. Certes, il y avait ses blessures physiques et morales, mais il était hors de question qu'il se laisse happer par ses souvenirs et cède à la douleur. Tout cela remontait à sept ans auparavant. Il avait fait du chemin, depuis. Il avait dû lutter, mais il y était parvenu. Et il comptait bien ne pas faire marche arrière. Il se le devait.

N'avait-il pas prouvé ce dont il était capable à New York ? Il avait survécu à une prise d'otages. En tout cas physiquement. Car, une fois rentré chez lui – il habitait chez son père à ce moment-là –, il s'était effondré, noyant sa détresse dans l'alcool. N'empêche, il avait réussi. Si Nikki Stark était encore vie, c'était grâce à lui : alors qu'on lui tirait dessus, Red s'était interposé et avait pris la balle à sa place.

S'il avait survécu à cette prise d'otages, il pouvait survivre à ce qu'il était en train de vivre. Il le devait. Pour Mel. Et pour Jo.

Oh, mon Dieu. Jo !

Il ne l'avait toujours pas appelée. Mais il voulait d'abord appeler son frère.

Il s'assit, puis glissa le couteau dans son fourreau avant de le remettre dans sa poche. Il vérifia également son autre poche, s'assurant que le téléphone de Mel y était toujours. Puis il se redressa et fit le point mentalement sur les prochaines étapes : identifier les coupables, découvrir ce qu'ils voulaient, l'obtenir, organiser un échange et – enfin – buter ces connards.

Le plan était un peu flou, mais c'était un début.

— Je suis tellement désolé, Mel, murmura-t-il en direction de la cuve devant lui, dans laquelle son ami était immergé. Je savais que t'avais des problèmes ces derniers temps, et j'aurais dû me douter que ça pouvait se terminer comme ça.

Après quelques secondes de silence et de recueillement, il sortit à nouveau son téléphone et composa le numéro de son frère. Il retint son souffle jusqu'à ce qu'il entende la voix de Renly à l'autre bout du fil.

— J'étais sur le point de t'appeler ! lança Renly d'un ton enjoué.

Mais aussitôt, il sentit que quelque chose n'allait pas.

— Tout va bien ?

— Non.

Red n'avait pas l'intention de tourner autour du pot. De toute façon, avec Renly, cela ne servait à rien. Ils étaient peut-être différents, mais il y avait cette connexion entre eux qu'ont tous les jumeaux et qui leur permettait de savoir instantanément ce l'autre ressentait.

— Mel est mort.

— Oh, mon Dieu ! Qu'est-ce qu'il s'est passé ?

— Tu peux venir ? Je suis à la distillerie.

— Oui, bien sûr, mais...

— Il s'est suicidé, Renly, l'interrompit Red d'un ton trop sec.

Son frère ne répondit rien mais il l'entendit expirer sa tristesse.

— Viens, s'il te plaît. Et si jamais Damien est avec toi, dis-lui de venir aussi.

— Stark ? Il est là, oui. Mais pourquoi...

— Je n'ai pas le temps de répondre aux questions maintenant. Dis-lui que c'est moi qui t'ai demandé de l'amener avec toi. Il viendra.

— Depuis que tu as sauvé sa femme à New York, il serait même prêt à t'acheter le pont de Brooklyn si tu le lui demandais. On arrive !

— Génial. À tout de suite.

— Attends ! le rattrapa Renly. Toi, comment tu vas ? lui demanda-t-il avec compassion.

Red n'avait jamais dit à son frère ce qui s'était passé en Roumanie. Mais Renly avait toujours su que son frère avait dû vivre des choses terribles.

— Je tiens le coup, répondit simplement Red. Faites vite. J'ai besoin de vous parler à tous les deux.

Il avait marché le temps de la conversation, et il était maintenant à l'extérieur, devant les larges fenêtres qui donnaient sur la salle de dégustation. Il réalisa alors qu'il aurait dû fermer la porte à clé. N'importe qui pouvait rentrer et tout détruire ou, pire, mettre le feu. Il aurait alors non seulement perdu son ami, mais aussi sa distillerie. Sa distillerie qui était aussi celle de Jo, désormais.

Jo.

Il pensa aussitôt à son doux sourire. Elle ne savait toujours rien et il ne pouvait plus remettre à plus tard. Il redoutait la conversation, mais il prit son courage à deux mains et composa son numéro. Il tomba sur son répondeur.

— Jo, c'est Red. Rappelle-moi. C'est important, dit-il d'un ton neutre.

Il faisait de son mieux pour garder la situation sous contrôle. En apparence, du moins, car il avait l'impression de vivre un tsunami à l'intérieur de lui. *Heureusement qu'il avait été formé aux situations de crise...*

Comme c'était lundi, il tenta de la joindre à son travail, mais on lui apprit qu'elle avait pris un jour de congé.

Putain, Jo. T'es où ?

Il décida de lui envoyer un SMS. Lorsqu'il reçut la confirmation d'envoi, la porte d'entrée de la salle de dégustation s'ouvrit : c'était la police. Il y avait un médecin légiste, un flic en uniforme et une femme en civil qu'il supposa être la commissaire ou quelque chose du genre.

Il prit une profonde inspiration puis se dirigea vers eux pour les accueillir, même si tout ce qu'il désirait c'était de les voir repartir. Il avait besoin d'être seul et de pouvoir pleurer son ami tranquille. Mais ce serait pour plus tard ; non seulement la police allait devoir faire son travail, mais il devait surtout retrouver cette fameuse chose que l'inconnu voulait récupérer et qui avait visiblement causé la mort de Mel. Sa vie et celle de Jo en dépendaient...

Il devait simplement tenir le coup jusqu'au départ de la police. Il pourrait alors s'occuper de retrouver Jo et lui demander si elle savait quelque chose sur le MacGuffin.

Allez, tu vas y arriver !

Il prit une grande inspiration, expira lentement, puis pénétra dans la salle de dégustation pour rejoindre l'équipe de policiers.

— Merci d'être venus si vite, dit-il à la femme en civil.

— Inspecteur Amaro, se présenta-t-elle en lui montrant son badge. Nous sommes désolés pour votre associé. Vous avez dit à l'opératrice du 911 qu'il s'était suicidé, c'est bien ça ?

— Oui. Je vais vous montrer, répondit-il en indiquant la porte de la distillerie.

L'inspectrice, accompagnée du reste de son équipe, le suivit sans rien dire, mais avec un regard perçant et suspicieux. Red lui montra le système d'aération qui avait été désactivé et les épurateurs de CO_2 qui avaient été éteints, puis l'informa de la raison pour laquelle l'alarme ne s'était pas déclenchée. Il expliqua ensuite brièvement comment fonctionnait une distillerie, notamment le processus de fermentation. Enfin, il indiqua la cuve dans laquelle était plongé le corps de Mel, précisant qu'il n'avait touché à rien pour faciliter l'enquête.

— A-t-il laissé un mot ?

Ravalant son émotion, il montra le message griffonné au marqueur sur le côté de la cuve.

— Juste « désolé » ? s'étonna l'inspectrice en penchant la tête.

— Oui, confirma-t-il en la regardant droit dans les yeux.

— Était-il différent ces derniers temps ?

— Il était peut-être plus distant que d'habitude. Plus fermé. Comme si quelque chose le préoccupait.

— Et vous ne vous êtes pas inquiété ?

— Un peu, si. Mais quand je lui ai demandé si tout allait bien, il m'a vaguement répondu qu'il avait beaucoup de choses à gérer en ce moment. Je savais qu'il était en train de négocier un contrat d'approvisionnement avec un hôtel, et je me suis simplement dit qu'il devait être sous pression à cause de ça. J'aurais dû comprendre. J'aurais dû faire quelque chose.

L'émotion dans sa voix était réelle, même s'il savait que son ami ne s'était pas suicidé mais qu'il avait été assassiné.

— Je vois…, répondit l'inspectrice.

Mais Red avait la nette impression qu'elle ne voyait pas vraiment, et qu'elle se doutait de quelque chose. Elle se mit à inspecter la cuve de plus près, regardant dessous, puis vérifia le système d'alarme et la serrure de la porte de la salle de fermentation. Red resta impassible, comme un homme souhaitant en finir au plus vite avec les formalités pour enfin pouvoir faire son deuil. C'était le cas d'ailleurs ; mais ce n'était pas tout…

Son téléphone sonna.

— Mon frère et un ami viennent d'arriver dans la salle de dégustation. Avez-vous encore besoin de moi ?

— Non, ça ira. Mais je vais vous demander ne pas quitter la distillerie. L'agent Franklin viendra vous voir si nous avons besoin d'autre chose.

— Aucun problème ! Je suis à votre disposition, répondit Red avant de s'éloigner.

— Monsieur Cooper ?

Il se retourna.

— Je suis vraiment désolée.

Venant d'un flic, ces mots le touchèrent sincèrement, et il sentit sa gorge se nouer. Retenant ses larmes, il hocha la tête puis quitta la pièce à grands pas en direction de son bureau. Il avait besoin d'être seul, au moins quelques instants.

Malheureusement, il n'en eut pas l'occasion. Renly et Damien Stark l'attendaient dans la salle de dégustation. Renly et lui n'étaient pas entièrement identiques, mais les gens les confondaient néanmoins très souvent. Red avait les cheveux plus blonds – quelque chose qui l'avait souvent énervé quand il était plus jeune – et il mesurait quelques centimètres de plus. Mais à part cela, ils se ressemblaient en effet beaucoup. Même si, avec le temps, chacun d'eux avait adopté un style différent : Red arborait une barbe bien taillée et une multitude de tatouages, tandis que Renly était rasé de près et n'avait qu'un seul tatouage, qui datait de son passage dans les forces spéciales. En revanche, ils étaient toujours autant connectés l'un à l'autre….

— Je suis désolé, bro, murmura Renly en prenant Red dans ses bras. Je ne savais pas que Mel allait si mal.

— Je sais, répondit Red en s'éloignant de son frère, avant de serrer la main de Damien.

— Je suis désolé. Si je peux faire quoi que ce soit…

Grand et mince, avec une carrure d'athlète, le milliardaire respirait la puissance et le contrôle. Et, à cet instant, la compassion.

— Merci. J'apprécie.

— Est-ce qu'il a laissé un mot, quelque chose ? demanda Renly. Putain… Je n'arrive pas à réaliser.

— Honnêtement, j'ai besoin de prendre l'air. Allons dans le jardin. On sera mieux pour discuter…

Il les conduisit jusqu'au bar installé à l'extérieur, avec la rangée de bouteilles de whisky alignées sur les étagères derrière.

— Vous voulez un verre ? Je comprendrais que vous en ayez besoin…

— Tu n'en veux pas ? lui demanda Renly.

— Non, je vais prendre de l'eau…

— Je m'en occupe !

— Merci.

Renly servit deux verres de whisky pour Damien et lui, puis apporta une petite bouteille d'eau à son frère. Tous burent en silence pendant quelques instants.

— À Mel ! lança finalement Red en levant sa bouteille d'eau. Tu vas nous manquer, mon pote !

Les deux autres levèrent leurs verres et, dès qu'ils les reposèrent, Red décida de leur révéler la vérité. C'était pour cela qu'il les avait conduits dans le jardin, car il savait que le bruit de la circulation couvrirait leurs voix. Il avait en plus pris soin de choisir la table du milieu, la plus éloignée des systèmes de surveillance et des micros éventuels – il n'y avait nulle part où ils auraient pu être placés.

— Sa mort est plus compliquée que vous ne le pensez, dit-il d'une voix basse, à peine audible.

— Quoi… ? Qu'est-ce que…

— Il ne s'est pas suicidé, répondit Red avant que son frère n'ait le temps de terminer sa question. Je vous raconterai plus en détail plus tard, lorsque nous serons loin d'ici. Mais c'était un meurtre.

— Putain…, soupira Renly. Je comprends, maintenant, pourquoi tu voulais que Damien soit là…

— Si je comprends bien, tu veux que Stark Security mène l'enquête et laisse la police en dehors de tout ça ? demanda Damien.

— Ce serait formidable, en effet, répondit Red en croisant son regard.

— Je te l'ai dit : si je peux faire quoi que ce soit, je le ferai. Tu peux compter sur moi, lui assura Damien. Je te dois tout, Red. Dis-nous ce qui s'est passé.

— Il a été asphyxié au dioxyde de carbone, puis noyé dans l'une des cuves de fermentation.

— Oh, mon Dieu ! laissa échapper Renly. Tu es sûr que tu vas bien ? s'inquiéta-t-il pour son frère.

Même s'il ne savait pas ce qui s'était passé en Roumanie, Renly n'était pas idiot. Il voyait bien que son frère avait changé et qu'il était devenu plus fragile qu'avant. Après avoir quitté les forces spéciales et être revenu en Californie, Red avait refusé plusieurs fois d'aller plonger avec son frère, ce qu'ils avaient pourtant souvent fait ensemble, depuis leur jeunesse, en Californie et au Texas. Il n'arrivait même plus à aller à la piscine. En fait, il semblait fuir tout ce qui avait trait à l'eau. Renly avait beau ne rien savoir de ce qu'avait vécu Red, il comprenait qu'il avait dû être traumatisé par quelque chose.

— Comment tu sais que ce n'était pas un suicide ? demanda Damien.

Red regarda autour de lui avant de répondre :

— Pour l'instant, tu vas juste devoir me croire sur parole.

Même s'il avait choisi un endroit éloigné de la police et des systèmes de surveillance, il ne voulait prendre aucun risque. Techniquement, il n'avait enfreint aucune règle en révélant à son frère et Damien que Mel avait été assassiné – la voix lui avait seulement demandé de ne rien dire aux flics. Mais Red doutait que l'inconnu, qui l'avait ouvertement menacé, se soucie des détails techniques.

Et puis il n'y avait pas que la voix. Il se méfiait également de l'inspectrice Amaro. Il regarda dans sa direction et l'aperçut, sur le chemin dallé, en train de parler avec l'un des policiers en uniforme et le médecin légiste.

Non, il ne pouvait pas prendre le risque qu'elle apprenne quoi que ce soit.

Renly suivit le regard de son frère, puis se leva.

— Je vais essayer de voir ce qu'elle sait, déclara-t-il en faisant un signe de tête en direction de l'inspectrice.

— Bonne chance ! ironisa Red. Elle n'a pas l'air du genre loquace…

— T'inquiète, aucune ne me résiste ! répondit Renly avec un sourire. En plus je la connais : Lucia Amaro. Elle est intervenue pour plusieurs overdoses sur le tournage d'un film pour lequel j'étais consultant. Enfin… on a cru au départ que c'étaient des overdoses, mais il s'agissait en fait de meurtres.

— Je vois…. Et puis il faut dire qu'elle est pas mal, la petite inspectrice ! fit remarquer Red à son frère avec un sourire et un regard chargés de sous-entendus. Est-ce qu'Abby doit s'inquiéter ?

— Mais non, tu plaisantes ! rétorqua Renly, redevenant sérieux.

Red savait qu'il le pensait. Son frère était amoureux d'Abby depuis toujours, mais n'avait jamais imaginé qu'il pourrait être avec elle un jour. Maintenant que c'était le cas, il ne regardait plus aucune autre femme.

Alors que Renly traversait la pelouse en direction de l'inspectrice Amaro, Red prit une gorgée d'eau et repensa à Jo. Il regretta immédiatement. Car il n'y pensait pas parce qu'il se faisait du souci pour elle, mais parce que l'évocation de la vie amoureuse de son frère le ramenait inexorablement à elle. Mais ce n'était pas le moment. Quels que soient les sentiments qu'il avait pour elle, Jo était avant tout une amie et elle allait avoir besoin d'aide.

— Qu'est-ce qu'il y a ? lui demanda Damien, remarquant son air distrait.

— Je pensais à Jo…, admit-il. Elle ne sait pas encore.

— Tu l'as appelée ?

— Oui, mais je suis tombé sur son répondeur. Je lui ai laissé un message. Je lui ai aussi envoyé un SMS, répondit-il en sortant son téléphone et en essayant de l'appeler à nouveau.

Mais il tomba encore sur sa messagerie et raccrocha en haussant les épaules.

— Ne t'inquiète pas pour elle, le rassura Damien. Tu es là. *Nous* sommes là. Et puis Jo est une femme forte…

— C'est vrai, confirma Red, souriant malgré la situation. Elle l'a toujours été. Mais n'empêche, elle ne devrait pas avoir à vivre ça…

— Personne ne devrait, convint Damien. En tout cas, je suis content d'avoir eu l'occasion de la rencontrer. Comme Mel, d'ailleurs, et je regrette de ne pas l'avoir connu davantage…

Red se sentit soudain épuisé et poussa un long soupir en caressant machinalement sa barbe.

— Pour tout te dire, moi aussi, aujourd'hui, je me suis dit que j'aurais aimé mieux le connaître.

— On va trouver ce qui lui est arrivé, promit Damien.

Red le regarda avec un sourire reconnaissant. Il connaissait la réputation de Damien Stark et savait qu'il pouvait lui faire confiance.

— Il y a un truc que je me demande…

Red se redressa et regarda son ami en attendant la suite.

— Je t'écoute.

— Bah… Je me disais… Bien sûr, tu sais que tu peux compter sur moi et Stark Security. Autant que tu veux. Mais, avec tes compétences, je suis sûr que tu t'en sortirais très bien tout seul. Ou avec ton frère ? Sur son temps libre, évidemment ! ajouta-t-il avec humour, faisait référence au fait que Renly était depuis peu un agent à plein temps de Stark Security.

— Mes compétences ? s'étonna Red, sentant un frisson le parcourir. Je ne vois pas bien ce que tu veux dire… Je ne suis qu'un gars qui possède une distillerie, tu sais…

— En tout cas, tu as très bien protégé ma femme pendant

cette prise d'otages. Remarque, c'est peut-être normal venant de la part d'un agent du SWAT…

Damien marqua une pause et Red comprit que c'était en réalité une question. Ou peut-être même une accusation…

— Qu'est-ce que tu veux dire, exactement ?

Damien ne chercha pas à nier son sous-entendu, ce dont Red lui fut reconnaissant.

— Je sais que tu n'as jamais été un membre du SWAT. Alors, pourquoi me l'avoir dit si ce n'est pas vrai ?

Red baissa les yeux en soupirant.

— Peut-être que je voulais te rassurer. Que tu saches que celui qui avait sauvé ta femme n'était pas n'importe qui…

— Mais pourquoi ? Tu l'avais déjà sauvée. Tu aurais bien pu être n'importe qui, je t'en aurais été reconnaissant de toute façon. Alors pourquoi m'avoir menti ?

Red se pencha en avant et regarda Damien droit dans les yeux. Ses yeux bicolores.

— Je t'aime bien, Damien. Et Renly aussi. Mais on n'a pas toujours ce qu'on veut…, lui dit-il avec un sourire entendu.

— T'as raison, sourit Damien en retour. Mais tu ne peux pas m'en vouloir d'essayer. D'ailleurs, généralement, j'obtiens toujours ce que je veux. Je suis têtu, tu sais ! Mais plus sérieusement, je voulais juste comprendre. Tu as sauvé ma femme, et je me demande juste d'où te vient ce courage. Disons que je suis toujours à la recherche de talents.

— Je te l'ai déjà dit, Damien : travailler pour Stark Security ne m'intéresse pas.

— Mais si je m'étais chaque fois arrêté à ce que me disent les gens, je n'en serais pas où j'en suis !

Red soupira et sourit.

— Et qu'est-ce que tu penses savoir de moi, alors ?

— Je pense que tu faisais partie du SOC, l'un des groupes les plus secrets et les plus élitistes sous l'égide des forces spéciales. Tu as indéniablement été formé. Tu as passé du temps en Roumanie. Et tu as quitté le centre après être revenu en Californie.

Red se força à ne pas réagir et à rester impassible.

— Je suis impressionné. Comment as-tu trouvé tout ça, exactement ?

— Je te l'ai dit. Je suis tenace.

Red inspira profondément, se demandant ce que savait Damien. Le silence se prolongea, chacun semblant mettre un point d'honneur à ne pas parler en premier.

C'est Red qui l'emporta.

— J'imagine que les missions auxquelles tu as participé étaient intéressantes, déclara finalement Damien. Je connais un peu comment fonctionnent les réseaux de traite d'êtres humains en Roumanie, parce que nous sommes intervenus sur un réseau dirigé par un certain Corbu.

— Je le connais bien. De nom. J'ai aussi entendu parler de ses hommes de main.

— Je m'en doutais.

Une fois de plus, le silence s'installa entre eux. Red regarda en direction du chemin dallé, mais il n'y avait plus que l'agent en uniforme ; Renly et l'inspectrice avaient dû rentrer.

— Je crois vraiment que tu serais un atout.

La voix de Damien était neutre, mais Red crut y percevoir de la compassion. Comme si Damien savait ce qu'il avait vécu – au moins en partie.

— Peut-être un jour…

Quand les poules auront des dents, pensa-t-il.

— En attendant, juste pour que nous soyons clairs, j'ai en effet l'intention de m'en occuper moi-même. C'est personnel. Mais j'aurai probablement besoin de matériel et d'une assistance à distance. Peut-être aussi d'hommes, au cas où ?

— Bien sûr ! Tout ce que tu veux. Je te l'ai déjà dit, Red : tout ce que tu veux, quand tu veux. Demain ou dans dix ans.

— C'est sympa. Mais je ne veux pas abuser de ta gentillesse…

— T'inquiète pas pour moi, le rassura Damien.

Red hocha la tête, pensant à Nikki et au lien qu'il y avait entre eux deux. Ensemble, ils rayonnaient.

— Merci, dit-il doucement, au moment où Jo apparut dans le jardin, sortant de la salle de dégustation accompagnée d'un agent en uniforme.

Red sentit son cœur se serrer.

Il s'en voulut d'avoir trop parlé et il faillit ajouter quelque chose pour se rattraper. Mais il se ravisa. Après tout, c'était la vérité. Peut-être que cela faisait de lui le plus gros connard du monde, mais il l'aimait. Il l'aimait depuis des années.

Et il n'avait pas l'intention de faire quoi que ce soit contre ça, à part ne rien lui dire et être là pour elle, comme un meilleur ami.

Il ne réalisa pas qu'il s'était levé jusqu'à ce qu'elle se tourne vers lui. Même à cette distance, il pouvait voir ses yeux rougis et gonflés.

— Vas-y, lui dit doucement Damien, qui s'était levé à son tour. Elle va avoir besoin de toi.

Sans rien dire, Red se précipita vers elle alors qu'elle venait elle aussi à sa rencontre. Lorsqu'ils se retrouvèrent, sur l'herbe entre le chemin et la table à laquelle Red était installé, elle se jeta dans ses bras et pleura comme si elle avait tout gardé en elle jusqu'à ce qu'elle le voie.

Il la serra contre lui aussi fort qu'il le put, mais il savait que cela était dérisoire. Elle venait de perdre son mari. Rien ne pouvait effacer sa douleur…

Petit à petit, ses tremblements se calmèrent alors qu'elle reprenait son souffle. Lorsqu'elle réussit à arrêter le flot de ses larmes, elle s'écarta de lui. Il lui fallut toute la force qu'il avait en lui pour ne pas l'attirer à nouveau dans ses bras. Lui aussi avait besoin de réconfort et aurait aimé sentir sa présence contre lui. Il avait besoin d'elle. Mais il n'avait pas le droit de dépasser le stade de l'amitié. Rien entre eux ne serait jamais possible.

— J'ai vu ton appel, dit-elle d'une voix étranglée, ses yeux rencontrant les siens. J'ai voulu répondre, mais je n'avais pas de réseau. J'allais te rappeler en rentrant, mais un policier m'attendait devant la maison et…

— Je sais. Jo, je sais.

Elle se remit à pleurer et serra les mains de Red, plongeant son regard dans le sien.

— C'est vrai ? Mel est mort ?

— Je suis vraiment désolé, Jo. Oui, c'est vrai.

CHAPITRE QUATRE

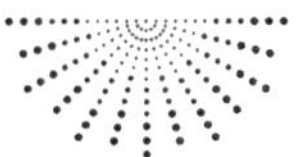

Les mots de Red ont sur moi l'effet d'un coup de massue. C'est sûrement idiot. Après tout, trouver un policier devant chez moi en rentrant des courses pour m'annoncer que mon mari est mort aurait dû me faire davantage d'effet. Mais c'était comme si je ne croyais pas vraiment à ce que le policier me disait. C'était trop… *irréel*. Mais entendre Red me les confirmer est un électrochoc, me ramenant à la réalité d'un seul coup.

Je m'accroche à lui, serrant ses mains tellement fort que je dois lui broyer les os.

— Je n'arrive pas à y croire… Un suicide, en plus ! Pourquoi aurait-il…

— Madame Swift ?

Je me retourne et fais face à une femme brune en tailleur-pantalon qui se dirige vers moi, un badge autour du cou.

— Je suis l'inspecteur Amaro, se présenta-t-elle d'une voix pleine de compassion. Y a-t-il un endroit où nous pourrions parler ?

Je jette un rapide coup d'œil à Red, puis acquiesce.

— Euh, oui… Dans le bureau de Mel ? Mais avant, puis-je… Enfin… J'ai besoin de le voir. De savoir… Et si… Et si vous vous étiez trompés ?

Je me sens ridicule. C'est stupide… Évidemment qu'ils ne se sont pas trompés. Mais c'est plus fort que moi : tant que je n'aurais pas vu le corps de Mel, je n'y croirai pas.

Son corps.

— Bien sûr, me dit-elle gentiment. Suivez-moi.

Un frisson me parcourt et j'attrape la main de Red.

— Tu restes avec moi ?

Il regarde l'inspectrice comme pour lui demander l'autorisation, et elle hoche la tête. Je suis soulagée ; je n'aurais pas pu affronter ça seule. Mon cœur me fait mal, et mes yeux remplis des larmes que je retiens me piquent. Je me sens à la fois sous le choc et en colère. Le choc d'avoir perdu Mel, et en colère qu'il m'ait trahie.

Un suicide ?

J'ai besoin d'avoir des réponses. Et, en même temps, j'ai envie de me pelotonner dans mon lit et de laisser éclater ma douleur. Je veux l'évacuer, que tout cela disparaisse.

Heureusement que Red est avec moi. S'il y a bien une personne qui peut m'aider à m'en sortir, c'est lui.

Prenant sur moi, je suis l'inspectrice à l'intérieur de la distillerie jusqu'à la salle de fermentation. Un homme portant un tee-shirt sur lequel est écrit « médecin légiste » est en train de fermer le sac mortuaire. L'inspectrice nous conduit, Red et moi, jusqu'à lui. Lorsque nous nous arrêtons, Red pose doucement sa main sur mon épaule.

— Voici madame Swift, annonce l'inspectrice au médecin. Elle aimerait voir son mari.

— Je suis sincèrement désolé, me dit le médecin.

Mais je l'entends à peine. Je suis trop concentrée sur sa main qui tire la fermeture éclair vers le bas, puis écarte le plastique noir pour que je puisse voir le visage de Mel. Il a été nettoyé, mais il reste encore du *wash* dans ses cheveux.

— Merci, murmuré-je en détournant le regard. L'agent qui m'a conduite ici m'a dit qu'il était mort dans la cuve de fermentation. Mais, je me demande… : comment est-ce possible ? Les cuves ne sont pas profondes. Il avait pied… Comment aurait-il pu se noyer ?

Je me tourne vers Red.

— Ça n'a aucun sens !

— Nous pensons qu'il a désactivé les épurateurs de dioxyde de carbone avant d'entrer dans la cuve, répond l'inspectrice. Et, quand il a commencé à perdre connaissance, il s'est laissé glisser. Je suis vraiment désolée, ajoute-t-elle.

Je réalise alors que j'ai couvert ma bouche avec ma main et qu'une larme coule sur ma joue. Je l'essuie en reniflant.

— Vous *pensez ?* m'étonné-je en levant les yeux vers les caméras de sécurité. Vous n'avez pas regardé les images de surveillance ?

Elle secoue la tête d'un air désolé.

— Il semble qu'il les ait éteintes. En fait, il a désactivé tous les systèmes de sécurité.

J'enroule mes bras autour de moi pour me réconforter. Comment Mel a-t-il pu faire une chose pareille ?

— Voulez-vous rester un moment seule avec lui ?

La voix douce de l'inspectrice me sort de mes pensées.

Je secoue la tête et m'accroche à Red car je ne suis pas certaine que mes jambes vont me soutenir encore longtemps. *Pourquoi ?* Pourquoi Mel se serait-il suicidé ? Je savais qu'il était préoccupé ces derniers temps, mais jamais il ne m'a semblé suicidaire…

En même temps, c'est vrai que nous ne passions pas vraiment beaucoup de temps ensemble ces derniers temps.

Je remarque à peine le trajet jusqu'au bureau de Mel. Je m'assieds sur le petit canapé, Red à mes côtés. L'inspectrice s'installe en face de nous, sur l'un des fauteuils.

— Tout laisse penser qu'il s'agit en effet d'un suicide –

notamment le mot qu'il a laissé sur la cuve. Mais une enquête a néanmoins été ouverte pour confirmer cela.

— Bien sûr… Je ne peux pas croire qu'il ait fait ça, répété-je.

À côté de moi, Red me serre fort la main et je la serre en retour, reconnaissante qu'il soit là pour moi.

— Le trouviez-vous différent ces derniers temps ? Était-il dépressif ? Avait-il des problèmes à la maison ou au travail ?

— Je…

Je m'interromps et prends une profonde inspiration. Je n'ai pas du tout envie d'avoir cette conversation, mais je n'ai pas le choix.

— Je lui avais dit que je voulais divorcer.

Je sens le regard de Red se poser sur moi. Je jette un rapide coup d'œil dans sa direction et vois la surprise dans ses yeux. Ce qui me surprend en retour. Lui et Mel étaient les meilleurs amis du monde ; comment se fait-il que Mel ne lui ait rien dit ?

L'inspectrice a dû elle aussi être surprise par la réaction de Red, car la question suivante lui est adressée :

— Vous ne saviez pas ? Votre meilleur ami et associé ne vous a pas dit que sa femme voulait divorcer ?

— Non. C'est la première fois que j'en entends parler.

— Nous nous sommes séparés, dis-je, même si personne ne m'a demandé d'expliquer quoi que ce soit. Nous n'étions mariés que depuis cinq ans, mais les trois dernières…

Je m'interromps en secouant la tête.

— Ça ne marchait pas, ajouté-je simplement. J'espérais que les choses iraient mieux, mais il y a environ six mois, je lui ai dit que nous devions nous séparer. Il a voulu que l'on se donne une deuxième chance. J'ai accepté, mais rien n'a changé. Alors, il y a trois mois, j'ai engagé un avocat et rempli les papiers du divorce.

— Je vois… Et à quelle étape en est le divorce actuellement ?

— Mel n'a toujours pas signé, dis-je avec un petit rire attendri. Je ne voulais pas le brusquer ni l'obliger à aller devant le tribunal. Je le connais. Il met du temps à comprendre les choses, mais je savais qu'il réaliserait tôt ou tard que j'avais raison. Je… j'avais espéré que nous pourrions rester amis, mais nous ne pouvions pas rester mariés.

Je retire ma main de celle de Red et serre la mienne.

— Nous avons fait une erreur dès le départ. Nous n'aurions jamais dû nous marier…

L'inspectrice hoche lentement la tête.

— Et avez-vous constaté un changement dans son comportement au cours des trois derniers mois ? Dans son humeur ?

— Vous voulez dire des signes qu'il était suicidaire ?

Je secoue la tête.

— Non. Il était distant, blessé… Triste, sûrement. Mais il n'était pas suicidaire.

— Et est-ce que l'un de vous a quitté le domicile ?

Elle sait que je ne l'ai pas fait, évidemment, puisque l'agent m'a trouvée à la maison.

— Techniquement, non. Mais Mel a découché plusieurs nuits.

— Et où dormait-il ?

— Je ne sais pas. Il ne me le disait pas…

Je me tourne vers Red.

— Je pensais qu'il dormait chez toi ?

Red fait non de la tête et je sens la colère monter en moi.

— Eh ben, voilà ! C'est aussi pour ça que j'ai voulu divorcer !

Red et l'inspectrice échangent un regard embarrassé, ce qui me met encore plus en colère. Je suis en colère contre Mel de s'être suicidé. En colère contre moi-même parce que j'ai l'impression que c'est de ma faute. Et en colère contre la femme que Mel devait baiser dans mon dos sans avoir le courage de l'admettre alors que, clairement, notre mariage était terminé.

— Une autre raison ? me demanda l'inspectrice avec toujours la même compassion. Votre mari avait-il une liaison ?

— Oui. Non. Enfin…

Je secoue la tête.

— La vérité, c'est que je ne sais pas. Mais je pense que oui. Il a un ami – enfin… un nouvel ami – qui possède un hôtel. Et au cours des six derniers mois, il y passait parfois la nuit. Il m'envoyait un SMS pour me dire qu'il avait trop bu et que son ami lui avait proposé une chambre.

— Un hôtel ? demande Red. Mais c'est qui cet ami ?

— Je ne sais pas bien… Je crois qu'il l'a rencontré dans une salle de sport. Je ne me souviens pas de son nom. Mais si c'est important, je peux le retrouver… En revanche, je me souviens qu'il avait besoin d'un avocat dans le cadre de ses affaires et Mel l'a mis en contact avec l'un des associés du cabinet dans lequel je travaille. Je suis assistante juridique, précisé-je, bien que l'inspectrice le sache probablement déjà.

— Et a-t-il effectivement contacté votre cabinet ?

— Je ne sais pas. Je travaille au service contentieux. Est-ce que c'est important ? Je ne vois pas vraiment ce que ça a à voir avec…

Je n'arrive pas à terminer ma phrase. À prononcer les mots.

— Sûrement pas, me répond-elle, confirmant ce que je pense. Mais tout peut être important, vous savez. Il est peu probable que nous poursuivions cette piste, mais on ne sait jamais… Je suis désolée d'avoir à vous poser toutes ces questions, Madame Swift. J'imagine que la situation est déjà suffisamment difficile à vivre…

— Tout va bien, la rassuré-je. J'ai moi aussi besoin d'avoir des réponses.

— Est-ce que c'était le type avec lequel il négociait le contrat d'approvisionnement ? me demande Red.

— Je ne sais pas. Il ne m'a jamais parlé d'un contrat d'approvisionnement. Enfin bon, en même temps, il ne me parlait jamais des choses importantes. Mais pour être honnête, je ne pense pas qu'il négociait quoi que ce soit. Je crois que…

Je m'interromps, hésitant à poursuivre.

— Bref, peu importe…

— Madame Swift, continuez, je vous en prie.

Je n'ai aucune envie d'en parler, mais je le dois.

— Je crois que tout ça c'était des conneries pour couvrir sa liaison. Il me disait que si je ne voulais pas de lui à la maison, il irait dormir à l'hôtel mais qu'il ne me dirait pas lequel. Il me testait en fait. Dans sa tête, si je ne supportais pas de ne pas savoir où il était ou ce qu'il faisait, alors je ne devais pas vraiment vouloir divorcer. Il voulait me faire comprendre que je ne pouvais pas gagner sur les deux tableaux. Il ne le disait pas clairement, mais je suis sûre qu'il avait une maîtresse. L'hôtel, c'était idéal pour lui… Bon, après… Je ne sais pas. Peut-être qu'il n'y avait pas d'hôtel du tout et qu'il allait juste chez elle.

Je fais une pause et tente de me calmer.

— De toute façon, il avait raison. Je m'en fichais.

Red pose une main sur mon épaule et je prends une profonde inspiration, me concentrant sur sa force et sa compassion apaisantes. Je meurs d'envie de me rapprocher de lui et de poser ma tête sur son épaule pour pleurer. Il est le seul à pouvoir me réconforter. Mais je ne peux pas faire ça maintenant. Pas devant l'inspectrice. Ni plus tard, d'ailleurs. Je ne voudrais pas que nous dérapions.

Ou, plus honnêtement, j'en ai très envie. Et c'est justement ça qui est dangereux...

Je change de position pour me détacher discrètement de lui.

— Pourtant, vous n'avez pas l'air de vous en ficher, maintenant ? me fait remarquer la détective en plantant son regard dans le mien.

— C'est vrai. Mais c'est parce qu'il n'acceptait pas le divorce. Il refusait de signer les papiers, alors qu'il couchait avec quelqu'un d'autre. Qui fait ça ?

Je m'en veux de me laisser envahir par la colère alors que Mel est mort. Mais je suis tellement perdue ! J'ai l'impression de ne plus rien gérer... Je ressens tout en même temps : de la colère, de la tristesse, de la confusion, de la trahison. Pourtant, j'espère juste ne pas donner l'impression de ne penser qu'à moi. Car, même si je lui en veux, Mel est mort, et il ne méritait pas ça.

Je prends le temps de respirer doucement, essayant de contenir mes émotions.

— Nous étions séparés, dis-je à l'inspectrice. Comme beaucoup de couples... Mais je l'aimais toujours – différemment. Et je ne comprends pas pourquoi il a...

L'émotion dans ma gorge m'empêche de continuer. Je sèche mes larmes, mais cela ne sert à rien. J'éclate en sanglots et plonge mon visage dans mes mains tandis que Red me frotte doucement le dos.

— Peut-être que cette liaison était une échappatoire pour lui, tenta l'inspectrice pour me consoler. Or, si cette femme ne voulait rien de plus qu'une aventure, il s'est peut-être senti doublement rejeté. S'il était un peu fragile, peut-être que cela a suffi à lui faire commettre l'irréparable. J'ai déjà vu ce genre de situations, vous savez...

Ce qu'elle dit a du sens, et j'acquiesce d'un léger hochement de tête en séchant mes larmes.

— Et Jessn n'était pas là ? Il aurait dû être de garde, non ? m'étonné-je en me tournant vers Red.

Il secoue la tête.

— Mel lui avait dit qu'il pouvait rentrer chez lui…

— Mais… Je…

Les mots ne sortent pas. Je ne sais même plus ce que je voulais dire.

— C'est surréaliste ! finis-je par lâcher.

— Ça va aller…, murmure Red en me serrant la main.

— Y a-t-il d'autres choses qui vous ont fait penser qu'il avait une liaison ?

Je déglutis, sentant les murs se refermer autour de moi. Je n'en peux plus de toutes ces questions. Je voudrais que ça s'arrête.

— Je… oui. Des petites choses. Mais… Je suis vraiment désolée, mais je ne suis pas sûre d'avoir l'énergie de vous en parler pour le moment. Je…. Enfin… Je me sens déjà tellement coupable ! Peu importe qu'il se soit suicidé à cause de notre divorce ou de sa maîtresse, je me sens terriblement responsable. Ce n'est pas contre vous, mais je voudrais vraiment rentrer chez moi et me reposer. De toute façon, il est mort maintenant… Alors pourquoi vouloir connaître les raisons qui l'ont poussé à faire cela ?

— À moins que vous ne pensiez que ce n'était pas un suicide… ? ajoute Red. Dans ce cas, madame Swift a le droit de consulter un avocat avant de répondre à vos questions.

Je reste bouche bée. Pense-t-il sincèrement que les flics me soupçonnent d'avoir quelque chose à voir avec la mort de Mel ?

— Comme je l'ai dit à votre frère, il n'y a rien qui vient contredire la thèse du suicide. Mais nous devons enquêter de toute façon pour essayer de comprendre ce qui a pu se passer…

Prenant une profonde inspiration, je me prépare à

dévoiler les détails de notre vie intime, mais la main de Red serrant à nouveau la mienne m'arrête.

— Je crois que madame Swift a suffisamment répondu à vos questions pour le moment. Elle a besoin de se reposer…

Pendant un instant, l'inspectrice ne dit rien. Puis elle finit par incliner la tête.

— Bien sûr, dit-elle en posant sur moi un regard chaleureux et sincère. Je comprends parfaitement. Je vais vous laisser et vous contacterai plus tard si j'ai d'autres questions à vous poser.

Lorsqu'elle part et nous laisse seuls, Red et moi, dans le bureau de Mel, je sens la tension se relâcher.

— Je n'arrive pas à croire que tout cela est réel, soupiré-je.

Puis je me tourne vers Red avec un léger sourire qui doit davantage ressembler à une grimace, vu l'état dans lequel je me trouve.

— Tu as raté une carrière d'avocat !

— Si seulement je n'avais raté que ça, dans ma vie, répond-il en me regardant droit dans les yeux.

Je suis presque certaine qu'il parle de moi. Enfin… *J'espère* qu'il parle de moi, et je m'en veux terriblement de penser une chose pareille. Mal à l'aise, je baisse les yeux.

— Je… Red, écoute. Je te remercie d'être avec moi et de ne pas me laisser seule. On se connaît depuis si longtemps tous les trois… Mais… je crois que j'ai vraiment besoin d'être un peu seule et je…

— Je comprends, m'interrompt-il, voyant que je suis mal à l'aise.

Il se lève et m'aide à me redresser également, avant de me prendre dans ses bras.

— Ça va aller, Jo… Je te le promets.

Je sais qu'il a raison. Nous n'avons pas le choix, de toute façon.

— Il faudrait qu'on parle, ajoute-t-il en baissant la voix. Mais pas ici. Ce soir ?

Je secoue la tête.

— Non, pas ce soir. Je sais que nous devons parler. J'imagine que je suis maintenant ta future associée, c'est ça ? Mais je n'ai pas la force d'aborder ça aujourd'hui. Je veux juste rentrer à la maison, me mettre devant un film triste, et pleurer pour m'endormir.

— Jo…

— Demain ?

Il me regarde un instant dans les yeux, puis finit par capituler.

— Okay. Neuf heures ? Je viendrai te préparer le petit-déjeuner.

— Tu veux me verser des céréales dans un bol ? pouffé-je, amusée malgré moi par son initiative qui me donne l'impression d'avoir 8 ans.

— Je n'ai pas dit que ce serait un *bon* petit-déjeuner, rétorque-t-il en souriant.

— Merci, murmuré-je. Pour le petit-déj de demain, mais surtout pour m'avoir fait sourire…

Je l'embrasse sur la joue, respirant son odeur familière – celle du bois de santal. En réalité, je n'ai pas vraiment envie qu'il parte. Je me sens fragile. Perdue. Mais, même si je viens de perdre mon mari, je ne me sens pas seule. Et c'est grâce à Red.

— À demain, dit-il en s'éloignant de moi.

Je le regarde quitter ce qui est maintenant devenu mon bureau, et sursaute légèrement en entendant la porte claquer, avec un bruit qui me rappelle que la situation est réelle et définitive. Je prends une profonde inspiration pour m'empêcher de pleurer.

Puis je fais le tour du bureau et m'assieds sur la chaise de Mel. J'ouvre le tiroir du milieu, et le trouve – le dossier du divorce. Comme ceux que je vois tous les jours dans mon travail.

Je vais à la dernière page et confirme ce que je sais déjà : Mel n'a pas signé les papiers avant de mourir.

Je suis donc sa veuve.

Réalisant cela, je m'écroule sur le bureau de mon défunt mari et m'autorise enfin à pleurer.

CHAPITRE CINQ

Après plusieurs heures, tous quittèrent la distillerie et il ne resta plus que Renly et Red. Jo avait été la première à partir, rentrant chez elle dès que la police lui avait donné l'autorisation de quitter les lieux. Elle était arrivée avec un policier et Damien lui avait donc proposé de la ramener chez elle ; mais Red s'était souvenu que la nouvelle Lexus de Mel était garée sur le parking de la distillerie et elle avait alors décidé de rentrer seule.

Damien partit peu de temps après, non sans avoir renouvelé à Red sa proposition d'aide pour quoi que ce soit. Damien Stark avait des ressources et Red se promit qu'il l'appellerait bientôt pour retrouver le bâtard qui avait tué son associé.

Une fois les flics et le médecin légiste partis, Renly proposa de fermer.

— Je l'ai déjà fait, tu sais… Et puis il faut que tu rentres te reposer, tu dois être crevé…

— C'est gentil, lui répondit Red avec un sourire reconnaissant. Mais j'ai appelé Jessn et Charlie G. Ils sont en route et ne vont pas tarder à arriver. Je leur ai demandé de vérifier le système, de vidanger et de stériliser cette cuve, et de nettoyer la salle de fermentation.

Ces derniers mots lui firent froid dans le dos. Il avait dit à ses assistants qu'il se chargerait lui-même du nettoyage – après tout, il n'y avait pas grand-chose à faire maintenant que le corps avait été emporté. Mais tous deux avaient insisté pour que Red rentre chez lui, l'assurant qu'ils s'en occuperaient.

— Okay, capitula Renly. Ils ont sûrement plus l'habitude que moi...

— Ils n'en ont pas pour longtemps, confirma Red. Quant à moi, je dois faire un rapport de ce qui s'est passé pour l'assurance.

— C'est long ?

Red soupira en se passant une main dans les cheveux. Un meurtre dans la salle de fermentation n'était pas la première chose à laquelle il avait pensé lorsqu'il avait souscrit le contrat, à l'ouverture de la distillerie.

— Aucune idée... J'espère surtout qu'ils vont nous autoriser à laisser les autres cuves tourner, mais je crois qu'on ne va pas échapper à une expertise sanitaire de tous les locaux...

— Et puis, je ne veux pas te faire peur, mais tu vas aussi devoir gérer les journalistes.

— J'y ai déjà pensé. J'ai envoyé un SMS à la société qui s'occupe de notre communication pour leur demander de gérer ça. Je vais aussi faire fermer la salle de dégustation au public pendant une semaine. Pareil pour le personnel : on va tourner en effectif réduit quelque temps. Par respect pour Mel.

Mais la véritable raison – qu'il garda pour lui –, c'était qu'il avait besoin d'être le plus tranquille possible pendant une semaine pour retrouver le MacGuffin. Il pourrait alors l'utiliser comme appât pour retrouver l'assassin de Mel et l'éliminer.

— Ça va te suffire, une semaine ? demanda Renly qui comprenait la véritable motivation de Red.

— J'espère…, soupira-t-il.

Il détesta l'idée de devoir s'occuper de tout ça alors qu'il n'avait qu'une envie : pleurer son ami. Malheureusement, il devait mettre les bouchées doubles au travail. Et surtout, il devait venger Mel. Même s'il redoutait de mettre le pied dans le monde glauque et sombre de la criminalité, de la torture et de la mort, il vengerait son ami !

Il croisa les bras, ses paumes couvrant les longues cicatrices qu'il avait sur chaque avant-bras. Il inspira profondément : la sensation de sa chair mutilée était aussi puissante qu'un talisman. Il se raidit, les souvenirs refaisant immédiatement surface. Il aurait tout donné pour ne pas retourner dans ce monde, mais il n'avait pas le choix. De la même manière qu'il avait sauvé Nikki Stark cette nuit-là, à New York, il devait venger Mel. C'était une question de devoir.

Or, personne d'autre que lui ne pouvait le faire à sa place. Ni Renly ni Stark Security. Ces bâtards avaient menacé Jo, et il en faisait une affaire personnelle. De toute façon, même si Jo n'avait pas été concernée, il s'agissait de *sa* distillerie. Mel avait été son associé et Jo méritait des réponses.

— Je peux attendre avec toi jusqu'à ce que Jessn et Charlie G. arrivent, si tu veux ? lui proposa Renly avec un regard inquiet.

— J'apprécie, bro. Mais je préfère être seul pour leur raconter ce qui s'est passé. Je leur ai juste dit que c'était urgent et que j'avais besoin d'eux le plus vite possible. Le suicide est un sujet difficile, et j'ai peur qu'ils s'empêchent de laisser libre cours à leurs émotions si tu es là…

— Okay…, acquiesça Renly. Putain, je n'arrive toujours pas à croire qu'il ait fait ça ! Se suicider… Ça ne ressemble tellement pas à Mel…

— Je sais. Je suis sous le choc, moi aussi. Mais il était bizarre ces derniers temps.

Cette partie n'était pas un mensonge. Red avait remarqué que son ami était différent – maussade et évasif. Et d'après ce que Jo lui avait dit, ce n'était pas seulement au travail.

— Qu'est-ce qui l'a poussé à faire ça, à ton avis ? lui demanda Renly.

Red traduit la question par « c'est quoi ce truc qu'il avait et pour lequel ils l'ont tué ? ».

— Je ne sais pas.

— J'espère qu'on va trouver. Pour Jo surtout ; elle va avoir besoin de comprendre pour se reconstruire.

— Malheureusement, j'en doute, se désola Red. Quoi qu'il se soit passé, il n'en a certainement parlé à personne.

— Tu devrais aller la voir.

— Je sais, mais elle avait envie d'être seule ce soir, répondit-il. Je voulais rester avec elle pour la réconforter, mais je me suis finalement dit que le sommeil était probablement la meilleure chose pour elle.

Il s'en voulait d'avoir laissé Jo partir en pensant que c'était un suicide, mais il n'avait pas eu le choix.

— T'as sûrement raison, admit Renly. Elle n'aurait rien pu entendre ce soir, de toute façon.

Savoir que son frère lui donnait raison le réconforta.

— Allez, viens. Je vais te raccompagner.

— Oui…

Lorsqu'ils arrivèrent devant la Ducati de Renly – une magnifique moto que Red lui enviait ouvertement –, sur le parking réservé aux clients, la tension se dissipa légèrement.

— Ça fout les boules, hein ? plaisanta Renly.

— Pas du tout ! menti Red, amusé. Elle est vraiment belle, c'est vrai… Tu sais que tu peux te garer sur le parking du personnel, quand tu viens. Même si je suis content que tu ne

l'aies pas fait ; malgré ta bécane, tu sais rester à ta place !
ironisa-t-il.

— Oui, ouais… Je sais qu'on ne mélange pas les torchons et les serviettes ! rit Renly.

— Je voulais te dire…, reprit Red, avec sérieux, cette fois.

Il profitait d'être sur le parking de la clientèle car il pensa qu'ils avaient moins de chances d'être entendus – même s'il ne pouvait pas en être certain. Il savait qu'il y avait une caméra dans la salle de fermentation, mais peut-être que tout le site avait été placé sous surveillance ? C'était précisément pour cela qu'il avait besoin de l'aide de Renly et de Stark Security.

— Je suis content que tu sois venu. Ça m'a vraiment fait du bien ! Mais je ne t'ai pas appelé juste pour avoir du soutien… La vérité c'est que, si nous avions eu un meilleur système, nous aurions certainement pu éviter la mort de Mel. Peut-être qu'on aurait dû prévoir une alarme lorsque quelqu'un désactive les systèmes de sécurité, ou un truc dans le genre… ?

— Tu veux installer un système plus performant ?

— C'est dans vos cordes, non ? demanda-t-il, faisant référence à Stark Security.

— Absolument.

Ils échangèrent un sourire. Tous les deux savaient que, certes, cela faisait partie des compétences de Stark Security, mais c'était loin de représenter l'activité principale de l'agence. En fait, l'installation de systèmes de sécurité était une vitrine, les autres activités de Stark Security étant majoritairement inconnues du grand public – trop secrètes et dangereuses pour être révélées.

— Tu m'envoies un devis ? Je veux la totale ! Il faut que je puisse être au courant d'absolument tout ce qui passe, en temps réel. Genre, s'il y a quoi que ce soit d'inhabituel, je veux en être averti immédiatement par SMS.

Ce qu'il ne dit pas, en revanche, c'était qu'il voulait être en mesure de localiser le moindre appareil espion présent dans son entreprise – en l'occurrence ceux installés par les enfoirés qui avaient tué Mel.

Renly hocha lentement la tête et Red sut avec certitude que son frère avait compris.

— Si ça te va, je fais venir les techniciens ce soir et on pourra probablement te proposer quelque chose dès demain.

— Parfait ! déclara Red alors que Renly montait sur sa moto et enfilait son casque. Embrasse Abby pour moi et remercie-la pour son message, ajouta-t-il.

Dès que Renly l'avait informée de ce qu'il s'était passé, Abby avait envoyé un message à Red pour lui présenter ses condoléances, lui promettant de l'appeler bientôt. Ce n'était pas grand-chose, mais cela lui avait fait beaucoup de bien, venant de sa part. Abby était non seulement la fiancée de son frère, mais aussi l'une de ses meilleures amies depuis l'université. D'ailleurs, elle était aussi proche de Mel. Ils s'étaient perdus de vue quelques années mais s'étaient retrouvés après qu'elle et Renly avaient repris contact à Los Angeles.

Un contact rapproché, pensa Red, amusé.

— Je lui dirai, confirma Renly. Après cette journée, je peux te dire que je vais être content de la retrouver. Heureusement que je l'ai, tu sais…

Red sourit et hocha la tête, essayant d'ignorer le petit pincement au cœur qu'il ressentit. Car il ne pourrait jamais avoir ce que Renly et Abby avaient. Il n'était pas fait pour ça. Pourtant, il enviait son frère de vivre une si belle histoire.

— T'es sûr que tu ne veux pas que je reste ?

— Sûr ! J'attends les gars, et puis je vais rentrer tout de suite après. Ne t'inquiète pas.

— Promets-moi que tu vas te reposer, d'accord ? Tu y verras déjà plus clair demain…

— Promis ! confirma Red, sachant que son frère avait certainement raison.

D'autant plus qu'il allait avoir besoin de toutes ses capacités pour la mission qu'il s'était donnée.

Renly démarra et s'engagea sur le boulevard Santa Monica, juste au moment où Jessn arriva. Red traversa jusqu'à l'endroit où son régisseur se garait, et le salua chaleureusement lorsqu'il sortit de la voiture.

— Je n'arrive pas à réaliser, déclara Jessn. C'est tellement dingue ! Je n'aurais jamais pensé Mel capable d'un truc pareil !

Il prit profonde inspiration, comme pour se remettre du choc.

— Et toi, ça va ? demanda-t-il à son patron.

— Disons que ça a été mieux...

— Charlie G. va avoir une petite heure de retard, mais rentre chez toi si tu veux. Je peux gérer seul…

— Je veux bien, si ça ne t'ennuie pas, répondit Red d'un air épuisé. J'ai remis le système de vidéosurveillance en marche et la plupart des jauges. Je pense qu'il faudrait les contrôler toutes les demi-heures, si ça te va ?

— Je n'ai pas peur des fantômes, si c'est ce que tu veux dire ! répondit Jessn avec un clin d'œil. Et Mel ne me ferait pas de mal de toute façon.

— C'est vrai, confirma Red, attendri.

De toute façon, il était à peu près certain qu'il ne se passerait rien. Si ceux qui avaient tué Mel voulaient que Red retrouve ce qu'ils cherchaient, ils avaient tout intérêt à ne pas lui mettre de bâtons dans les roues.

Il suivit Jessn dans la salle de dégustation, et lui expliqua ce qu'il attendait de lui.

— T'inquiète pas, Boss ! Sérieusement. Charlie G. et moi, on va gérer ! Tu peux partir tranquille.

— Je sais, et je vous fais confiance… Je vais juste aller

prendre quelques trucs dans mon bureau et je te laisse. Je fermerai derrière moi.

— Okay !

Red regarda Jessn quitter la salle de dégustation, traverser le jardin et entrer dans la distillerie. Puis, comme un somnambule, il se dirigea vers le bar où il se servit du whisky. Il fixa le verre un long moment avant de le prendre.

— *Putain !* murmura-t-il pour lui-même, avant de jeter le contenu du verre dans l'évier.

Ça ne va rien arranger..., pensa-t-il.

Puis, le poids de la journée pesant sur ses épaules, il se dirigea vers la porte d'entrée et la ferma derrière lui. Le parking réservé à la clientèle était devant, mais celui des employés était à l'arrière, et il se rendit sur le côté du bâtiment. Il se faisait tard ; le soleil était couché depuis près d'une demi-heure, donnant l'impression que le monde était une carte postale en noir et blanc – ce qui le déprima encore davantage et lui fit presque un peu peur. Mais il décida de se ressaisir ; après tout, même si le fantôme de Mel rôdait, il ne pourrait lui vouloir que du bien.

Il se dirigea vers sa voiture, une Toyota hybride qu'il avait achetée quelques années auparavant, et sortit ses clés de sa poche en marchant. Il déverrouilla les portières de loin, provoquant un bip aigu tandis qu'il continuait de marcher.

Puis, d'un seul coup, il fut saisi par une douleur intense. Une douleur dans tout le corps, comme si un incendie s'était déclenché à l'intérieur de lui. Il perdit tout contrôle – ses muscles ne lui obéissaient plus – et il se mit à trembler, jusqu'à son cœur qui faisait des bonds dans sa poitrine.

Un taser.

Malgré le fait qu'il était presque inconscient, le mot apparut dans son esprit comme une évidence. Il connaissait cette arme pour l'avoir souvent utilisée lors de ses séances d'entraînement, dans son ancienne vie. Il voulut se retourner pour voir qui était son agresseur, mais il en fut incapable. C'était à peine s'il réussissait à avoir des pensées cohérentes. Quant à ses jambes, il avait l'impression qu'elles étaient devenues liquides. Il finit par s'effondrer au sol, incapable de faire quoi que ce soit d'autre que de supporter la douleur qui l'électrisait tout entier.

Jusqu'à ce que, enfin, elle disparaisse aussi vite qu'elle était apparue. Récupérant un peu de ses esprits et de sa force, il parvint à s'asseoir et, machinalement, il sortit son couteau en cherchant autour de lui celui qui l'avait mis à terre. Mais il n'y avait personne.

Son téléphone sonna. Il le sortit, mais l'écran était noir. Pas d'appel, pas de SMS.

Le téléphone de Mel.

Il sortit alors le téléphone de son ami et vit le message sur l'écran de veille :

Tu es en danger.

Les personnes que tu aimes sont en danger.

Et ce sera le cas jusqu'à ce que tu nous
dises ce qu'on veut savoir : où se trouve ce
que Swift nous a volé ?

Je vous l'ai déjà dit : je n'en sais rien !
répondit-il.

Alors je te conseille de te renseigner. De
notre côté, on va continuer de chercher et
nous allons demander à quelqu'un d'autre
susceptible de savoir. N'essaie pas de
retracer ce numéro. Il ne sera plus en service.
Nous te recontacterons.

Son esprit était encore embrouillé, et il lui fallut une minute
pour comprendre le message. Mais dès que ce fut le cas, il se
força à se relever et ouvrit la portière de la voiture.

Jo. Putain, les enfoirés, ils vont s'en prendre à Jo !

CHAPITRE SIX

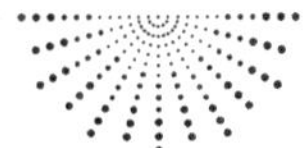

J e conduis en mode automatique sur la route d'Hollywood jusqu'à notre maison aux allures de cottage, à Studio City. Je ne sais pas quoi penser. Je ne sais pas à quoi je *pense*. Je ne fais que conduire, perdue dans une tempête d'émotions sombres, de confusion et de culpabilité.

J'ai conscience que ce n'est pas ma faute si mon mari s'est suicidé. Je sais qu'il devait avoir des problèmes plus profonds. Mais j'aurais dû m'en rendre compte ? Nous étions-nous à ce point éloignés l'un de l'autre ? Comment ai-je pu ne pas voir qu'il était en pleine dérive ?

J'aurais dû le voir. J'aurais dû être là pour lui. L'aider.

Les larmes brouillent ma vue et je cligne des yeux pour essayer d'y voir plus clair.

Je sais que je ne devrais pas me blâmer, mais comment faire autrement ? Mel était mon mari et, même si nous nous étions éloignés, je l'aimais toujours.

Comment ai-je pu être à ce point aveugle ?

Je me répète la même chose encore et encore alors que je

passe devant les points de repère familiers. Enfin, je remonte notre allée et me gare à côté de ma Fiat.

Je n'ai jamais aimé la nouvelle voiture de Mel et je ne comprends pas pourquoi il a insisté pour l''acheter. Il n'a pourtant jamais été un adepte des signes extérieurs de richesse. En tout cas, je ne l'ai jamais remarqué, mais peut-être suis-je passée à côté de ça aussi ? Je me souviens que, lorsqu'il l'a achetée, il m'a dit que lorsqu'il était à l'intérieur, il avait l'impression d'être à l'abri de tous les dangers. Je dois reconnaître que c'est vrai. Moi-même, je n'ai pas envie de descendre. Je me sens comme dans une petite bulle confor-table où je peux faire semblant que tout va bien et que je suis intouchable. Malheureusement, je sais que je ne peux pas rester. Je dois sortir.

Je dois faire face à toute la culpabilité qui accompagne la perte d'un mari dont je voulais divorcer.

Il faut que tu prennes sur toi. Ça va aller !

J'essaie de me donner du courage, mais je ne suis pas sûre d'avoir la force de faire face à moi-même.

Je pousse la porte et pénètre dans la maison. C'est petit, propre, et ça sent la vanille. Malgré les souvenirs qui vont bientôt m'assaillir, le simple fait de rentrer chez moi m'apaise.

Bien sûr, il y a eu des larmes et des disputes entre ces murs. Notamment lorsque je l'ai supplié de signer les papiers afin que nous puissions tous les deux continuer notre vie sans avoir besoin de passer devant le juge.

Mais il y a aussi eu de bons moments. Des rires et de doux souvenirs que je chérirai toujours.

— Mel, murmuré-je. Pourquoi est-ce que tu as fait ça ? Tu sais que, même si je ne voulais plus être ta femme, je serais toujours restée ton amie. Je t'aimais. Je t'aime. Cela ne chan-gera jamais. Même si c'est un amour différent de celui que tu aurais voulu…

Pas de réponse, évidemment… De toute façon, peut-être qu'il ne m'aimait plus. Après tout, il avait quelqu'un d'autre ; j'en suis certaine ! Peut-être qu'il se sentait coupable et que c'est pour ça qu'il s'est suicidé ?

Tellement de questions. Et cette absence totale de réponses. C'est insoutenable !

Je suis sur le point d'aller dans la cuisine pour me servir un verre de bourbon quand on frappe brusquement à la porte. Je change de direction, trébuchant presque sur Rambo, notre gros chat paresseux, qui est apparu comme par magie entre mes jambes de là où il se cachait. Il me suit et se frotte contre moi alors que je regarde par le judas. Je reconnais immédiatement les boucles rebondissantes et les yeux écarquillés d'Abby ; à peine ai-je ouvert la porte que je suis instantanément engloutie dans son étreinte.

— Renly m'a appelée, dit-elle. Il a dit que Red venait de lui apprendre le décès de Mel et qu'il était en route pour la distillerie. J'étais à Burbank ; je suis venue tout de suite chez toi, mais je n'ai pas vu ta voiture, alors j'ai pensé que je repasserai te voir avant de rentrer à la maison.

— Merci. Je suis tellement contente de te voir !

Je la fais entrer et nous nous dirigeons vers le canapé du salon.

— Qu'est-ce qu'il s'est passé ? Renly n'a pas su me dire et je ne lui ai pas parlé depuis. Il m'a laissé un message vocal, mais il me dit simplement qu'il me racontera à son retour.

Je voudrais lui dire que Mel s'est suicidé, mais je ne peux m'empêcher de fondre en larmes.

— Oh, Jo… Je suis désolée…

Elle se lève et va dans la cuisine pour nous servir deux verres de whisky. En la voyant revenir, je remercie en moi-même Mel d'avoir ouvert une distillerie. D'autant que j'ai toujours préféré le whisky au vin. Elle me tend un verre puis lève le sien pour porter un toast.

— À Mel et à tous nos souvenirs, lance-t-elle.

Je lui souris chaleureusement. Même si c'est simple, c'est le plus beau toast que j'ai entendu de ma vie.

Elle s'installe sur le canapé à côté de moi, puis me serre la main. Sa présence est si réconfortante… J'adore Abby. Nous ne nous connaissons pourtant pas depuis très longtemps, mais elle est rapidement devenue l'une de mes plus chères amies. Nous nous sommes rencontrées lors d'une fête à la distillerie il y a un peu moins d'un an, juste après que Renly lui a demandé de l'épouser.

— Tu veux en parler ? me demande-t-elle.

Je secoue la tête.

— Je ne sais pas. Je crois que j'ai plutôt envie d'oublier tout ça. Je sais que ce n'est pas possible, mais est-ce qu'on peut faire comme si tout était normal pendant un petit moment ?

— Bien sûr, ma chérie. Tout ce que tu veux. Peut-être que tu préfères être seule… Tu veux que je te laisse ?

— Ah non, non, surtout pas ! Sauf si tu as des choses à faire, évidemment…

Abby a ouvert une société de développement de logiciels avec Nikki Stark, et j'ai l'impression qu'elles sont toujours en train de créer un nouveau produit ou d'améliorer ceux qu'elles ont déjà sortis.

— Non. Pour une fois, je suis tranquille. Nous avons terminé ce week-end.

Soudain, je me souviens et réalise ma bêtise. Abby et Renly se marient vendredi. La fête doit avoir lieu dans la maison de Damien Stark, à Malibu, puis ils partent une semaine en Italie pour leur lune de miel.

— Ah mais oui, évidemment ! Excuse-moi. Avec tout ça… Mais j'ai hâte d'être à la fête !

Abby respire le bonheur et je me demande si je ressemblais à ça dans les jours qui ont précédé mon mariage avec Mel. Honnêtement, je ne crois pas…

— Moi aussi, mais je suis désolée que ça intervienne juste après ce qu'il vient de se passer.

— Mais non, au contraire, la rassuré-je. Tout le monde sera content de pouvoir se changer les idées.

— Tout le monde, sauf ma mère ! fait-elle mine de se plaindre en souriant. Elle n'arrive pas à digérer le fait que nous n'ayons pas voulu un grand mariage. Mais ça ne nous ressemblait pas ! On voulait se marier en présence des quelques personnes à qui nous tenons le plus, et c'est tout…

— Je suis complètement d'accord avec vous. Et je suis vraiment très heureuse pour vous deux.

Je le pense sincèrement. Abby et Renly sont amis depuis toujours, et ils sont littéralement faits l'un pour l'autre. Je suis presque un peu jalouse. Je n'ai jamais eu cette connexion avec Mel.

— Merci. Mais je ne suis pas venue pour parler de mon mariage… Je m'inquiète pour toi, tu sais. J'imagine que tu dois être effondrée ?

J'acquiesce et baisse le regard, retenant mes larmes.

— Qu'est-ce qu'il s'est passé ? Il y a eu un accident à la distillerie, ou…

— Il s'est suicidé, lâché-je.

Sous le choc de cette annonce, Abby me regarde bouche bée et le silence s'installe entre nous quelques secondes, tandis que mes larmes se remettent à couler.

— Je suis désolée. Je n'ai pas…

— Ne pense même pas finir cette phrase, m'interrompt-elle. Oh, Jo… Mon Dieu !

Elle me prend dans ses bras et m'attire contre elle.

— C'est moi qui suis désolée. Je ne savais pas…

— Il n'a même pas laissé de mot. Pas d'explication. Rien…

— Est-ce que tu veux que je reste ici cette nuit ? Renly comprendra, et ça nous permettrait de parler, de nous bourrer la gueule et de regarder des films ! Qu'est-ce que t'en dis ?

Je ris malgré moi.

— J'en dis que c'est très tentant ! Mais tout ce que je veux, c'est finir ce whisky et aller me coucher. Demain sera un autre jour… Je ne suis pas sûre qu'il soit meilleur que celui-ci, mais bon…

— Peut-être pas demain, mais après-demain sûrement. Tu sais ce qu'on dit : après la pluie… le beau temps !

— J'espère ! De toute façon, il faut bien continuer…

— Bravo ! se réjouit-elle en tapant son verre contre le mien.

— Tu peux rester un peu avec moi ? Il doit bien y avoir une connerie à regarder à la télé…

— Bien sûr que je peux !

Soulagée de ne pas être seule, j'allume la télévision et fais défiler les propositions de Netflix jusqu'à ce que nous tombions sur *The IT Crowd.*

— J'adore cette série ! s'écrie-t-elle.

Je ne connais pas, mais je lance le premier épisode et, très vite, je me rends compte qu'elle a raison. C'est vraiment drôle et je ris malgré moi, ce qui me fait vraiment du bien. Et puis je comprends pourquoi Abby aime la série : les héros sont des informaticiens.

— C'est génial ! lui dis-je à la fin du troisième épisode. Mais je crois que je suis fatiguée…

— Tu veux que je parte ? Ou je peux rester et te faire à manger ? Te distraire… Je peux rester toute la nuit si tu as besoin de moi. Vraiment, Jo, n'hésite pas !

— C'est sympa, souris-je. Mais ça va aller, je t'assure. En tout cas, c'est adorable d'être passée me voir. Dis à Renly que je suis contente qu'il ait été là aujourd'hui. Je sais que Red doit être très peiné. Quand on y pense, il était plus marié à Mel que moi.

— Il l'aimait beaucoup, c'est vrai…

Elle a raison. Et je suis bien placée pour le savoir. Mel, Red et moi formions un trio inséparable à l'université. À l'époque, j'étais certaine de ce que l'on deviendrait. C'est drôle comme les choses ne semblent jamais se dérouler comme on les imagine…

Abby se penche et gratte les oreilles de Rambo. Il avait disparu quand elle est entrée, mais maintenant qu'il a compris qu'elle n'était pas là pour l'embêter, il a décidé de sortir.

— Salut, Rambo ! murmure-t-elle en le soulevant pour le poser sur ses genoux. Juste une papouille, et j'y vais ! lui dit-elle tandis qu'il ferme les yeux et ronronne instantanément.

— Le pauvre… Tu sais qu'il est censé être le gardien de la maison ? Grand, fort et féroce. Tu l'humilies ! Tu le traites comme un bébé ! dis-je en riant.

— Il n'a pas l'air trop humilié, rétorque-t-elle en regardant l'air ébahi de Rambo.

Puis elle se penche sur lui et blottit son nez contre son front poilu.

— C'est mon petit gardien à moi, ça ! lui dit-elle avec une voix de bébé.

J'éclate de rire et elle me regarde en souriant, la tête penchée sur le côté.

— Ah… Je préfère te voir comme ça ! Bon, je te laisse avec le gardien de la maison, alors ?

— Ne t'inquiète pas, il s'occupe toujours très bien de moi !

— Tu me promets de m'appeler si tu as besoin de quoi que ce soit ?

— Promis ! confirmé-je.

Elle me tend le chat et je le garde contre moi en la raccompagnant jusqu'à la porte. Je regarde Abby sortir et suis surprise que Rambo ne s'empresse pas de faire comme elle. Il a l'habitude de sortir. Notre jardin est fermé par une clôture en tôle ondulée qui vient de la distillerie, et sur laquelle il est impossible pour un chat de grimper. Alors, généralement, il passe la nuit sur la terrasse en béton puis rentre au petit matin avec l'impression d'avoir fait son tour de garde et de nous avoir protégés.

Mais cette fois, il reste avec moi, comme s'il sentait qu'il ne devait pas me laisser seule. Dès que je ferme la porte, il trottine jusqu'à la cuisine pour son dîner. Je le suis avec un sourire attendri. J'adore nos petites habitudes…

— Je suis désolée de te le dire, mon minou, mais ton papa ne reviendra pas.

Je me rends compte que des larmes coulent sur mes joues alors que je mets sa nourriture dans sa gamelle. Je ne sais pas comment gérer. Je suis triste mais aussi en colère. Je ne peux pas m'empêcher de me dire que si Mel m'avait parlé, j'aurais peut-être pu l'aider. Au moins lui conseiller de voir un psy…

Car je suis sûre qu'il se passait quelque chose. Je sais que je n'invente pas ! Ce n'était peut-être pas une liaison, mais quelque chose avait changé. Je ne l'avais jamais vu dépressif auparavant ; il y a donc forcément eu un élément déclencheur. Si ça se trouve, c'était vraiment une liaison… ? Peut-être que ça s'est mal terminé, qu'il a eu le cœur brisé, et que cela est venu s'ajouter à son échec avec moi ? Peut-être qu'il avait l'impression de ne plus compter pour personne ? Je ne sais pas. Et le fait de ne pas savoir me tue.

En regardant Rambo manger paisiblement, je me dis que ça ne doit pas être si mal d'être un chat…

Avec un soupir, je me verse un autre verre de whisky. Juste pour m'aider à dormir. Puis je me dirige vers la porte arrière et l'ouvre pour Rambo.

— Si tu veux faire un petit tour dehors aujourd'hui, c'est maintenant ou jamais, mon gros ! Je vais me coucher tôt, et tu vas être coincé à l'intérieur si tu ne sors pas maintenant. Un quart d'heure et tu reviens, ça te va ?

Comme s'il avait parfaitement compris, Rambo trottine vers la porte et sort gambader. Après son passage, je laisse la porte ouverte et ne ferme que la moustiquaire pour être sûre de l'entendre miauler lorsqu'il voudra rentrer. Je le regarde renifler les fleurs, chasser les oiseaux, et s'étaler sur le béton encore chaud de la journée, puis, après avoir réglé le minuteur, sur la table près de la porte, je vais me chercher de la glace. Je n'en mange pas souvent, mais ce soir, j'en ai besoin. Glace à la vanille arrosée de sauce au chocolat – exactement ce qu'il me faut !

Je lèche la cuillère lorsque le minuteur sonne. Je me retourne vers la porte et Rambo est déjà là, derrière la moustiquaire.

Qui a dit qu'on ne pouvait pas dresser un chat ?

Il miaule. Mais son miaulement est plus rauque que d'habitude. C'est presque un grognement. Il doit sentir un chien de l'autre côté de la clôture.

— Qu'est-ce qu'il y a, mon gros ? lui demandé-je en lui ouvrant la porte.

Je m'attends à ce qu'il rentre immédiatement, comme d'habitude, mais il regarde sur le côté, souffle et se précipite à l'intérieur de la maison, fonçant entre mes jambes et me faisant trébucher.

Je me tourne pour le regarder courir.

— Qu'est-ce que tu…

Mais je n'ai pas le temps de terminer ma phrase. Tout à coup, je suis saisie par le poignet, tirée dehors et plaquée contre le mur de la maison. Mon agresseur est vêtu de noir de la tête aux pieds, et il appuie un couteau contre ma gorge.

Je suis tétanisée. Mon cœur bat si fort que j'entends à peine ce qu'il me dit.

— Ils sont où ? me demande-t-il d'une voix grave et basse. Ce que ton mari nous a pris. C'est où ? Ils sont où, putain ?!

— Je ne sais pas de quoi vous parlez, dis-je en essayant de m'écarter de lui, en vain.

Environ un mètre quatre-vingt, pensé-je. *Voix rauque. Yeux marron.*

— Ne me prends pas pour un con ! Réponds !

— Je vous jure que je n'en sais rien !

J'entends le tremblement dans ma voix.

— Je n'ai aucune idée de ce dont vous parlez.

— Tu ferais bien de le découvrir vite, salope !

Il remonte son couteau et, avant même que je réalise ce qui se passe, il effleure ma lèvre supérieure. La lame est si tranchante que je la sens à peine, mais j'ai immédiatement le goût du sang dans la bouche et suis terrifiée.

— S'il vous plaît… Je…

Il me retourne et me jette à l'intérieur. Je tombe à genoux, et le temps que je me redresse, il est parti.

Je reprends rapidement mon souffle et me précipite vers la porte arrière pour la fermer à clé. Puis je reste simplement là, engourdie par un mélange de peur et de soulagement. Je me demande comment il a pu rentrer. Il a dû forcer le portail ? Ou peut-être a-t-il utilisé une échelle pour franchir la clôture en acier ? Je n'en sais rien et, de toute façon, il est hors de question que je sorte maintenant.

Prenant une profonde inspiration pour tenter de me calmer, je vais dans ma chambre où je garde une arme. Mon père était militaire et m'a appris à tirer dès que j'ai eu 10 ans. Grâce à lui, je suis une tireuse hors pair. Si seulement j'avais eu mon arme avec moi quand ce type est entré !

Je l'ai maintenant, et s'il revient…

Justement, j'entends des bruits, en bas, dans le jardin.

Putain, ce fils de pute est revenu !

Folle de rage, j'oublie la peur et me précipite dans l'entrée.

Je respire un grand coup et ouvre la porte d'un seul coup, pointant mon arme devant moi.

— Hé ! Jo ! C'est moi !

Red se tient devant moi, les mains en l'air. Je suis tellement sous le choc que je ne le vois même pas retirer l'arme de ma main et me prendre dans ses bras.

— Si j'ai réussi à faire ça, celui que tu pensais viser aurait pu le faire aussi, me réprimande-t-il d'une voix dure qui trahit à la fois sa colère et son inquiétude.

— Je suis désolée… Je croyais que c'était le même type qui m'a agressée, tout à l'heure.

— Alors pourquoi tu ne t'es pas enfuie par-derrière ?

J'éclate en sanglots. Je ne sais pas. J'aurais dû. Je le sais. Mon père m'a toujours dit qu'utiliser une arme devait toujours être un dernier recours. Mais mon mari est mort et j'ai été agressée sans que je sache pourquoi. Je n'ai aucune idée de ce qui se passe et je déteste ça. Surtout, je suis morte de peur.

Mais je ne dis rien de tout cela à Red, me contentant de le regarder à travers mes larmes.

— C'est vraiment la pire journée de ma vie…

CHAPITRE SEPT

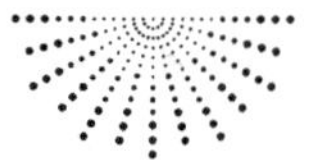

— **T**u saignes, me dit Red, passant son doigt sur ma lèvre supérieure.

Je frissonne et détourne le regard, embarrassée par l'envie que je ressens de me blottir contre lui et de me laisser réconforter.

— Ce n'est rien. C'est juste une égratignure, reniflé-je.

Mais en réalité, tout ce que je veux, c'est aller me coucher, pleurer et oublier ce qui vient de se passer.

— Je suis désolée. Je suis désolée d'avoir failli te tirer dessus, et je suis désolée d'être aussi idiote. C'est juste que… je ne comprends plus rien !

— Ça va aller, Jo, me rassure-t-il d'une voix aussi douce que la paume qu'il presse contre mon dos. Viens, on va s'installer.

Il ferme la porte et me conduit jusqu'au canapé. Je m'assois en pliant mes jambes sur le côté et place un coussin sur mes genoux. Red est juste à côté, face à moi et, lorsqu'il se penche, je crois un bref instant qu'il va m'embrasser. Ou plutôt, *j'espère* qu'il va m'embrasser… J'ai tellement besoin de tendresse. Envie d'oublier l'enfer qu'est devenue ma vie…

Mais il ne m'embrasse pas. Il s'est approché de moi uniquement pour regarder ma lèvre. Il prend un mouchoir sur la table basse et le tamponne doucement contre ma lèvre. Je me laisse faire, incapable de faire autre chose que de le regarder. J'ai tellement rêvé de lui. Si souvent fantasmé sur ses larges épaules, et sa douceur malgré les drames qu'il a vécus… Malgré moi, Red s'est immiscé petit à petit dans mes pensées, sans que je sache tout à fait pourquoi.

Craignant d'être découverte, je détourne les yeux.

— Merci, dis-je en repoussant doucement sa main.

— Ce n'est rien, répond-il. Juste une égratignure. Mais les blessures au visage saignent toujours beaucoup. Ça te fait mal ?

Je secoue la tête, mais réalise que je pleure, ce qui semble contredire ma réponse.

— Non, non, ça va. J'ai juste… Putain, Red. Je me sens tellement nulle ! sangloté-je. Je ne comprends pas ce qui se passe.

— Je sais.

Il pose le mouchoir et se penche à nouveau vers moi pour prendre mes mains dans les siennes.

— Il faut y aller pas à pas, d'accord ?

Je tente de sécher mes larmes et acquiesce.

— Dis-moi ce qui s'est passé avant que je vienne. Comment t'es-tu coupé la lèvre ? Qui t'a fait ça ? C'est pour ça que tu as pris ton arme ?

Je comprends à son ton qu'il connaît déjà la réponse – ou du moins qu'il la soupçonne.

— Il… Il y avait un homme…

Je suis mortifiée en me remémorant ce qui s'est passé et des larmes se remettent à couler sur mes joues. Je libère une main pour m'essuyer les yeux.

— Je suis désolée. C'est juste tellement flippant tout ça…

— Ne sois pas désolée. C'est complètement normal, me

rassure-t-il d'une voix aussi douce qu'une caresse. Mais je suis là, maintenant. Tu es en sécurité.

Je frissonne.

— Merci. Mais… je ne comprends pas ce qui se passe, répété-je.

— Je pense j'ai quelques pistes. Je vais te dire ce que je sais, mais j'ai d'abord besoin que tu me racontes ce qui s'est passé. D'accord ?

Sa voix est douce mais ferme, comme s'il expliquait quelque chose d'important à un enfant. Son ton m'énerve presque – non pas parce que je me sens humiliée, mais parce que je suis en train de tomber sous son charme.

Reprends-toi, Jo. Ce n'est vraiment pas le moment !

— D'accord, dis-je avec fermeté, avant de prendre une profonde inspiration pour me forcer à me calmer. En fait, je ne sais absolument pas pourquoi, mais un gars m'a sauté dessus au moment où j'ouvrais la porte à Rambo, commencé-je, libérant mes mains de celles de Red pour passer mes bras autour de moi. Je… Je n'ai pas pu le voir car il était tout en noir.

— *Il ?*

J'acquiesce.

— Oui, il avait une voix d'homme.

— Donc, il t'a parlé. Qu'est-ce qu'il a dit ?

— Quelque chose à propos de Mel. Il voulait récupérer quelque chose que Mel leur avait pris. Il n'arrêtait pas de répéter : « Ils sont où ? Ils sont où ? », mais je ne comprenais pas de quoi il voulait parler…

En disant cela, je pense à une chose horrible. Je suis sur le point de la partager avec Red, mais il prend la parole avant moi.

— *Ils sont où ?* Tu es sûre que c'est exactement ce qu'il a dit ?

Je réfléchis une seconde, puis hoche la tête, des frissons

me parcourant le dos alors que je me remémore ce qui s'est passé.

— Oui, oui. Je suis sûre ! Mais attends… je viens de réaliser un truc. Et si Mel ne s'était pas suicidé ? Peut-être que quelqu'un l'a tué à cause de cette chose qu'il avait. Non ?

Red me regarde pendant si longtemps que je commence à penser que j'ai eu l'idée la plus ridicule de tous les temps. Puis son expression devient grave et je vois des larmes dans ses yeux.

— Tu as raison, finit-il par lâcher d'une voix à peine audible. Il a été tué. Mais il ne leur a jamais dit où était ce qu'ils cherchaient. Du coup, je ne peux pas m'empêcher de penser qu'ils ne voulaient pas vraiment le tuer. Car maintenant que Mel est mort, ils n'ont plus aucun moyen de retrouver ce qu'ils cherchent. À moins que toi ou moi ne le sachions, mais ce n'est pas le cas…

Je m'accroche à son regard tandis que je réalise petit à petit ce qu'il vient de me dire.

— T'es en train de me dire que j'ai raison ? Mais dans ce cas, il faut appeler la police ! Ils vont…

— Non ! m'interrompt-il en attrapant mon poignet, m'empêchant de prendre mon téléphone.

J'essaie de retirer ma main, mais je ne peux pas.

— Red, tu me fais peur.

— On ne peut pas dire aux flics que c'était un meurtre.

— Pourquoi ?

Ma tête tourne, sans que je sache si c'est à cause de cette conversation complètement dingue, ou de tout ce qui s'est passé aujourd'hui.

— Parce que ceux qui ont tué Mel m'ont dit de ne pas le faire.

— Attends… Ils t'ont agressé, toi aussi ?

— Non, enfin si… Mais c'était avant. En tout cas, ils ont

été clairs sur le fait que les flics devaient continuer à croire que c'était un suicide.

— Putain..., soupiré-je, ayant du mal à intégrer ce qu'il est en train de me dire. Je crois que j'ai besoin que tu me racontes les choses depuis le début, dis-je finalement, serrant mes bras autour de moi pour tenter de calmer la peur qui me glace le sang.

Red me raconte alors en détail ce qu'il s'est passé, depuis le moment où Mel lui a donné rendez-vous à la distillerie et où il l'a retrouvé mort dans l'une des cuves de fermentation.

— Et ils t'ont appelé ?

— Oui. Mais sur le téléphone de Mel. Et ils m'ont montré...

Il s'arrête, comme s'il n'était pas sûr de devoir continuer.

— Quoi ?

— Jo, je ne pense pas que tu devrais...

Je presse deux doigts sur ses lèvres et secoue la tête.

— Red, je n'ai pas besoin d'être protégée. Enfin, si... je veux bien que tu me protèges, mais j'ai besoin de savoir tout ce qui s'est passé. S'il te plaît... Mel était mon mari. J'ai été agressée, et – que tu le veuilles ou non – je suis maintenant ton associée.

Techniquement, je l'ai toujours été, puisque je les ai aidés à financer la distillerie en achetant un tiers des parts avec mes économies. Mais je n'ai jamais participé aux décisions. Nous avions convenu que je devais intervenir dans le cas où Mel et Red n'auraient pas été d'accord, mais cela ne s'est jamais produit.

— Je suis sérieuse, Red. Je suis capable de tout entendre. Je t'en prie...

Il passe ses doigts dans ses cheveux épais et ondulés en soupirant, et je ne peux pas m'empêcher de le trouver terriblement séduisant.

— Okay...

Il soupire en tapant le mot de passe, puis me tend le téléphone de Mel.

— C'est vraiment parce que tu insistes… Va à la dernière vidéo.

Je fronce les sourcils en prenant le téléphone.

— Tu connaissais son mot de passe ?

Je ressens un petit pincement au cœur. Lorsque Mel et moi nous sommes mariés, nous utilisions le même code pour nos ordinateurs et nos téléphones. Puis il a changé le sien – ce que j'ai découvert en voulant regarder sur son téléphone des photos que nous avions prises lors d'un voyage sur l'île de Catalina. Cela m'avait paru étrange, mais je ne m'en étais pas préoccupée plus que ça. À cette époque, les codes d'accès étaient le moindre de nos problèmes.

— Non, ce sont eux qui me l'ont donné.

Je frissonne, repensant une fois de plus à la liaison que je soupçonnais Mel d'avoir ces derniers temps. Et si j'avais raison ? Peut-être qu'il avait été séduit par une fille qui s'était servie de lui ?

Mais ce n'est pas le moment de penser à ça. Red a raison : il faut avancer pas à pas.

Le téléphone s'est reverrouillé, alors je tape le code que Red me donne, puis ouvre la dernière vidéo. Je découvre alors avec horreur un inconnu en train de torturer mon mari, avant de le laisser mourir dans une cuve de fermentation.

Sous le choc, je rends le téléphone à Red.

— Je… Je… Oh, mon Dieu !

Je plaque ma main sur ma bouche et cours vers la salle de bain où je vomis de la bile et du whisky. Puis je m'assois par terre et pose mon front contre le mur en carrelage. Je ne réalise même pas que je suis en train de pleurer jusqu'à ce que Red vienne me rejoindre. Il écarte les cheveux de mon visage, puis m'aide à me relever.

— Je sais, dit-il. Mais nous devons être forts, Jo… Okay ?

J'acquiesce. Je sais qu'il a raison. Je le dois pour Mel, pour Red. Et pour retrouver ceux qui ont fait ça.

— Qu'est-ce qu'on va faire ? Je ne sais rien de ce que Mel a pris. Tu étais au courant, toi ?

— Non plus. Enfin, jusqu'à il y a quelques instants. Tu m'as fourni une pièce du puzzle.

— Moi ? Mais comment ? Je ne sais rien.

— Toi non, mais eux, oui. Et ils t'ont donné un indice.

Il me regarde comme si c'était évident, mais je ne comprends rien.

— *Ils*, finit-il par lâcher. Tu m'as dit que ton agresseur t'avait dit « Ils sont où ? »

— Oui, c'est vrai, mais qu'est-ce que… *oh !*

Je souris malgré moi, fière d'avoir enfin compris.

— Ils cherchent un paquet, mais il y a plusieurs choses dedans, c'est ça ? Mais quoi ? Des faux billets ? Des diamants ? Des photos compromettantes ?

J'ai toujours adoré les thrillers et mon imagination galope.

— Je ne sais pas, mais c'est ce que nous allons devoir découvrir…

Je sens mes jambes trembler et je me laisse glisser au sol, me retrouvant à nouveau contre le mur en carrelage, tandis que Red s'assoit sur le bord de la baignoire en face de moi.

— Apparemment, ils pensent que nous savons quelque chose. Peut-être qu'ils espèrent que Mel nous a dit quelque chose. Mais il est aussi possible que toi, moi, ou nous deux, sachions quelque chose – et qu'eux soient au courant.

— Mais je t'assure que je ne sais rien du tout ! Et toi ?

— Non plus, ou en tout cas, je ne sais pas de quoi il s'agit…

Je soupire, désespérée.

— Et puis ce n'est pas comme si Mel et moi parlions

beaucoup ces derniers temps. Encore moins sur l'oreiller. Ça faisait des années qu'il ne se passait plus rien entre nous.

Je m'en veux aussitôt d'avoir dit ça. *Quelle idiote !* Red est la dernière personne à qui j'ai envie de confier à quel point ma vie sexuelle est un désert. Surtout en ce moment.

— Encore une fois, il est possible que nous sachions quelque chose sans savoir que c'est ce qu'ils cherchent…

— Oui, bon bah…. Dans ce cas, c'est comme si on ne savait rien ?

Il me regarde en souriant et je me mets à rire. Cette conversation est tellement dingue !

— Est-ce que tu peux me parler de vos derniers mois, avec Mel ? Peut-être que je remarquerai quelque chose que tu n'as pas remarqué ?

— Je veux bien, mais, vraiment, il n'y a pas grand-chose à dire. Nous n'échangions presque plus. Et, comme je te l'ai dit, il ne vivait ici que sur le papier.

— C'est pour ça que tu voulais divorcer ? Parce qu'il était devenu distant ?

— Non. Enfin… si. En fait, ça fait des années que ça ne va plus entre nous ; bien avant tout ça.

— On ne sait pas ce qu'est « ça ». Et encore moins quand ça a commencé…

Je baisse les yeux, réalisant qu'il a raison.

— C'est vrai… À l'origine, c'était… c'était moi. J'aime Mel, je l'aime vraiment. Mais…

Je m'interromps pour reprendre mon souffle et trouver la force de continuer.

— Je crois que j'ai très vite réalisé que nous n'aurions jamais dû nous marier. Il y avait plein de petites choses qui n'allaient pas. Au début, j'ai fait des efforts pour que ça marche. Mais ça n'a pas suffi et nous avons fini par nous séparer. Parfois, je me dis que nous avons tout gâché. Nous étions tellement proches à la fac… Mais…

La douleur des souvenirs m'empêche de continuer. Peut-être aussi le fait de tout raconter à Red. Non seulement il est la personne qui nous connaît le mieux, mais s'il n'avait pas rejoint l'armée, c'est peut-être avec lui que je serais mariée aujourd'hui.

— Je comprends, dit-il doucement. Une relation évolue et ce n'est pas facile de déterminer à quel moment elle a mal tourné…

Machinalement, j'enroule une mèche de mes longs cheveux autour de mon doigt et laisse mon esprit vagabonder.

— Je t'ai dit que je croyais qu'il avait une liaison. C'était peut-être le cas mais, si ça se trouve, je me trompe complètement. Peut-être qu'il s'est simplement mis dans le pétrin en faisant de mauvaises rencontres ?

— T'as peut-être raison. Nous allons devoir creuser pour le savoir. S'il avait une liaison, sa maîtresse sait peut-être quelque chose. Si ça se trouve, elle est même impliquée ? Mais, au fait, qu'est-ce qui t'a fait penser qu'il te trompait ? Y a-t-il eu quelque chose de particulier qui t'a fait dire qu'il avait une maîtresse ? Enfin, je veux dire, j'imagine que c'est plutôt de l'ordre du ressenti, mais tu vois ce que je veux dire…

— Oui, je comprends. Et non, il n'y a rien eu de particulier. Juste un ressenti de ma part, tu as raison. Mais, vraiment, toi tu ne t'es jamais dit qu'il avait quelqu'un d'autre ?

C'est la première fois que je pose cette question à Red. Je ne sais pas pourquoi, d'ailleurs. Après tout, il est l'un de mes amis les plus proches, depuis des années. Et il a passé plus de temps avec Mel que moi. Alors, pourquoi ne suis-je jamais allée le voir pour lui demander s'il pensait que mon mari me trompait ? Je ne sais pas.

En fait, si. Au fond de moi, je sais : je me fichais de connaître la réponse.

Lorsque je réalise que Red ne m'a toujours pas répondu, je jette un coup d'œil vers lui et le surprends en train de m'observer. Nous nous fixons quelques secondes, jusqu'à ce que, mal à l'aise, je brise le silence :

— Tu n'y a jamais pensé ?

— Non, jamais. Tout ce que je savais, c'est qu'il avait changé. Tu vois ce que je veux dire ?

— Oui. Très bien…

— Bon, mais en tout cas, nous avons besoin d'un élément concret, d'un point de départ, pour commencer à chercher.

— On a son téléphone. Tu ne crois pas que nous devrions commencer par là ? demandé-je en levant un sourcil.

— Si, si, bien sûr, répond-il. C'est ce que nous allons faire. Mais ceux qui ont tué Mel l'ont eu entre leurs mains avant nous et, vu qu'ils connaissaient le mot de passe, ils ont sûrement déjà fouillé et je suppose que ça n'a rien donné.

— Tu « supposes ». Mais on ne sait jamais… Peut-être que nous trouverons quelque chose qu'ils n'ont pas vu ?

— C'est vrai, admet-il.

— Et puis, non seulement nous n'avons rien de mieux, mais je suis certaine que l'on va découvrir des choses intéressantes. Mel répondait rarement aux appels quand nous étions ensemble. Et s'il était au téléphone quand j'entrais dans la pièce, il raccrochait brusquement. Il devait cacher des choses… On peut peut-être regarder les numéros qu'il appelait le plus souvent ? S'il avait une maîtresse, on va forcément la trouver. Elle doit avoir un nom de connasse facilement repérable…

Je me rends compte que j'ai l'air en colère et jalouse, et je le regrette immédiatement.

— T'as complètement raison, me dit Red. D'ailleurs, c'est peut-être pour ça qu'ils m'ont donné le téléphone et ne se sont pas contentés d'envoyer la vidéo.

— Parce qu'ils pensent que l'un de nous pourrait remarquer quelque chose qu'eux n'ont pas vu ?

— Exactement.

— Alors, qu'est-ce qu'on fait ? On va s'installer sur le canapé et se plonger dans son téléphone ?

— Oui. Mais pas maintenant. Nous devons dormir un peu. Et je veux aller à Stark Security demain matin.

— Le système d'alarme…, dis-je. Ils n'auraient pas dû être capables de désactiver les protocoles de sécurité si facilement.

— Tout comme ils n'auraient pas dû pouvoir trouver son code de téléphone.

Fatiguée, je passe mes mains sur mon visage. Je ne comprends plus rien…

— C'est pour ça que je veux aller chez Stark, demain. Je vais leur demander de faire deux copies exactes du téléphone de Mel pour que toi et moi en ayons chacun une. Ça nous permettra de fouiller le téléphone chacun de notre côté et de comparer nos notes. Je vais aussi leur demander de vérifier chaque numéro entrant et sortant dans leur base de données. On ne sait jamais, il peut peut-être en ressortir quelque chose…

— Bonne idée !

— En tout cas, cela nous permettra de savoir rapidement si le téléphone a des choses à révéler ou non. Mais même si nous trouvons quelque chose d'exploitable, ce ne sera qu'une piste – il ne faudra pas négliger les autres.

J'admire la façon de penser méthodique de Red. Je me sens dans mon élément. Après sept ans en tant qu'assistante juridique dans un cabinet d'avocats, je sais que la concentration et la méthode sont les seules manières d'aboutir à quelque chose.

— Et donc, l'hôtel est une autre piste que nous allons devoir suivre ?

Il tend la main et tapote le bout de mon nez, comme il avait l'habitude de le faire lorsque nous étions à l'université. Je faisais alors comme si cela m'agaçait mais, en réalité, j'adorais ça. J'étais même déçue que ce soit le seul contact physique qu'il y ait entre nous. En tout cas jusqu'à cette soirée où…

— … les fichiers.

Je reviens à la réalité d'un seul coup, mais m'aperçois que je n'ai pas fait attention à ce que Red disait.

— Euh… Quoi ? balbutié-je, priant pour que mes joues ne soient pas devenues rouges.

— S'il utilisait vraiment une chambre à l'hôtel de son ami, il faut que l'on parle à ce type. Tu crois que tu peux chercher dans les fichiers clients de ton cabinet et trouver son nom ?

— Je ne suis pas vraiment censée le faire – pas sans l'autorisation de mon patron –, mais je le ferai.

— Génial !

— J'irai au bureau demain. Je dois leur annoncer pour Mel, de toute façon.

— Et tu devrais aussi en profiter pour leur demander une semaine de congé.

Je ressens un sentiment étrange. Dans des circonstances normales, j'aurais dû passer cette prochaine semaine entourée de ma famille et de mes amis pour organiser les funérailles de mon mari et essayer de me remettre du choc. Or, au lieu de ça, je vais me transformer en apprentie détective.

En même temps, pour être honnête, je suis plutôt contente. Je ne suis pas du genre à me vautrer dans le chagrin, la douleur et le deuil. Je préfère être dans l'action. Bien sûr, je ne pourrai jamais ramener Mel ; mais je peux au moins trouver les réponses que je cherche.

— Okay. Et la première chose que nous devrons faire ensuite, c'est aller à l'hôtel, ajouté-je.

— Oui, mais on en parlera demain, quand tu auras trouvé l'adresse. Ça risque de ne pas être si simple. Après tout, on n'est pas sûrs que le type ait déjà consulté les avocats de ton cabinet…

Il a raison.

— Comment on va faire, alors ?

À ma grande surprise, Red se met à rire.

— On verra demain ! lance-t-il en se levant et en me tenant la main pour m'aider à me relever. Nous avons tous les deux besoin de repos.

— Il n'est pas si tard…

— Tu veux que je te serve un autre verre ? Ça va peut-être t'aider à dormir…

Je devrais dire non. J'ai déjà assez bu. Mais la journée a été tellement difficile… Je sais déjà que je vais avoir du mal à trouver le sommeil.

— Oui, dis-je. Je veux bien un whisky.

Mais lorsque quelques instants plus tard, Red entre dans ma chambre avec mon verre, je ne peux pas m'empêcher de penser que, ce dont j'ai besoin, ce n'est pas un whisky – c'est m'endormir dans ses bras.

CHAPITRE HUIT

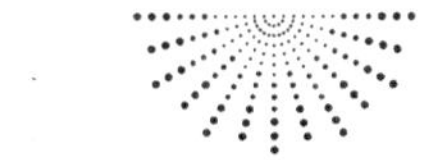

Comme je l'avais redouté, je tourne et me retourne dans mon lit, incapable de trouver le sommeil malgré le whisky et la longue douche chaude que j'ai prise avant de me glisser entre les draps. Pourtant, généralement, prendre une douche et me laver les cheveux me détend, mais pas cette fois. J'ai beau essayer de penser à autre chose, je n'arrive pas à me débarrasser de l'image du visage de Mel plongé dans cette cuve.

Je serre les lèvres pour ne pas crier. Si j'ai réussi jusque-là à ne pas penser à l'atrocité de ce qui est arrivé à l'homme que j'ai suffisamment aimé pour l'épouser, je suis maintenant seule face à cette réalité. Dans la pénombre de ma chambre, je revois la scène en boucle et ai l'impression de ressentir ce que lui a dû ressentir avant de mourir. Je manque d'air.

Je me tourne à nouveau, essayant de trouver une position confortable – en vain. Red non plus ne dort pas. J'entends la télévision dans la chambre d'amis, séparée de la mienne par la salle de bain.

Je souris presque en me remémorant nos soirées d'étudiants qui se terminaient au milieu de la nuit. Mel, Red et moi avons partagé un appartement en deuxième et troisième années de fac, et une partie de notre dernière année, avant que Red ne décide de rejoindre l'armée.

C'était une période heureuse. On révisait en mangeant du pop-corn et en buvant de la bière sans alcool – on réservait les boissons plus fortes aux week-ends. On regardait des films ou on en parlait pendant des heures, surtout Red et moi. Mel, lui, avait l'habitude de s'endormir sur le canapé, mais Red et moi pouvions analyser un film jusqu'au bout de la nuit. En fait, on pouvait parler de tout et de rien jusqu'au bout de la nuit.

Si on m'avait dit, à l'époque, que je finirais par épouser Mel, je ne l'aurais jamais cru. Je l'aimais, bien sûr, mais j'aimais aussi beaucoup Red. Ils étaient amis depuis le lycée au Texas et je les avais rencontrés en même temps, en première année. Je m'étais cassée la jambe et ils m'avaient aidée à porter mes livres et à me déplacer, car il faut dire que je n'étais pas très douée avec les béquilles. Ce qui m'avait tout de suite plu chez eux, c'est qu'ils n'avaient pas ri lorsque je leur avais expliqué comment je m'étais blessée – en tombant lamentablement d'un trottoir alors que Bruce Willis marchait droit vers moi, à Santa Monica.

L'ironie de tout ça est que j'ai fini par me marier avec Mel alors qu'en réalité, je craquais secrètement pour Red…

Je tourne encore et encore, essayant de chasser les souvenirs et les regrets. Finalement, je finis par m'endormir et, lorsque je me réveille, la télévision dans la chambre de Red est éteinte et il règne un silence parfait.

Je regarde l'heure sur mon téléphone. À peine 2 heures passées. Je gémis, puis me rallonge, essayant de me rendormir. Mais une fois de plus, le sommeil m'échappe. Trop de pensées assaillent mon esprit.

Je me sens perdue. Seule. Je suis triste pour mon mari, et il me manque déjà terriblement. Pas d'une manière qui me fasse regretter d'avoir demandé le divorce, mais parce que c'était un homme bien. Il était mon ami. Je ne peux pas croire que je ne le reverrai plus jamais. Il va manquer. À moi et à tous ceux qui l'aimaient.

Je soupire, réalisant que le matin je dois appeler ses parents et que je vais devoir leur mentir. Si je leur dis la vérité, ils voudront sans aucun doute prévenir la police.

Tout cela est si horrible ! Je ne peux pas m'empêcher de penser à la mort et aux ténèbres. J'ai l'impression de tomber dans un puits sans fond, rempli d'images atroces et de démons qui me mordent les talons.

Je remonte la couverture sur moi. J'aimerais être forte, mais je ne le suis pas. Et je ne pense vraiment pas pouvoir l'être un jour face à cela.

Les larmes me piquent les yeux et, n'en pouvant plus, je me glisse hors du lit et parcours la courte distance jusqu'à la chambre d'amis. Je tape légèrement à la porte et, malgré l'absence de réponse, je décide d'entrer. La lumière du porche s'immisce dans la pièce à travers les rideaux, m'éclairant suffisamment pour que je puisse voir que Red est en train de dormir.

J'hésite un instant. Je ferais certainement mieux de faire demi-tour et retourner dans ma chambre. Mais je me sens incapable de rester seule.

Alors doucement, je me dirige vers le lit et me glisse à côté de Red. Même si j'ai pris soin de ne pas faire de bruit ni de gestes brusques, je vois son corps se tendre au moment où je soulève les couvertures. Je ne suis pas surprise – il a toujours eu le sommeil léger. Surtout, même si nous n'étions pas censés le savoir, Red nous a avoué un jour, à Mel et moi, qu'il avait appartenu aux forces spéciales – une unité d'élite et secrète. J'imagine qu'une telle expérience apprend à toujours rester sur ses gardes…

— C'est moi, murmuré-je. Je suis désolée… C'est juste que

je n'ai pas envie d'être seule. Mais je promets de ne pas prendre toute la couette…

Il se tourne vers moi et plonge son regard dans le mien. Je réalise soudain la longueur de ses cils et, surtout, les muscles de son torse.

Je sens ma bouche devenir sèche. J'espère – *ou pas* – qu'il porte un caleçon. Mais j'aurais peut-être dû y penser avant de me glisser dans son lit…

Je ne peux m'empêcher d'admirer sa poitrine, recouverte d'un tatouage sauvage et coloré. Je dois faire un effort pour relever les yeux vers son visage.

— Je peux rester ?

— Évidemment, Jo, répond-il en passant doucement son pouce sur ma joue. Tout ce que tu veux…

— Merci, souris-je.

Puis je ferme les yeux et me sens enfin apaisée. Mon esprit vogue cette fois vers des souvenirs agréables, comme cet unique baiser que nous avons échangé lorsqu'il est rentré de cette mission dont il a toujours refusé de parler. Sa dernière mission car, après cela, il a quitté les forces spéciales. Je n'en suis pas certaine, mais il avait l'air si traumatisé que j'ai toujours pensé que c'était à cause de ce qui s'était passé qu'il a voulu arrêter.

C'était plusieurs mois avant que Mel et moi ne commencions à sortir ensemble. Ce soir-là, nous étions tous les trois et avions passé la soirée à rire, avant de regarder un film idiot. Je ne me souviens même pas lequel. Lorsque Mel est sorti pour acheter de la bière, nous laissant seuls, Red et moi, l'ambiance a changé. Il y avait un désir évident entre nous. Je ne m'y attendais pas du tout mais, au moment où c'est arrivé, j'ai su que c'était ce que je voulais. Je ne pense pas que Red l'avait anticipé, lui non plus, mais quand je me suis penchée vers lui pour atteindre la télécommande, il a pris mon menton entre ses doigts et a tourné mon visage vers lui.

Je me souviens encore de mon souffle coupé. C'était comme si le temps s'était arrêté. Nous nous regardions fixement, et plus rien d'autre que nous n'existait. Puis il m'attira à lui et m'embrassa comme je n'avais jamais été embrassée auparavant. J'avais l'impression que c'était la première fois.

Un baiser long, profond, doux et passionné. Je planais littéralement et priais pour que ça ne s'arrête jamais.

Enfin, si… mais uniquement parce que je voulais plus qu'un simple baiser.

Malheureusement, il finit par se détacher de moi.

— Je suis désolé. C'était une erreur, dit-il alors.

J'entends encore ses mots…

— Non. C'était incroyable ! tentai-je de protester.

Je souris, mais son expression ne changea pas et je sentis la tension monter dans ma poitrine.

— Cela ne se reproduira plus, déclara-t-il en se levant.

Puis il se dirigea vers la porte et s'arrêta un instant avant de la franchir.

— Je suis désolé, Jo. Je crois que je ne pourrai jamais te dire à quel point je suis désolé.

Puis il partit, me laissant seule sur le canapé, le goût de ses lèvres encore sur les miennes. Je ne savais pas si je me sentais blessée, en colère ou juste confuse. J'ai fini par me dire que j'étais confuse, car je n'avais pas d'autre choix. Il était mon meilleur ami. Il venait juste de rentrer d'une mission dont je ne savais rien à part qu'il avait vécu l'enfer. Je ne pouvais pas lui en vouloir, car je n'avais aucune idée de l'état dans lequel il était. Même si, au plus profond de moi, j'aurais aimé qu'il soit avec moi chaque nuit, pour toujours.

Au cours des mois suivants, Red et Mel ont commencé à parler d'ouvrir une distillerie. Nous étions presque toujours ensemble et, au fur et à mesure que leur projet prenait forme, j'espérais que quelque chose se passe à nouveau entre Red et moi. Mais chaque soir, j'étais déçue…

Pourtant, je faisais tout ce que je pouvais. Je m'asseyais un peu trop près de lui et faisais semblant de lui effleurer la main sans faire exprès. Je savais que je ne devais pas, mais je ne pouvais pas m'en empêcher. Je ne sais pas s'il remarquait mon petit jeu ; en tout cas, il ne l'a jamais montré. Et il ne m'a plus jamais embrassée.

J'ai donc fini par laisser tomber, même si, au fond de moi, je me sentais amoureuse de lui. Et puis Mel a commencé à me regarder autrement que comme une simple amie et je me suis laissée faire. Je suis même allée jusqu'à demander à Red s'il était d'accord pour que Mel et moi sortions ensemble.

J'ai essayé de me convaincre que je ne lui demandais pas à cause du baiser mais de notre amitié. Nous étions un trio, et si Mel et moi sortions ensemble, cela allait inexorablement briser l'équilibre que nous avions trouvé. Mais, en réalité, si je lui ai demandé la permission de sortir avec Mel, c'était bel et bien à cause du baiser – ce même baiser qui plane toujours au-dessus de nous, aujourd'hui. Quelque part, je crois que j'espérais que ça le fasse réagir. Mais tout ce qu'il a dit, c'était que Mel et moi ferions un beau couple et qu'il nous souhaitait tout le bonheur du monde.

Ce jour-là, j'ai su que ça ne servait à rien d'imaginer que Red et moi serions un jour ensemble. De toute évidence, lui ne le voulait pas… Pourtant, ce soir, alors que je suis sur le point de m'endormir, je ne peux pas m'empêcher de me demander ce qui se serait passé si, ce jour-là, au lieu de me souhaiter d'être heureuse avec Mel, Red m'avait serrée contre lui et embrassée.

CHAPITRE NEUF

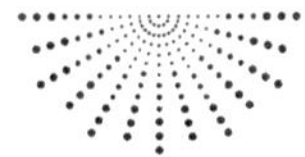

Il se réveilla en hurlant, en sueur, et avec la sensation que son cœur allait exploser dans sa poitrine. D'un bond, il sortit du lit pour échapper à l'enfer dans lequel il se trouvait : une érection, une femme à ses côtés, et cette odeur terreuse et entêtante du genévrier et de l'eucalyptus que dégageaient ses cheveux.

Non, non, putain, non !

— Red ? Red, ça va ?

La voix le ramena à la réalité et il comprit que ce n'était pas *elle*. C'était Jo, qui semblait à la fois inquiète et terrifiée.

Son sexe se durcit encore et il avait du mal à respirer tandis qu'il essayait de se contenir. C'était si facile, pourtant. Il lui suffisait de monter sur elle, de tenir ses poignets au-dessus de sa tête avec une main, et de la baiser, fort, en plaçant son autre main sur sa bouche pour étouffer ses gémissements jusqu'à ce qu'il la laisse crier.

Il en mourait d'envie. La dominer, la prendre…

La prendre enfin !

Il voulait l'entendre prononcer son nom dans un souffle, le supplier de la prendre plus fort et la sentir à sa merci.

Jamais il n'avait désiré une femme aussi intensément.

Mais il était hors de question qu'il cède à la tentation. Pas avec Jo…

— Red ?

Il fut submergé par une violente colère – contre lui-même, contre ses démons – et il se pencha, appuyant ses mains contre ses genoux, pour essayer de reprendre son souffle. Se centrer. *Il était rentré. Il avait réussi à s'échapper. Cette salope était morte. Le souvenir était encore douloureux, mais ce n'était qu'un souvenir.*

— Red ? Tu me fais peur.

— Donne-moi juste une seconde, putain !

Il s'en voulut immédiatement de lui avoir parlé sur ce ton. Elle ne le méritait pas. Ce n'était pas sa faute s'il était brisé. Marqué au fer rouge. Victime de son passé.

Il leva les yeux pour s'excuser et, en voyant son air perdu, se sentit le plus gros connard de la terre. Elle s'était redressée, et il remarqua aussitôt ses tétons pointer sous son caraco. Son sexe devint plus dur tandis que des images de leurs deux corps l'un contre l'autre assaillaient son esprit.

Elle n'a jamais su. Jamais…

Un instant, il pensa se laisser aller et la prendre. L'utiliser pour s'apaiser. Il fit un pas en avant, mais s'arrêta net, écœuré par lui-même.

— Je suis désolé, Jo. Excuse-moi, murmura-t-il d'une voix rauque, presque un grognement.

Puis, ne supportant plus de voir l'inquiétude et la confusion dans les yeux de son amie, il quitta la pièce et alla dans la salle de bain réservée aux invités.

Il fit couler l'eau de la douche et s'assit sur le rebord de la baignoire. Il aurait aimé que tout soit différent. Que *lui* soit différent. Il se souvenait encore du premier jour où il l'avait rencontrée. Elle avait du mal à marcher avec ses béquilles et il s'était précipité pour l'aider, la serrant contre lui pour la retenir alors qu'elle était sur le point de tomber. Ses cheveux avaient une odeur de fraise, et son corps léger contre le sien l'avait troublé plus qu'il ne l'avait jamais été.

Il l'avait tellement désirée, ce jour-là.

Et tous les jours qui suivirent pendant toutes ces années. Mais il n'avait jamais bougé. Leur amitié à Mel, Jo et lui était trop belle, trop forte. Il savait qu'elle durerait toute la vie et que Mel et Jo seraient sa famille. Comment aurait-il pu prendre le risque de détruire cela ? Il avait eu trop peur de tout gâcher.

Puis, lorsqu'il avait obtenu son diplôme, il avait été immédiatement recruté par le SOC. Dès ses premiers jours de service, sa vision des choses changea complètement. Il sut alors qu'il avait véritablement besoin de stabilité et d'amour. D'un foyer, et d'une famille.

Il avait essayé de ne pas penser à Jo à l'époque, car il voulait qu'elle reste une amie – il avait trop besoin d'elle pour prendre le risque de la perdre. Mais il avait eu quelques relations sérieuses avec des femmes rencontrées lors de ses missions ou, lorsqu'il n'était pas en service, en vacances, alors qu'il rechargeait ses batteries avant de retourner vivre l'enfer. Mais toutes ces femmes, il les avait comparées à Jo. Car pour aimer une femme, il avait aussi besoin d'être ami avec elle. Or, jamais il n'avait retrouvé cette complicité incroyable qu'il avait avec Jo.

Sauf peut-être avec Lisa. Il avait trouvé en elle l'amour et l'amitié. Ils avaient travaillé ensemble sur deux missions avant qu'elle ne soit envoyée sous couverture en tant qu'hôtesse de l'air, et il avait alors été surpris – et séduit – par sa douceur et sa dextérité lorsqu'elle avait une arme à la main. Il l'avait aimée. Et admirée.

Malheureusement, leur histoire n'avait pas duré. Lisa était

morte, et Red avait l'impression qu'une partie de lui était partie avec elle. Depuis, il n'était plus le même homme.

Il avait pourtant essayé d'oublier et d'être plus fort que son passé. Il avait voulu de toutes ses forces retrouver une vie normale. À son retour de Roumanie, il s'était beaucoup rapproché de Jo, se disant que si quelqu'un pouvait l'aider à oublier et redevenir lui-même, c'était elle.

Ils étaient devenus si proches qu'il avait fini par tomber complètement amoureux d'elle. De toute évidence, l'attirance entre eux ne s'était pas estompée. Alors, un soir, il s'était laissé aller et l'avait embrassée. Elle semblait en avoir autant envie que lui et il gardait de ce baiser un souvenir passionné et incroyablement délicieux. C'était comme si l'un et l'autre avaient attendu ce moment pendant des années – peut-être même depuis toujours. Pendant un bref instant, il eut l'impression d'être heureux. Véritablement heureux, se perdant dans la douceur de ses lèvres et l'odeur de fraise de ses cheveux.

Mais, très vite, ses fantômes le rattrapèrent. Il aurait dû s'en douter… Alors, d'un seul coup, il avait senti la panique, le manque d'air et le poids de son cœur dans sa poitrine. Il s'était détaché d'elle puis, malgré ses regrets, s'était levé et était parti. Il devait lui faire comprendre que rien ne serait jamais possible entre eux. Jamais.

Elle méritait mieux qu'un homme comme lui. Un homme qui n'était plus que l'ombre de lui-même. Il avait l'impression d'être mort à l'intérieur et il ne voulait pas l'entraîner avec elle. Jo, elle, était faite pour la vie.

Et pourtant…

Il lui avait fallu toutes ses forces pour la laisser. Pour renoncer à ce désir puissant. De la prendre, la sentir vivante, sauvage et vibrante. De se sentir en vie avec elle. Car jamais personne ne l'avait fait se sentir à ce point vivant. Pas même Lisa. Seule Jo avait ce pouvoir-là.

Mais il ne pouvait pas lui faire ça. Elle n'avait pas besoin d'un boulet comme lui, encore moins maintenant que son mari venait de mourir. Pourtant, tout ce à quoi il pouvait penser, c'était à sa bouche sur ses seins, ses doigts entre ses jambes. Et sa queue…

— Red ?

La voix de Jo le sortit de ses pensées et il réalisa que la salle de bain était devenue un sauna.

— Tout va bien ?

Il eut presque envie de rire. Avait-il vraiment l'air d'aller bien ?

Il ne répondit rien et, après deux autres tentatives infructueuses, Jo finit par abandonner et retourner se coucher, tandis qu'il fermait les yeux et comptait jusqu'à dix, se détestant d'avoir autant envie d'elle. Les images de son corps ne le quittaient pas. Il la voyait nue, ouverte, prête à l'accueillir et à le protéger de ses démons.

Ces démons qui avaient fait de lui un monstre.

Il expira pour tenter de reprendre le contrôle de lui-même, puis se déshabilla et entra dans la douche, espérant que l'eau laverait la douleur et le passé. Mais ce n'était pas possible, il le savait. La Roumanie l'avait marqué trop profondément. Il était détruit. Parfois, il se disait qu'il aurait peut-être préféré mourir en même temps que Lisa, que les hommes de son équipe et que ces deux autres femmes innocentes.

Il resta sous la douche jusqu'à ce que l'eau devienne froide. Et, là encore, il se détesta. Et si Jo voulait elle aussi prendre une douche ?

Je ne suis vraiment qu'une merde…, pensa-t-il en enroulant l'une des énormes serviettes autour de sa taille. Puis il quitta la salle de bain et rejoignit la chambre d'amis, espérant que Jo n'y serait pas.

Effectivement, elle avait quitté son lit, et il sourit en

découvrant les vêtements pliés sur le lit. Il s'était comporté comme le dernier des connards ; pourtant, elle avait pensé à lui apporter des vêtements propres – un jean et un tee-shirt avec le logo de Swift Red.

Après les avoir enfilés, il se dit qu'il ne pouvait pas éviter de la voir plus longtemps. Il la rejoignit dans le salon et fut soulagé de voir qu'elle avait mis un peignoir. Elle se tenait dans la cuisine séparée par un îlot central, fixant la cafetière comme si cela permettait de faire couler le café plus vite. En s'apercevant de sa présence, elle leva les yeux vers lui et, malgré son sourire, il lut dans ses yeux une profonde inquiétude, comme si elle avait peur qu'il s'enfuie à nouveau et la laisse seule, encore une fois.

— J'espère que les vêtements conviennent ? Je me suis dit que tu aurais envie de trucs propres…

— Merci, dit-il en souriant et en fourrant ses mains dans ses poches. Pardon.

— Pas de problème…

Bien sûr qu'il y avait un problème. Mais il ne releva pas.

Elle versa une tasse de café et la lui passa.

— Tu veux en parler ?

— Non.

— Ça m'aurait étonnée, ricana-t-elle avec amertume, avant de retourner vers la cafetière.

— Le truc c'est que je n'ai pas l'habitude de me réveiller avec une femme dans mon lit.

C'était vrai, mais ce n'était pas tout, et il était certain que Jo s'en rendrait compte également.

Elle se versa une tasse de café en lui tournant le dos, puis se tourna vers lui.

— T'es en train de me dire que t'es célibataire ? Mais, rassure-moi, tu sors quand même avec des femmes de temps en temps ?

Il faillit lui dire qu'il n'avait vraiment pas envie d'aborder le sujet, qu'il s'était excusé et que ça suffisait. Mais Jo méritait mieux que ça. Même s'il ne pouvait pas être avec elle, il l'aimait profondément et depuis des années. En tant qu'amie, mais pas seulement.

Il prit une gorgée de café avant de se lancer :

— Je ne drague pas, mais oui, je vois des femmes de temps en temps…

Elle sourit en fixant son café, et il se demanda si elle comprenait ce qu'il avait voulu dire. Plus jeune, oui, il sortait, draguait… S'il n'avait pas dragué Jo, c'était uniquement pour préserver leur amitié. Mais depuis qu'il était rentré, *il n'y arrivait plus.* Désormais, il n'acceptait de révéler l'homme qu'il était vraiment qu'à un certain type de femmes.

— Des putes ? Putain, Red… Pourquoi ? Tu es un homme incroyable. Je connais au moins une douzaine de femmes qui seraient ravies de sortir avec toi.

— J'en doute, sincèrement.

— Mais pourquoi tu…

— On peut laisser tomber cette conversation, s'il te plaît ? l'interrompit-il.

Il en avait déjà trop dit. Il ne voulait surtout pas qu'elle sache un jour ce qu'il avait vécu. Or, s'ils continuaient cette conversation, il allait devoir ou lui mentir, ou lui dire la vérité et donc la blesser.

— T'es ma meilleure amie, Jo. Vraiment. Mais ça ne veut pas dire que je dois te rendre des comptes…

Elle encaissa son agressivité en serrant les lèvres et il s'en voulut aussitôt.

— Non, finit-elle par dire après de longues secondes. Bien sûr que non. Je suis désolée d'avoir insisté. Et d'être venue me coucher à côté de toi. J'aurais dû rester dans ma chambre. D'ailleurs, je ne m'attendais pas à ce que tu acceptes…

Elle avait raison ; il n'aurait jamais dû la laisser partager son lit. Cela avait ouvert une porte et, à présent, tous ses secrets voulaient sortir de lui. Mais comment aurait-il pu lui refuser de dormir avec lui ?

— Ce qui s'est passé cette nuit n'a rien à voir avec mes problèmes, répondit-il. C'était… toi, Mel, sa mort… Je ne pouvais pas te repousser. Je serai toujours là pour toi, Jo. Surtout après ce qu'il vient de se passer. J'espère que tu le sais ? Dis-moi que même si je me suis comporté comme un gros con, tu as toujours confiance en moi ?

— Bien sûr que j'ai confiance en toi, murmura-t-elle en baissant les yeux sur sa tasse. Je crois surtout que nous sommes tous les deux très éprouvés et qu'on doit être indulgents envers nous-mêmes.

Malgré ses mots rassurants, sa voix était dure. Il ne l'avait jamais entendue parler sur ce ton.

Elle prit une dernière gorgée de café, puis posa sa tasse dans l'évier.

— Bon, je m'habille et on y va ?

— Parfait !

En partant, elle passa tout près de lui, et il sentit son corps se raidir, comme pour se protéger de cette horrible odeur de shampoing.

Il la regarda partir, regrettant son comportement. Il aurait aimé que les choses soient différentes. Que *lui* soit différent.

Lorsqu'elle atteignit la porte de sa chambre, il l'appela et elle le regarda par-dessus son épaule pour l'écouter.

— Rends-moi service et prends une douche, s'il te plaît, dit-il en souriant.

— Hein ? s'étonna-t-elle en arquant les sourcils.

— Le shampoing, Jo. Je t'en supplie, prends-en un autre !

Elle le fixa et sembla se poser mille questions, mais elle ne les exprima pas, et il lui en fut profondément reconnaissant.

— Okay, dit-elle simplement.

Puis elle disparut, et il laissa tomber sa tête dans ses

mains, heureux de cette petite victoire, même s'il savait que c'était ridicule.

Lorsqu'ils arrivèrent chez Stark Security, Damien n'était pas là. Renly avait expliqué à Red qu'après avoir joué les héros à New York et avoir souvent flirté avec la mort, Damien avait décidé de lever le pied. Depuis son retour, il avait donc intégré Stark Security, une entreprise qu'il avait fondée avec son frère, après l'enlèvement de sa fille.

— Il vient souvent ces jours-ci, les informa Ryan Hunter, le responsable de l'agence. Mais il gère aussi beaucoup de choses. Je crois qu'aujourd'hui il est à Boston pour la journée. Ou peut-être Amsterdam, je sais plus… Il est difficile à suivre, vous savez ! Mais, venez, on va aller s'installer dans l'une des salles de conférence. En tout cas, je suis content de vous revoir, tous les deux. Même si je suis vraiment désolé pour ce qui t'es arrivé, ajouta-t-il en lançant un regard appuyé à Jo.

Grand, maigre, les cheveux châtains et les yeux bleu vif, Ryan était impressionnant. Il les guida jusqu'à la salle de conférence, marchant d'un pas rapide et déterminé, et s'arrêtant à peine pour répondre aux questions que lui posaient les agents et membres du personnel qui le croisaient.

Enfin, ils arrivèrent dans une grande salle entièrement vitrée du côté ouest, avec une vue panoramique sur le Domino, un nouveau parc d'affaires à Santa Monica dont Damien et son frère avaient financé la construction. Red s'approcha plus près pour profiter de la vue, et regarda les membres du personnel de Stark assis sur les bancs installés devant l'immeuble, avec une tasse de café à la main et profitant du soleil matinal le temps d'une pause. Il les envia presque, mais s'en voulut aussitôt. Il le savait, tous étaient comme lui : brisés, avec des cicatrices psychologiques certainement aussi profondes que les siennes.

— Ce n'est pas dangereux les vitres ? Je veux dire… Tout ce qui passe ici doit rester secret, non ? demanda Jo.

— En effet, mais, même si quelqu'un observait depuis l'extérieur, tout ce qu'il verrait ce sont des personnes assises autour d'une table de conférence. Rien de très compromettant…

— Sauf s'il sait lire sur les lèvres, fit remarquer Red. Si vous voulez, Renly ou moi pourrions vous faire une démonstration, un jour. Je t'assure qu'on capterait pas mal de vos secrets…

— C'est vrai, fut obligé d'admettre Ryan, qui savait que Red et Renly avaient appris à lire sur les lèvres et la langue des signes lorsque leur mère était devenue sourde. Mais en fait, les vitres peuvent être teintées. Donc, quand on parle de sujets particulièrement sensibles, on les teinte pour être certains de ne pas être espionnés, et ne pas être distraits par la vue, expliqua-t-il en appuyant sur un bouton d'un panneau de contrôle situé au bout de l'immense table.

Immédiatement, le verre devint opaque.

— C'est génial ! s'extasia Jo, ébahie comme une petite fille.

— Notre objectif est d'impressionner ! répondit Ryan avec un clin d'œil. Allez-y, installez-vous, leur dit-il en leur montrant les chaises. Renly et les autres ne vont pas tarder à arriver.

Comme si c'était fait exprès, la porte s'ouvrit juste à ce moment-là, et Renly apparut, accompagné de Mario, dont Red savait qu'il était le génie technologique de l'agence.

— Vous avez informé tout le monde ? demanda Red à son frère.

— Oui, lui confirma Renly.

— Nous avons jeté un coup d'œil rapide hier soir, déclara Mario. Vous aviez raison de vous méfier ; vous êtes en effet sous surveillance. Première étape : rechercher les caméras et les micros qui ont été installés – en espérant que nous les trouverons tous. Ensuite, nous mettrons à niveau votre système de sécurité. Par contre, pour les caméras qui ont été installées à votre insu, nous allons les laisser en place. À l'exception de la caméra dans la salle de fermentation.

— Pourquoi celle-là ? demanda Jo.

— Parce que Red sait qu'elle est là, intervint Renly. Et ces enfoirés le savent. Donc on va l'enlever pour leur faire croire qu'on pense qu'elle est la seule, et laisser les autres pour les laisser croire qu'ils sont plus intelligents que nous.

— Parfait ! acquiesça Red.

— Si jamais on trouve des caméras et des micros chez vous, qu'est-ce que vous voulez qu'on fasse ? demanda Mario.

— Vous pensez vraiment qu'ils seraient allés jusque-là ?

— Rien n'est impossible. Il faut vérifier, répondit Mario avec l'assurance de celui qui en avait vu de toutes les couleurs.

Jo s'affaissa sur sa chaise, se mordant la lèvre inférieure. Se rendant compte de son anxiété, Red lui prit la main. Leurs yeux se rencontrèrent – juste un rapide coup d'œil –, mais ils sentirent l'un et l'autre que le malaise entre eux s'était dissipé. Enfin, ils avaient retrouvé leur complicité de toujours.

— Tu as juste besoin de nous pour la surveillance et la sécurité ? demanda Ryan.

— Pour l'instant, confirma Red, se tournant vers Jo. On a réfléchi un peu à qui avait pu faire ça et, pour le moment, on n'a qu'une seule piste. On va essayer de la creuser aujourd'hui.

— Je peux vous aider, tu sais, déclara Renly.

— Non, non, je t'assure ! refusa Red. Déjà, tu ne devrais même pas être ici. Je croyais qu'Abby et toi preniez une semaine de congé pour son emménagement chez toi et vous reposer avant le mariage ?

— C'est toujours à l'ordre du jour, mais si vous avez besoin de moi...

— Absolument pas ! l'interrompit Red. Ce n'est pas que je ne veux pas de toi, bro, tu le sais. Et franchement, merci pour tout ce que tu fais… Mais c'est un moment important pour toi. Profitez-en ! T'as intérêt à être en forme pour ton enterrement de vie de garçon : open bar à Swift Red – on s'est dit qu'un club de strip-tease c'était un peu trop tradi !

— Vous avez bien fait. De toute façon, je n'ai d'yeux que pour Abby, maintenant ! sourit Renly. Mais tu sais, je peux me marier *et* vous aider….

— Pas question, renchérit Jo. Red a raison. On va gérer… Et si on a besoin d'aide, Ryan nous trouvera quelqu'un, n'est-ce pas ? demanda-t-elle à Ryan qui hocha la tête.

— Quand même, soupira Renly en se passant une main dans les cheveux. Je déteste l'idée de...

— J'ai six minutes d'avance sur toi, bro, je te rappelle ! trancha Red. Alors tais-toi et fais ce que te dit ton frère aîné !

— Toujours aussi con ! sourit Renly.

Mais Red savait qu'il avait gagné.

— En tout cas, vraiment, merci beaucoup à tous, lança Jo en écrivant le code de l'alarme de chez elle sur un papier qu'elle fit glisser vers Mario.

— Comme si j'avais besoin d'un code pour entrer ! ricana Ryan. Non, enfin, ce n'est pas ce que je voulais dire, s'excusa-t-il aussitôt, réalisant qu'il avait pu sembler arrogant. Mais bon, en même temps… c'est vrai. Par contre, je vais changer votre alarme, pendant que j'y suis. Et vous avez un pêne dormant sur votre porte, j'imagine ?

— Euh… Oui, acquiesça Jo, un peu dépassée.

— Si je peux l'ouvrir en moins de vingt secondes, je le

remplacerai aussi. J'ai un modèle en stock, rétorqua-t-il avec l'air d'être certain qu'il allait en avoir besoin.

D'ailleurs, vu ce que Renly lui avait dit des compétences de Mario, Red était certain que Jo et lui découvriraient une nouvelle serrure sur sa porte en rentrant chez elle.

— Je vais faire pareil chez vous, dit Mario en regardant Red. Est-ce que je peux avoir vos clés et votre code d'alarme ?

— Sûrement pas, répondit Red avec malice. Si vous avez besoin de tout ça pour rentrer chez moi, c'est que vous n'êtes pas aussi doué qu'on me l'a dit !

Tout le monde éclata de rire, évacuant un peu de la tension accumulée depuis la veille.

— Vous êtes sûrs qu'on ne peut rien faire d'autre pour vous aider ? demanda une dernière fois Ryan alors que tous se levaient et se dirigeaient vers la sortie.

— En fait, il y a peut-être quelque chose, fit remarquer Red.

Il sortit le téléphone de Mel et le posa sur la table.

— Nous aurions besoin qu'il soit cloné et analysé.

— Vous avez le code ou je dois le pirater ? s'enquit Mario en prenant le téléphone.

— J'ai le code, répondit Red.

— Super ! Vous voulez deux clones, j'imagine ? Un pour chacun de vous ?

Red acquiesça.

— Okay, je vous fais ça vite. Si ça ne vous dérange pas, on gardera l'original ici. Jo, vous êtes certainement la mieux placée pour remarquer les choses bizarres que nous allons trouver mais, comme ça, on pourra avoir un œil dessus.

— Bien sûr ! déclara Red.

— Rien d'autre ? demanda Ryan.

— Je pense que c'est tout pour le moment, dit Jo. Mais avec un peu de chance, nous aurons quelques pistes supplémentaires d'ici ce soir pour lesquelles nous aurons besoin d'aide.

— Appelle-moi ce soir ! lança Renly à son frère, qui promit de le faire.

Puis, rassuré de savoir que la distillerie et leurs maisons étaient entre de bonnes mains, Red posa une main sur le dos de Jo et la dirigea vers la porte.

Il était temps pour eux d'aller jouer aux détectives…

CHAPITRE DIX

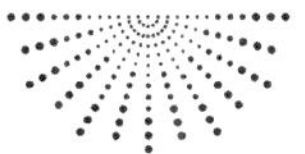

— Tu te souviens comment y aller ? demandé-je, alors que nous avons quitté le Domino depuis déjà quelques minutes.

— Je sais que c'est en direction de Santa Monica, vers les tours, mais il faudra que tu me dises où tourner.

— Bien sûr.

Je retire des peluches inexistantes sur mon jean préféré pour me donner une contenance. Lui et moi sommes tellement mal l'aise, peu naturels, que l'air dans la voiture devient irrespirable. Déjà sur le trajet jusqu'à Stark l'ambiance était tendue, mais il me semblait que nous nous étions retrouvés pendant la réunion, et que tout était redevenu normal. Enfin… disons aussi normal que ça puisse être en ce moment. Tout me paraît tellement dingue !

Mais à nouveau, j'ai l'impression qu'il y a un malaise entre nous. Et le pire est que je ne sais pas pourquoi.

J'hésite, mais décide de me lancer. Après tout, qu'est-ce que je risque ? Qu'il m'en veuille et me fasse la tête ? Il me la fait déjà…

— Et… Euh… Au fait… C'est quoi le problème avec mon shampoing ?

Il ne répond pas tout de suite, mais je vois ses mains se resserrer sur le volant et ses jointures blanchir.

— Désolée… Oublie ! dis-je. C'était comme ça… Je me posais la question, c'est tout.

— De mauvais souvenirs, finit-il par répondre en quittant la route des yeux pour tourner rapidement la tête vers moi. Mais je n'ai pas envie d'en parler.

— Bien sûr. Aucun problème.

Nous roulons encore un peu en silence, mais j'ai l'impression que nous sommes moins mal à l'aise, cette fois.

— Tu n'utilises plus ton shampoing à la fraise ? me demande-t-il alors que nous nous arrêtons à un feu rouge.

— Si, souris-je. Enfin… non. Enfin… c'était juste hier soir. J'sais pas. J'ai eu envie de changer !

— Pourquoi ?

Je ne sais pas pourquoi mon shampoing le fascine autant. À moins qu'il ne soit juste en train de chercher à meubler la conversation ? Si c'est ça, *merci Red !* Je préfère parler shampoing que de subir ce silence atrocement lourd…

— L'une de mes amies est représentante en produits de beauté bio. Elle m'a donné un échantillon.

— Ha… Eh bien, si je peux te donner un conseil, ne l'utilise pas. Reviens aux fraises !

— Ah bon ? Okay…

Je ne dis rien mais je n'en pense pas moins. Clairement, Red a besoin de se libérer de quelque chose. Quand un simple shampoing déclenche ce genre de réaction, c'est qu'il y a un truc qui ne va pas…

— Tu peux me parler, tu sais.

— Oui, je sais, répond-il sobrement, les yeux rivés sur la route.

J'attends qu'il développe, mais il ne dit rien de plus. J'hésite à lui poser des questions, mais je sais que si je fais ça, je vais le tendre encore davantage. Alors, finalement, je m'enfonce dans mon siège, résignée à ce que nous roulions en silence.

— Pourquoi est-ce que tu as épousé Mel ?

La question arrive comme un cheveu sur la soupe. Étonnée, je me tourne vers lui, et les mots se bousculent dans ma tête. Je devrais lui donner une réponse basique, sur l'amitié, l'amour et l'envie de construire quelque chose. Mais je n'y arrive pas.

— Je n'avais plus envie d'être seule, m'entends-je prononcer.

— Ta mère, répond-il en me regardant du coin de l'œil.

C'est une affirmation, pas une question. Il me connaît bien….

— Probablement, dis-je en haussant les épaules.

— Tu n'es pas seule, Jo. Tu ne l'as jamais été.

Il a peut-être raison. Mais j'ai dû lutter pour ça. J'avais 7 ans quand mon père est parti, et je n'ai plus jamais entendu parler de lui depuis. Je m'en souviens à peine, d'ailleurs. Je ne sais même pas s'il est mort. En tout cas, il l'est pour moi.

Après son départ, je me suis retrouvée seule avec ma mère qui a tout fait pour que nous nous en sortions. Elle était célibataire, sans famille, et moi j'étais une petite fille fragile, terrifiée à l'idée de la perdre.

Ce qui a fini par arriver…

Je sais que ce n'était pas sa faute. Elle n'a pas demandé à avoir une leucémie. Mais n'empêche qu'elle est partie et, à 12 ans, j'étais trop jeune pour comprendre. Enfin… je comprenais qu'elle était morte – j'étais une enfant plutôt mature. Mais émotionnellement, c'était impossible à gérer. Sa mort m'a détruite et, malgré moi, je lui en ai beaucoup voulu. Je savais qu'elle n'y pouvait rien, la pauvre, mais j'étais remplie de colère. Tout cela était tellement injuste ! Non seulement je perdais ma mère, mais en plus j'ai dû aller en famille d'accueil. Si certaines familles étaient adorables, d'autres m'ont fait vivre l'enfer. Mais, qu'elles soient bien ou pas, je ne me suis jamais sentie à ma place. J'étais *l'étrangère*. Celle dont il fallait s'occuper.

C'est pour ça que j'ai travaillé à l'école. Je ne voulais pas perdre de temps et aller à l'université le plus vite possible. Je noyais ma douleur et ma peine dans le travail, et me consolais en ayant de bons résultats. Je gagnais ma dignité, et mon indépendance – mon « truc à moi ».

Et puis, enfin, j'ai rencontré Mel et Red. Ils ont tout de suite remplacé la famille que je n'avais plus.

La vérité est que si Red n'était pas parti, je n'aurais peut-être pas épousé Mel. Je l'aimais, vraiment. Comme j'aimais Red. Ils étaient mes meilleurs amis, mes plus proches confidents. Et notre trio me donnait un sentiment d'appartenance que j'avais perdu depuis longtemps. Avec eux, j'étais à ma place.

Et puis les choses ont commencé à changer. Mon attirance pour Red, que j'essayais de toutes mes forces de mettre de côté, prenait de plus en plus de place. Jusqu'à ce baiser que nous avons échangé. Ça m'a bouleversée, transportée…

À tel point que, lorsqu'il m'a repoussée, je me suis sentie plus seule que jamais. Heureusement que Mel était là à cette époque. Notre amitié avait toujours été très forte. Et quand il m'a avoué ses sentiments pour moi, je me suis dit que cela valait la peine d'essayer. Je l'aimais déjà, après tout.

C'était une erreur, bien sûr. Nous étions amis, lui et moi et, même si j'ai essayé de me convaincre que j'étais amoureuse de lui, avec le temps, l'illusion ne fonctionnait plus. J'avais envie que nous redevenions amis, et je crois que Mel avait envie de la même chose.

Mais surtout, je pensais de plus en plus à Red. Et pas seulement de manière amicale.

D'ailleurs, si je suis honnête avec moi-même, je ne peux pas en vouloir à Mel d'avoir eu une liaison.

Mais bon… Si, en fait, je lui en veux un peu. Pas parce qu'il m'a « trompée », mais parce que moi je me suis empêchée de le faire. Surtout, j'ai essayé de lui en parler, et lui-même a fini par admettre que quelque chose avait changé après notre mariage. Nous avions perdu notre amitié, cette connivence à la fois légère et profonde qu'il y avait entre nous, et nous ne l'avons remplacée par rien d'autre. Car la vérité est que nous ne nous aimions pas comme un couple.

J'ai essayé de trouver des solutions. J'ai voulu qu'il parle. Mais rien n'a fonctionné et j'ai fini par demander le divorce.

Je ne sais pas pourquoi il ne voulait pas en entendre parler. C'était pourtant tellement évident que c'était la seule chose à faire… C'est là que j'ai décidé de consulter un avocat. Car je voyais bien que quelque chose n'allait pas. J'étais certaine qu'il avait une liaison. Et ça n'a fait que nous éloigner davantage.

Mais, maintenant qu'il n'est plus là, je suis triste que toutes ces années aient empoisonné notre amitié. Nous avons été si complices… Si seulement j'avais dit non lorsqu'il m'a parlé mariage ! Si seulement je n'avais pas été si terrifiée d'être seule !

J'ai épousé Mel pour me sauver de mon destin. Mais, finalement, c'est moi qui ai orienté mon destin dans la mauvaise direction.

— Hé ! lance Red pour me sortir de mes pensées. Ça va ?

— Oui, oui ! me forcé-je à répondre en souriant. C'est juste que… j'ai peur de finir seule. Mes vieux démons qui reviennent…

— Arrête, Jo, me rassure-t-il en serrant ma main dans la sienne. Je suis là, okay ? Et je te promets qu'on va découvrir qui a tué ton mari.

— *Notre* ami, le corrigé-je.

Parce que, pour moi, les années où nous étions un trio sont les plus belles années de ma vie. Et je ne veux en garder que le meilleur.

— T'as raison, me dit-il en lâchant ma main pour remettre la sienne sur le volant.

Je suis évidemment très triste de la mort de Mel. Mais quelque part, je retrouve une certaine liberté – la liberté d'aimer Red à nouveau. Et je ne m'en prive pas.

Je me tourne sur mon siège pour mieux le regarder. Comment en sommes-nous arrivés là ? Avant, nous parlions de tout. À présent, j'ose à peine lui parler de mon mariage difficile, et encore moins de mon attirance pour lui. Quant à lui, il ne me dit pas un mot sur ce qui s'est passé lors de cette fameuse mission en Roumanie.

Bien sûr, je sais que les choses ont changé et que nous ne sommes plus de jeunes étudiants uniquement préoccupés par nos notes aux cours que nous rations. Mais je ne peux m'empêcher de regretter cette intimité que nous avions à l'époque. Ces longues nuits que nous passions à parler, à boire, et à partager nos rêves et nos secrets. Nos peurs, aussi.

— Tu me diras un jour ce qui s'est passé ?

J'ai posé la question avant d'avoir conscience que c'était une erreur.

— Ce qui s'est passé ?

Je ricane avec amertume.

— Charlie Cooper… Je ne suis pas complètement idiote, tu sais ? T'es revenu avec un tas de merde dans tes valises. Tout le monde le sait, y compris moi. Je vois bien que quelque chose te pèse. Et pas seulement à cause de ce qui s'est passé ce matin. Je le vois depuis que tu es revenu.

— Jo, soupire-t-il. Est-ce qu'on est vraiment…

— Hé, c'est moi, Red ! l'interromps-je en levant la main. Tu te souviens de moi quand même ? Avant, tu me disais tout et…

— Et puis Mel et toi vous êtes mariés.

— Je…

Je ne dis rien, car je ne sais pas quoi dire. Je n'ai aucune idée de ce que cela a à voir avec le fait qu'il se soit renfermé.

— Au cas où tu aurais raté l'info, espèce d'imbécile, je ne suis plus mariée maintenant. Mais de toute façon, je ne vois pas ce que mon mariage avec Mel vient faire là-dedans !

Il profite d'un feu rouge pour se tourner vers moi. Son visage est impassible, mais son regard… Je connais ce regard. C'est le même qu'il avait lorsque nous nous sommes embrassés, ce fameux soir. Un regard dans lequel je lisais très clairement son désir pour moi. Avant qu'il ne me repousse.

Je ne comprends rien. Et je n'en peux plus.

— Il va vraiment falloir que tu me parles, Red.

— Non, tranche-t-il. Je n'en ai aucune envie.

Qu'est-ce que je peux répondre à ça ? Rien. Alors je me tais, et nous passons le reste du trajet dans le silence le plus total, jusqu'à ce que nous arrivions à Century City où se trouve Kline et Rosenfeld, le cabinet dans lequel je travaille. Je lui indique où tourner, lui donne ma carte d'accès au parking et, après avoir tourné en rond une dizaine de minutes, nous finissons par trouver une place libre. Seuls les avocats ont une place attribuée ; les assistantes juridiques et les autres membres du personnel doivent se débrouiller pour en trouver une.

Mais bon… c'est un moindre mal. J'adore mon travail. L'environnement est beau et l'ambiance est bonne. Même lorsqu'il y a des urgences et de la pression, tout le monde se serre les coudes et garde un esprit d'équipe. Il y a une véritable culture du respect, de la bienveillance, et quand je vois dans quelles conditions travaillent certains de mes amis dans d'autres entreprises, je mesure ma chance.

Et puis, pour couronner le tout, nous sommes à quelques mètres d'un centre commercial, ce qui me permet d'aller faire un peu de shopping ou de manger dans un bon restaurant entre midi et deux.

Nous prenons l'ascenseur jusqu'au vingt-huitième étage mais, avant que je ne passe les doubles portes du cabinet, Red me prend par le coude et me tire en arrière.

— Je suis désolé, murmure-t-il.

Je n'avais pas réalisé à quel point j'étais tendue jusqu'à ce que je l'entende prononcer ces mots. J'expire et le prends dans mes bras.

— Je suis désolée aussi.

— On s'aime toujours, n'est-ce pas ? me demande-t-il en me regardant dans les yeux.

— Évidemment.

Je ne peux pas garantir que je ne lui demanderai pas à nouveau de me parler, plus tard. Mais, pour l'instant, je me sens bien, sereine. Mon meilleur ami est avec moi, et c'est tout ce qui compte.

Red me tient la porte sur laquelle est gravé le nom du cabinet et je le précède dans le hall d'entrée. Immédiatement, notre réceptionniste, Roxie, se lève et vient me prendre dans ses bras.

Roxie est la plus ancienne du cabinet. Elle a depuis longtemps passé l'âge de la retraite, mais elle continue de travailler. Elle a intégré le cabinet dès sa création par Kline père et Rosenfeld – qui eux ne sont malheureusement plus de ce monde – et c'est un peu toute sa vie. J'ai la considère presque comme ma grand-mère et son étreinte aimante me fait beaucoup de bien. J'ai du mal à retenir mes larmes.

— Nous ne nous attendions pas à te voir cette semaine, s'étonne-t-elle alors que j'ai appelé ce matin pour annoncer la mort de Mel à l'avocat pour lequel je travaille.

— Je sais. Mais je tourne en rond chez moi, alors Red m'a amenée ici pour que je règle deux, trois papiers pour la succession, prétexté-je. Et puis je me suis dit que je pourrais prendre quelques dossiers et travailler depuis la maison.

— Oh, ma chérie…, me dit-elle en me serrant à nouveau dans ses bras.

— Il faut que je fasse quelque chose…

— Je vais prévenir les associés que tu es ici.

Elle commence à retourner vers son téléphone mais je l'interromps :

— Non, laisse ! C'est l'heure de la réunion d'équipe ; ce n'est pas la peine de les déranger pour ça. Je prends juste quelques affaires et je file.

— Bon… comme tu veux. En tout cas, n'hésite pas à m'appeler si tu as besoin de quoi que ce soit. Tu prends soin d'elle, Charlie, je compte sur toi ?

— Bien sûr !

Roxie est la seule personne que je connaisse qui appelle Red par son vrai nom. Ils se sont rencontrés lorsque Red est venu signer les documents pour la création de Swift Red que mon patron avait préparés.

Je conduis Red à mon bureau, répondant avec bienveillance aux condoléances que me présentent mes collègues au passage. Lorsque nous arrivons, les deux autres assistantes avec lesquelles je partage le bureau ne sont pas là, ce qui est exactement ce que nous avions espéré.

— Elles sont à la réunion, chuchoté-je en faisant signe à Red de fermer la porte.

La première chose à faire est de vérifier si le propriétaire de l'hôtel que fréquentait Mel est un client du cabinet. Je me connecte donc à notre Intranet et accède à la liste des dossiers.

— Tu as le droit d'accéder à ces données ? me demande Red, bien que je sois de toute façon en train de le faire et qu'il est donc trop tard pour se préoccuper de savoir si j'en ai le droit ou pas.

— Techniquement, non. Mais je ne suis pas connectée avec mon compte.

— Jo…

— T'inquiète ! le rassuré-je en lui lançant un clin d'œil. J'ai travaillé avec Marissa il y a quelques mois. C'est ma responsable. Je l'ai vue taper son mot de passe des dizaines de fois et je le connais par cœur !

J'ai une assez bonne mémoire pour certaines choses. Ce n'est pas vraiment une mémoire photographique, mais je retiens très facilement les noms et les chiffres.

— Mais ils ne vont pas se demander ce qu'elle est allée chercher dans les dossiers ?

— Il faudrait déjà qu'ils le remarquent, ce qui est peu probable… Ce ne sont pas des données ultra-confidentielles, tu sais.

— D'accord, mais s'ils s'en rendent compte ? Tu crois qu'ils ne vont pas voir que ça vient de ton ordinateur ?

— Il faudrait vraiment qu'ils fassent une enquête approfondie et crois-moi, ils ont autre chose à faire, rétorqué-je d'un air distrait en naviguant dans les dossiers. Et puis bon, ça va… On n'est pas en mission secrète pour le gouvernement, non plus ! On est dans le cabinet d'avocats pour lequel je travaille et on cherche un nom. On ne va pas aller en prison pour ça !

— Oui, t'as raison… J'ai dû passer trop d'années en opérations spéciales. Mais n'empêche, dépêche-toi.

— Oui, oui ! Bah laisse-moi me concentrer, déjà !

Mais en réalité, ce n'est pas qu'il me parle qui me déconcentre le plus, c'est de sentir son visage tout près du mien. Je me demande s'il remarque que je me suis lavé les cheveux avec mon shampoing à la fraise. Je ne comprends toujours pas pourquoi il a voulu que je change de shampoing, mais vu son humeur de ce matin, je décide de laisser tomber le sujet.

— Là ! tu vois ? m'exclamé-je en lui montrant le nom de

Mel à l'écran. Il nous a envoyé cinq clients au cours des trois dernières années. Je connais Jack et Remy, ajouté-je. Ils étaient avec nous à la fac, en dernière année ; toi, tu étais déjà parti. Leur dossier est inactif, mais c'est normal – ils ont tous les deux emménagé sur la côte Est.

— Donna Clark est une cliente fréquente de la distillerie, me dit Red. C'est une organisatrice de soirées.

Je me retourne pour le regarder, les yeux plissés.

— Elle et Mel avaient l'air d'être intimes ?

Il fronce les sourcils.

— Donna est une fille géniale, mais elle n'était pas du tout le style de Mel. Et puis elle est mariée, de toute façon. Bon, remarque… toi et Mel l'étiez aussi et puis ça n'a pas empêché….

— Oui… On ne connaît jamais vraiment les gens, c'est ça ?

— Voilà, c'est ça…

— La plupart des gens me disent que je suis une horrible pessimiste quand je dis ça.

— Je ne suis pas la plupart des gens, rétorque-t-il, son regard planté dans le mien.

Pendant un instant, j'ai l'impression de ne plus avoir d'air dans les poumons. Puis je reprends mon souffle et la magie disparaît, si vite que je me demande si je n'ai pas rêvé. Je me tourne à nouveau vers l'écran.

— Et les deux derniers sont… Patrick Kline et Martin Corveau. Ça te dit quelque chose ?

— Absolument rien.

— Alors attends, on va aller voir…

Je clique d'abord sur le dossier de Patrick Kline et découvre qu'il est décédé.

— Bon, alors il n'y a plus que Martin Corveau. Croisons les doigts !

— Bingo ! s'exclame Red dès que j'ouvre son dossier.

Il a raison. En parcourant sa fiche client, nous découvrons que Corveau a investi une somme d'argent importante dans une start-up technologique, par l'intermédiaire de laquelle il a ensuite acheté un hôtel il y a environ neuf mois.

— Le Hollywood Terrace, lit Red. C'était une bonne affaire !

— Tu connais l'hôtel ?

— Non, pas directement. Mais il y a eu pas mal d'articles dans la presse. Et puis j'en ai aussi entendu parler par mon frère car Stark Security a travaillé sur le dossier. Apparemment, un mec friqué a acheté l'hôtel, l'a rénové et en a fait un lieu de prostitution haut de gamme. Mais il a fait faillite, l'hôtel a été saisi et il a été racheté il n'y a pas longtemps...

— Par notre cher Martin Corveau. C'est une coïncidence, ou il est impliqué dans la mort de Mel, à ton avis ?

— Je n'en ai aucune idée. Mais on va le découvrir... Ça te dirait un verre dans l'un des hôtels les plus chics du vieil Hollywood ?

CHAPITRE ONZE

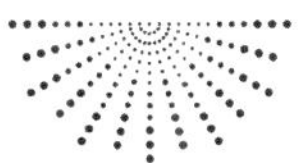

— C'est superbe ! s'extasia Jo en découvrant le hall Art déco du Hollywood Terrace Hotel, l'un des trésors de la ville. Il y a vraiment eu de la prostitution ici ?

— C'est en tout cas ce que Ryan m'a dit. Il paraît que c'est dans l'une de ces soirées que Quincy a rencontré Eliza. Enfin… qu'ils se sont revus.

Red avait rencontré Quince, l'ancien agent du MI6 par l'intermédiaire de Renly, qui lui avait présenté plusieurs agents de Stark Security. Mais il avait du mal à suivre leur vie sentimentale qui était plutôt riche…

Soudain, il se rendit compte qu'il avait perdu Jo. Il se retourna, amusé par l'expression perplexe sur son visage.

— Qu'est-ce qu'il y a ?

— Bah… Je ne les ai rencontrés qu'une seule fois quand ils étaient venus boire un verre à la distillerie, un jour, avec Renly. Mais ils avaient l'air très amoureux… Du coup, je suis surprise d'apprendre qu'ils se sont rencontrés dans ce genre de soirées…

Il faillit éclater de rire et envisagea un instant de lui raconter une histoire torride, puis décida finalement de lui dire la vérité. À l'université, il n'aurait pas hésité à la faire marcher, mais il avait mûri et, surtout, son désir pour elle était si fort qu'il préférait ne pas les emmener, lui et elle, sur ce terrain-là. Beaucoup trop glissant…

— Ils étaient tous les deux en mission, expliqua-t-il.

— Oui, elles ont bon dos les missions ! ricana-t-elle.

— Allez, viens ! rit-il en la prenant par le bras. Allons voir ce Martin Corveau.

Ils traversèrent l'élégant hall d'entrée jusqu'au comptoir d'accueil tout en moulures dorées. L'hôtesse, vêtue d'un uniforme inspiré des années quarante, leur adressa un sourire poli et professionnel.

— Bienvenue au Hollywood Terrace. Comment puis-je vous aider ?

— Nous aimerions parler au propriétaire, répondit Jo d'une voix assurée. Martin Corveau. Est-ce qu'il est ici aujourd'hui ?

— Oh… Y a-t-il un problème ? Peut-être que je peux faire quelque chose ?

— Aucun problème. Je travaille pour Kline et Rosenfeld. Nous procédons actuellement à une actualisation de nos dossiers et nous nous sommes rendu compte qu'il manquait certains documents. J'avais un rendez-vous dans le coin, alors je me suis dit que j'allais éviter à monsieur Corveau de se déplacer…

Red essaya de rester impassible. Cela ne faisait pas du tout partie du plan qu'ils avaient mis au point et si Corveau appelait le cabinet pour vérifier, ils étaient foutus. En même temps, si ça marchait, c'était le meilleur moyen d'accéder à Corveau qui devait certainement être très méfiant et donc difficilement accessible.

— Je vois. Un instant, s'il vous plaît.

Elle fit un pas de côté vers un ordinateur caché derrière le comptoir de la réception et tapota sur le clavier sans jamais se départir de son sourire professionnel. Elle devait être en train d'envoyer un message à Corveau, car un instant plus tard, elle porta à nouveau son attention vers eux avec un air satisfait.

— Si vous voulez bien attendre dans le hall, monsieur Corveau sera là dans un instant.

— Merci, déclara Jo.

Mais lorsqu'elle se détourna de l'hôtesse, elle regarda Red avec de grands yeux et un large sourire. Se forçant à rester de marbre, il la prit par le bras et la conduisit vers un l'un des luxueux divans installés au centre du hall.

— Je ne sais pas ce qui m'a pris ! chuchota-t-elle en réprimant son envie de rire.

— En tout cas, ça a marché ! répondit-il doucement. Mais bon, ne me fais plus jamais un truc pareil !

— Je sais. Pardon, pouffa-t-elle discrètement. Je me suis dit que c'était le meilleur moyen de le faire sortir de sa tanière. Si j'avais dit que j'étais la femme de Mel, il nous aurait certainement envoyé ses gorilles…

— C'est vrai. Mais sérieux, Jo, lui dit-il en s'arrêtant et en la tournant vers lui pour la regarder dans les yeux. C'était la première et dernière fois que tu prenais un tel risque ! Okay ?

— Okay… Je suis désolée. Mais nous sommes une équipe, non ? lança-t-elle d'un air complice en lui prenant la main.

Pendant un instant – un tout petit instant –, il voulut quitter cet endroit et tout oublier : la distillerie, la mort de Mel et Jo. Il n'était pas du genre à faire équipe avec qui que ce soit. Plus maintenant. Mais il ne pouvait pas fuir. Il n'en avait pas le droit. Malgré lui, il se rendait compte qu'elle avait raison : il avait accepté de l'aider et de faire équipe avec elle. Même si cela le terrifiait, il ne pouvait plus faire marche arrière. Elle était en danger, et il était hors de question qu'il la laisse seule.

— Red ?

— Oui, s'empressa-t-il de confirmer. Oui, bien sûr. Nous sommes une équipe.

— Non, ce que je veux dire, c'est que tu me fais mal, là…

Il réalisa alors qu'il était en train de serrer sa main dans la sienne.

— Ah, merde ! Désolé ! s'excusa-t-il en la libérant de sa prise.

— Ça va ?

Elle le regardait avec un mélange d'inquiétude et de méfiance, et il était certain qu'elle repensait à la crise de panique qu'il avait eue en se réveillant.

— Oui, tout va bien. J'étais dans mes pensées. Rien de grave.

— Okay, mais là j'ai besoin que tu sois avec moi à cent pour cent. On joue gros…

— T'as raison. Ne t'inquiète pas. Je suis avec toi !

— *Nous* sommes là pour Mel, surtout, le corrigea-t-elle. Et on va y arriver. Tu me le promets ?

Il ne put s'empêcher de sourire.

— Je te le promets…

De l'autre côté du hall, un homme grand et mince vêtu d'un costume gris argenté sortit de l'ascenseur, puis jeta un coup d'œil vers la réception. L'employée qui les avait aidés hocha la tête dans leur direction, et l'homme – vraisemblablement Corveau – se dirigea vers eux, affichant un air courtois malgré une pointe de méfiance. Soit il n'avait rien à voir avec la mort de Mel, soit il était très doué pour la comédie.

— Martin Corveau ! se présenta-t-il en leur tendant la main. On m'a dit que vous étiez de Kline et Rosenfeld. Y a-t-il un problème ? Madame Painter m'a parlé de documents manquants…

— Bonjour Monsieur Corveau. Je suis Jo Swift, assistante juridique au cabinet. Et voici mon ami, Charlie Cooper.

— Vous pouvez m'appeler Red !

Corveau le regarda en fronçant les sourcils.

— Charlie Cooper… Vous êtes l'associé de Mel, n'est-ce pas ? Et vous êtes sa femme ?

— En effet.

— Je vois…

Il s'installa sur le fauteuil en face d'eux et les regarda d'un air pensif, appuyé contre le dossier, avant de se pencher en avant, circonspect.

— Non, en fait, je suis désolé, mais je ne vois pas du tout, déclara-t-il lorsque Red et Jo furent rassis.

Jo jeta un coup d'œil vers Red, qui lui adressa un léger hochement de tête pour l'encourager à dire ce dont ils avaient convenu.

— Je dois vous dire que, en réalité, nous sommes là pour vous annoncer une mauvaise nouvelle. Mon mari a été retrouvé mort hier. Il s'est suicidé. Et nous voudrions simplement comprendre pourquoi…

— Je suis désolé d'apprendre cette triste nouvelle, Madame Swift. Mais je ne vois pas en quoi je peux vous aider. Vous pensez que je pourrais savoir quelque chose ?

Red observa attentivement le visage de Corveau, à la recherche du moindre signe de nervosité ou de dissimulation. Mais il n'en vit aucun.

— La distillerie se porte bien, intervint-il. Mais Mel était chargé de notre développement et s'occupait de toute la partie commerciale. Nous savons qu'il avait négocié un contrat d'approvisionnement avec votre hôtel et, comme vous avez dû le rencontrer à plusieurs reprises, nous avons en effet pensé qu'il vous avait peut-être dit quelque chose qui pourrait nous aider à comprendre.

Avant même d'avoir fini de parler, Red savait que quelque chose n'allait pas. Corveau fronça les sourcils et secoua la tête.

— Écoutez, je suis désolé. J'appréciais beaucoup Mel, mais

je le connaissais finalement très peu. Un jour, il m'a effectivement proposé un contrat d'approvisionnement, mais je lui ai dit que je n'étais pas intéressé. C'est tout.

Red jeta un coup d'œil à Jo, qui semblait aussi perplexe que lui.

— Vous ne l'avez vu qu'une seule fois ? Mais il vous a bien fait visiter la distillerie ?

— Ah, mais je le voyais par contre assez souvent. Lui et moi nous sommes rencontrés par l'intermédiaire d'une association locale d'entrepreneurs, et il venait souvent ici le midi ou le soir pour boire un verre.

Cette fois, Red devint sérieusement inquiet. Mel avait dit à Jo qu'ils s'étaient rencontrés dans une salle de sport.

— Donc, vous n'avez jamais négocié de contrat ?

— Jamais !

— Y avait-il quelqu'un d'autre qui aurait pu signer un contrat à votre place ? Peut-être que vous n'étiez pas au courant ? se hasarda Jo.

— Non, c'est moi qui m'occupe des achats. Je ne suis pas Conrad Hilton. C'est le seul hôtel que je possède, vous savez. Je l'ai acheté parce que j'aime les bâtiments historiques et que l'ancien propriétaire l'avait laissé se délabrer. Il était urgent de faire des travaux de rénovation. C'est aussi ici que je vis. J'ai l'appartement du dernier étage. Même si je suis souvent en déplacement…

— Et, donc, vous discutiez avec lui lorsqu'il venait boire un verre ? demanda Jo.

— Bien sûr. Comme je vous l'ai dit, nous nous connaissions et nous appréciions.

— Vous a-t-il dit quoi que ce soit qui pourrait nous donner un indice sur la raison de sa mort ?

L'homme secoua lentement la tête.

— Je ne vois pas, non. Désolé…

— Et…

Jo s'interrompit et s'éclaircit la gorge avant de reprendre :

— Saviez-vous s'il avait une liaison ?

— Madame Swift, répondit Corveau d'une voix solennelle, je n'en sais absolument rien. Mais, si vous me permettez d'être honnête, même si je le savais, j'hésiterais à souiller la mémoire ou la réputation d'un ami.

— Je comprends, murmura Jo, sans que Red ne sache si elle le croyait ou non.

De son côté, il trouvait la réponse de Corveau beaucoup trop évasive et il n'avait pas l'intention de s'en contenter. Il prit donc la main de l'interrogatoire.

— Savez-vous si Mel organisait des réunions d'affaires au restaurant ou au bar de votre établissement ?

— Oui, absolument. Assez souvent même. Dans ces cas-là, je me contentais de le saluer brièvement pour ne pas le déranger.

— Vous a-t-il déjà présenté quelqu'un ? Je vous pose cette question car, si je connais tous nos partenaires ou clients actuels, je ne connais pas ceux avec lesquels un contrat n'a pas encore été signé.

— J'ai bien peur que non. Ou, du moins, pas que je m'en souvienne. Honnêtement, je ne m'attardais pas lorsque je le voyais avec d'autres personnes. Je supposais qu'il était occupé…

— Il y avait une femme dont il m'a souvent parlé, ajouta Jo. Je crois même qu'ils ont dîné ensemble, une fois, ou peut-être plus. L'avez-vous souvent vu avec des femmes lors de ces réunions ?

— Cela arrivait, oui. Je m'en souviens d'une, notamment, avec qui je l'ai vu au moins deux fois, mais je ne connais pas son nom. Elle avait des cheveux noirs ondulés. Je m'en souviens car ils me rappelaient ceux de ma femme.

Il fit une pause et s'avança encore un peu sur son siège avant de continuer :

— Encore une fois, je suis vraiment désolé pour Mel et je vous présente toutes mes condoléances. N'hésitez pas à me recontacter si vous avez besoin de quoi que ce soit.

— Bien sûr, dit Red. Merci beaucoup pour votre temps.

Il attendit que Corveau soit parti, puis se tourna vers Jo avec un sourire.

— Bon ! C'était productif ! Nous avons notre première piste. Potentiellement, en tout cas…, ajouta-t-il en regardant au-dessus de sa tête. Les caméras ! Si on peut accéder aux images de vidéosurveillance, on pourra peut-être identifier la femme dont il nous a parlé.

— J'espère. Et paradoxalement, j'espère aussi qu'il s'agissait de sa maîtresse, car dans ce cas, elle saura peut-être quelque chose. Quelque chose qu'il ne m'a jamais dit.

— C'est possible, confirma Red. Mais il est également possible que celui qui a tué Mel la connaisse. Elle pourrait même avoir le fameux paquet. Ou eux pourraient croire qu'elle l'a, en tout cas. Ce qui signifie qu'elle est peut-être tout aussi en danger que nous.

— Putain ! murmura Jo en mettant sa main sur son front. Je suis vraiment une conne égoïste… Je n'ai pensé qu'au fait qu'elle baisait peut-être avec mon mari – le mari dont je voulais de toute façon divorcer et qui avait toutes les raisons du monde d'avoir une maîtresse. Mais je ne me suis jamais dit qu'elle était peut-être en danger.

— Ne sois pas trop dure avec toi. Ce n'est pas ton travail…

— Ce n'est pas le tien non plus. Enfin, plus maintenant, et pourtant tu y as pensé…

Elle prit une profonde inspiration en fermant les yeux.

— Je suis désolée de t'entraîner là-dedans, dit-elle en les rouvrant et en le regardant. Je sais que certaines de tes missions devaient être bien pires que ça, mais je sais aussi que ça doit te replonger dans un passé que tu as voulu quitter. Je ne connais pas les raisons qui t'ont poussé à changer de vie, mais je devine qu'elles sont sérieuses.

— Jo, à propos de ce matin…

— Non. Arrête… Ce n'est pas à toi de t'excuser. C'est plutôt à moi de te dire merci.

— Je t'en prie. Mais tu n'as pas à me remercier, tu sais. Le « Trio du siècle », tu te souviens ? Alias les « SIC » ?

Elle rit.

— Bien sûr que je m'en souviens ! Mel Swift, Jo Irwin et Charlie Cooper. On était peut-être un groupe étrange, mais pour moi, on était parfaits !

— C'est vrai, confirma Red avec un sourire nostalgique.

C'était pour cela qu'ils s'étaient appelés les « SIC », en référence au terme latin qui servait à indiquer une citation semblant étrange mais en réalité tout à fait juste et fidèle à l'original.

— C'était un chouette type, murmura Jo, les yeux brillants. Il méritait mieux que ce que nous avons vécu…

— Vous méritiez certainement mieux tous les deux. Mais de toute façon, ça ne sert à rien de regretter, maintenant. Tout ce que tu peux faire, c'est avancer. C'est le meilleur moyen de lui rendre hommage.

Elle se tut un instant, les yeux dans le vague, puis changea soudain de sujet :

— Au fait, pourquoi est-ce que tu n'as pas demandé à Corveau de visualiser les images de vidéosurveillance ?

— Parce que tu es censée être une femme qui vient de perdre son mari et qui cherche des réponses.

— Et je le suis ! J'avoue que je suis en colère à cause de la façon dont Mel se comportait ces derniers temps, et je voulais divorcer pour plein de raisons. Mais je l'aime. Je l'aimerai toujours, et…

— Non, mais ce que je veux dire, l'interrompit Red, c'est que tu dois avoir l'air de chercher pourquoi il s'est suicidé. Et non pourquoi il a été tué… Or, demander à voir les images de vidéosurveillance aurait risqué de lui mettre la puce à l'oreille.

— Mais je…

— Et si Corveau était impliqué dans sa mort ?

— Il serait très bon acteur, dans ce cas !

— Peut-être qu'il l'est… Crois-moi. On doit rester discrets et ne pas dévoiler notre jeu.

— En même temps, si Corveau fait partie de ceux qui ont tué Mel, il fait aussi partie de ceux qui nous ont demandé de retrouver ce truc que Mel avait. Il sait donc forcément qu'on mène l'enquête…

— Non, pas forcément. Ils pensent peut-être qu'on bluffe et que nous savons de quoi il s'agit et où ça se trouve. Dans ce cas, s'ils savent que l'on fouine un peu partout, ils vont comprendre que c'est pour tenter de savoir qui ils sont, et pas uniquement pour retrouver le MacGuffin.

— Ils sont franchement cons s'ils pensent qu'on ne va pas chercher à savoir qui ils sont…

— Peut-être ! rit-il. Mais bon, franchement, on a tout intérêt à ne pas se faire trop remarquer. Même s'ils ne nous avaient pas demandé de retrouver quoi que ce soit, on chercherait de toute façon des réponses, non ?

— C'est vrai… T'as raison…

Elle soupira et fronça les sourcils.

— Tu penses qu'il l'est ? Impliqué, je veux dire, demanda-t-elle finalement.

— Honnêtement : non. Mais je ne savais pas non plus que Mel et toi aviez des problèmes, alors tu vois...

Elle ne dit rien, se contentant de le fixer du regard.

— Quoi ?

— Tu savais que nous avions des problèmes, dit-elle. Bien sûr que tu le savais !

Il soutint son regard, hésitant à répondre.

— Okay, admit-il. Je le savais. Par contre, je t'assure que je ne savais pas que tu voulais divorcer. Et je m'en veux d'ailleurs, si tu veux tout savoir, avoua-t-il en passant une main dans ses cheveux. Je n'ai rien vu, alors que j'aurais dû être là pour vous deux. J'aurais dû essayer de vous aider.

— Pourquoi est-ce que tu n'as rien vu ?

Parce que j'ai préféré ne pas voir. Parce que si j'avais su que tu voulais te séparer de Mel, j'aurais eu envie de me mettre avec toi, mais je savais que ce n'était pas possible.

Mais il ne pouvait pas lui donner cette raison-là.

— Parce que je suis un ami de merde, répondit-il à la place.

Elle continua de le fixer un moment puis, se penchant vers lui, elle l'embrassa tendrement sur la joue.

— Non, murmura-t-elle. Tu n'es pas un ami de merde.

CHAPITRE DOUZE

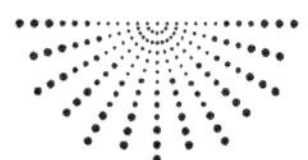

— Ça va dépendre du système qu'ils ont, nous dit Mario.

Après notre rencontre avec Martin Corveau, nous sommes retournés à Stark Security et nous nous trouvons à présent dans le bureau de Mario, assis en face de lui.

— Ce n'est pas moi qui pirate les systèmes en général, ajoute-t-il. Je peux le faire ; ce n'est pas loin. Mais en revanche, je ne peux pas vous dire quand ce sera fait, s'il va nous falloir une équipe, ni combien de temps ils conservent les images. Et puis… est-ce qu'elles sont stockées sur un support, sur le cloud. Est-ce qu'on peut les transférer via Wi-Fi, ou est ce qu'il faut un câble coaxial. Bref… Ce n'est pas gagné.

Je jette un coup d'œil oblique à Red qui, contrairement à moi, semble comprendre de quoi parle Mario. Pour ma part, j'ai l'impression qu'il parle chinois.

— Euh… Pardon, Mario, mais est-ce que vous pourriez développer un peu ? Peut-être parler plus lentement ? Ou ajouter des définitions ?

— Oui. Bien sûr. Je suis désolé…

Mario est jeune – je dirais moins de 30 ans – et il a tellement d'énergie que je me sens épuisée face à lui.

— Qu'est-ce que vous n'avez pas compris exactement ?

— Bah… Par exemple, quand vous parlez du système. Comment est-ce qu'on peut savoir quel système ils ont ? Et quelle importance, en fait ?

— D'accord, alors… En fait, je peux imaginer à peu près le type de système qu'ils ont. Mais vu qu'il s'agit d'un immeuble ancien, je ne sais pas s'ils ont fait des aménagements pour moderniser leur système ou s'ils ont encore quelque chose de vieux. Avec des *câbles*. Vous voyez ?

Dans sa bouche, on dirait que le mot « câble » est une insulte.

— Ce que j'espère, reprend-il en passant une main dans ses cheveux épais tirant sur le roux, c'est que les caméras sont reliées au réseau via le Wi-Fi, car ce sera le plus facile à pirater. Et puis j'espère que les fichiers sont stockés sur un disque, sans protocole d'écrasement.

— « Protocole d'écrasement » ?

Cette fois, c'est Red qui me répond :

— C'est ce que nous avons à la distillerie. Nous n'avons pas besoin de conserver toutes les données. Juste d'être capables de vérifier s'il y a eu un incident dans le passé. Du coup, on écrase nos disques durs tous les quatre-vingt-dix jours.

— C'est exactement ça ! Mais vous n'avez pas besoin de vous préoccuper de tout ça, me dit Mario comme s'il voyait que je ne comprenais pas grand-chose. C'est mon job ! Je m'en occupe et je vous rappelle dès que c'est fait pour vous dire si j'ai réussi ou pas. Ça vous va ?

Je jette un coup d'œil à Red, qui hoche la tête.

— C'est parfait, Mario ! Plus tôt vous pourrez commencer, mieux ce sera, pour nous.

— Renly m'a dit que vous étiez prioritaires sur tout le

reste, alors je vais m'en occuper rapidement. On va dire que c'est mon cadeau de mariage ! J'ai juste un truc à finir avant sur un dossier de trafic d'êtres humains. Ces gens sont vraiment des enfoirés !

— Un trafic d'êtres humains ? demande Red.

C'est peut-être mon imagination, mais j'ai l'impression qu'il se sent concerné.

— Oui… Il y a quelque temps, on a travaillé pour un monarque dont la fille avait été enlevée et victime de ce trafic. Une sale affaire. Heureusement, on a réussi à la faire sortir. Mais on a continué à s'occuper du dossier. On collabore avec un groupe de travail de l'UE. Je peux vous dire qu'on se plie en quatre… Ces bâtards nous donnent du fil à retordre. Mais bon… Si on réussit, ce sera une sacrée victoire pour nous !

Red se contente de hocher doucement la tête, mais j'ai l'impression qu'il en sait plus qu'il ne le dit.

— Bon, en tout cas, je vous contacte dès que j'ai quelque chose. Donc, vous m'avez dit une femme aux cheveux noirs avec Mel n'importe où dans l'hôtel, c'est bien ça ?

— Exactement. Mais dites-nous si vous le voyez avec d'autres femmes également.

— Pas de problème ! Je vais aussi me pencher sur les images des caméras extérieures. Il y a une piscine et un bar sur le toit de l'hôtel ; j'imagine que les deux sont équipés de systèmes de surveillance. *Idem* pour le service de voiturier, le parking, les ascenseurs et les étages. Tout est sûrement équipé. Franchement, j'ai bon espoir. Je suis sûr que je vais trouver quelque chose ! nous rassure-t-il alors que Red et moi nous levons.

— Ah bon ? Pourquoi ça ? lui demande Red.

— Parce que Scott Lassiter était un con, dit Mario.

— L'ancien propriétaire, précisé-je.

— Voilà… Il passait son temps à organiser des partouzes

dans les chambres de l'hôtel, ajoute-t-il. Le pire dans tout ça – mais ce qui risque de beaucoup nous aider –, c'est que ce fils de pute – désolé, hein, c'est plus fort que moi – filmait tout et se faisait du fric avec les images.

— Il faisait chanter les participants ? demandé-je.

— C'est ça...

— J'espère que vous avez raison, dit Red. En tout cas, merci pour tout...

— Pas de problème ! J'adore faire ce genre de trucs ; c'est comme un jeu pour moi !

Red et moi regardons Mario en souriant, attendris par son enthousiasme et sa bonhomie.

— Je crois que Ryan est toujours occupé. Vous pourrez lui dire de quoi nous avons parlé ? demandé-je.

— Bien sûr ! Je crois qu'il est avec le nouveau. Il risque d'en avoir pour un moment.

— Je crois aussi !

Je me retourne vers la personne qui vient de parler et découvre Renly, dans l'embrasure de la porte.

— Il est en train de lui installer son bureau. Je pensais offrir ces billets pour l'avant-première de *Moon Raiders* au nouveau en guise de cadeau de bienvenue, mais il m'a regardé comme si je lui avais demandé de nettoyer les chiottes !

— Tu as toujours des billets gratuits ?

Renly était critique de films d'action avant de travailler à plein temps pour Stark Security.

— Qu'est-ce que tu veux... Je dois leur manquer, je ne vois que ça ! plaisante-t-il en haussant les épaules.

— Pourquoi est-ce qu'il a refusé ? demandé-je. J'aurais sauté sur l'occasion à sa place !

— Alors écoute, tant mieux, parce qu'ils sont à vous, déclara Renly. Je les ai proposés au bureau, mais tout le monde a déjà quelque chose de prévu samedi prochain.

Quant à moi, je serai en Italie, en train de regarder la mer depuis mon lit !

— C'est génial ! Merci ! Tu viendras avec moi ? demandé-je à Red, qui acquiesce d'un signe de tête en souriant devant mon air de petite fille émerveillée. Mais t'es sûr que le nouveau n'en veut pas ?

— Ses mots exacts étaient qu'il « préférait bouffer du verre plutôt que de marcher sur un tapis rouge » !

— Ah bon ? m'étonné-je. Bah moi, ça ne me pose aucun problème. Au contraire !

— T'as de la chance qu'il ait fait une phrase entière, intervint Mario en s'adressant à Renly. Il n'a pas décroché trois mots quand j'ai installé son système.

— Ryan dit qu'il est super doué, mais qu'il est très réservé.

C'est une superbe rousse qui vient de parler. Elle me paraît immense, d'autant plus que je suis toujours assise.

— Bonjour ! Je suis Emma, se présente-t-elle. Tu es Red, n'est-ce pas ? Pas besoin d'être devin… Toi et Renly vous ressemblez comme deux gouttes d'eau ! Et j'imagine que tu es Jo, la nouvelle cliente ?

— C'est ça ! confirmé-je en lui serrant la main.

— Je suis désolée d'avoir raté la soirée que vous aviez organisée pour votre première cuvée. Tony et moi étions en long week-end randonnée dans le désert.

— Alors t'es pardonnée ! répondit Red. Un week-end dans le désert, ça doit être magique.

— Ça l'était, en effet, confirme Emma. Bon, je veux tout savoir sur notre nouvelle recrue ! Donc il n'aime pas le cinéma… Okay. Mais le reste ? Mario ! Ne me dis pas qu'un *nerd* comme toi ne connais pas déjà toute sa vie ?

— Emma…, marmonne Mario en nous désignant d'un léger signe de tête. Il y a des clients !

— Ça va… C'est la famille ! le rassure Renly. Vas-y, dis-nous !

— Je n'ai rien à dire, je n'ai pas fait de recherches, dit Mario.

— Mais bien sûr ! lance Emma en levant les yeux au ciel.

— Okay, ça va…, soupire Mario. J'ai essayé, mais je n'ai rien trouvé. *Moi !* Rien trouvé ! Franchement, je n'ai pas envie de m'en vanter, les gars…

— Mais non ? s'étonne Emma.

Puis elle fait un pas en arrière et regarde à travers la vitre du bureau en direction de Ryan Hunter et du grand dieu musclé aux cheveux blonds vêtu d'un costume que nous avons tous commenté.

Je souris.

— Il est si bien que ça ? me demande Red d'un air amusé.

— Non… Pas du tout ! dis-je, tout en lançant un regard à Emma qui semble dire : « Il n'est pas *bien*, il carrément ultra-sexy ! ». J'essaie juste de m'intéresser. Je veux dire… Red fait déjà un peu partie de l'agence, mais moi…

— Toi aussi ! m'interrompt Red. N'est-ce pas, Renly ?

— Absolument !

— Bah oui ! Tu es des nôtres, maintenant ! confirme Emma. Bon, Mario, vas-y, crache le morceau ! Tu n'as vraiment rien trouvé sur lui ?

— Je dois dire que je n'ai pas essayé très longtemps… Oh, *et puis merde !* peste-t-il contre lui-même. Si, en fait, j'ai galéré pendant des heures et je n'ai rien trouvé, putain ! Les seules infos que j'ai ce sont celles que Ryan m'a données pour ouvrir son dossier. Il s'appelle Simon Barré, il est né en France d'une mère française et d'un père américain. Il a vécu en France jusqu'à l'âge de 17 ans, avant de venir s'installer ici. Il travaille sur les détails du trafic, sur un prêt de Devlin Saint. Mais ça, c'est ultra-confidentiel, ajoute-t-il en nous regardant, Red et moi.

— Le philanthrope ?

Je me souviens qu'il y a eu un gros scandale à son sujet il

n'y a pas si longtemps, mais je ne me souviens pas très bien de l'affaire.

— Sa fondation vient en aide aux victimes de la traite, c'est ça ?

— Saint fait bien plus que de la philanthropie, me répond Red.

— Tu sais des choses sur lui ? demande Mario.

— Mon frère a fait partie du SOC, intervient Renly. Tu sais ce que ça veut dire. Il pourrait te donner ses infos, mais il faudrait qu'il te tue ensuite…

— Okay, on oublie Saint ! lance Emma. Je veux tout savoir sur ton expérience avec le SOC, dit-elle à Red. Seagrave parle beaucoup de toi, tu sais.

— Tu connais le colonel Seagrave ?

— C'est qui ? demandé-je.

— C'est le grand boss du SOC, m'apprend Emma. Mon ancien patron, et mon mentor. Il est presque un père pour moi. C'est l'une des plus belles personnes que j'ai été amenée à rencontrer. Et donc, il m'a souvent parlé de toi. Notamment de l'origine de ces cicatrices, ajoute-t-elle, avec un clin d'œil en direction des avant-bras de Red.

— Vraiment ?

Je remarque que, cette fois, Red ne plaisante plus et qu'il s'est refroidi.

— J'aimerais vraiment beaucoup en savoir plus. C'est quelque chose qui m'intéresse…, ajoute Emma.

Elle doit vouloir parler des détails de la mission, mais je ne comprends pas vraiment ce qu'elle veut dire. Je suis sur le point de demander lorsque Red lui répond assez sèchement.

— Ce n'est pas quelque chose dont je parle beaucoup.

— Bien sûr, j'imagine… Je comprends complètement. De toute façon, pour le moment, ce que je veux savoir, c'est l'histoire de *ce* type, dit-elle, changeant soigneusement de sujet et en tournant son attention vers Mario alors qu'elle pointe discrètement Simon du doigt. Mais les trucs croustillants, Mario. Je m'en fous de savoir où il vivait quand il portait des couches !

— Moi aussi, figure-toi ! Mais je n'ai rien trouvé, je te dis ! se lamente Mario.

Mais je l'entends à peine, car je suis concentrée sur Red et son expression troublée.

— Oui, donc il doit être du genre à se la jouer solo…, dit Emma, visiblement déçue. Je suppose qu'il a des compétences qui intéressent Stark et Ryan.

— Tu n'es pas très esprit d'équipe non plus, Em ! lui fait remarquer Renly en riant. En tout cas, tu ne l'étais pas quand tu es arrivée ici. J'en ai entendu sur toi, je te signale !

— On ne se refait pas ! déclare-t-elle en écartant les mains. Je suis unique, qu'est-ce que tu veux que je te dise ?

Je ris en prenant la main de Red, sans réfléchir, et il me regarde en souriant.

Puis nous prenons congé, après que Mario nous a promis une fois de plus de nous appeler dès qu'il aurait quelque chose.

— Tu es à ta place avec eux, tu sais, dis-je à Red alors que nous sommes en train de rouler. C'est comme si tu faisais déjà partie de l'équipe.

— Je n'irais pas aussi loin. Mais c'est vrai qu'ils sont sympas et que je les aime beaucoup.

— Pourquoi est-ce que tu ne travailles pas avec eux ? insisté-je. Je crois savoir que Stark a essayé de te recruter, pourtant, non ?

— Je te l'ai dit quand je suis rentré, il y a sept ans. Je suis à la retraite. C'est terminé, pour moi, ce monde-là.

— Et si tu te trompais ?

— Non, je t'assure que non, répondit-il d'un ton dur.

Je le fixe quelques instants et remarque les petites cicatrices sur son visage. Je suis certaine qu'elles sont les stigmates des choses difficiles qu'il a vécues. Mais, comme s'il m'entendait penser, il prend les devants et m'empêche de lui poser davantage de questions.

— Jo, laisse tomber.

Sa voix est basse, plate. Son ton définitif. Il ne me regarde même pas, les yeux rivés sur la route. J'aimerais discuter, mais comment ? J'ai l'impression d'être face à un mur. Pourtant, je ne veux surtout pas lui donner de conseils ni le juger. Je voudrais juste savoir ce qu'il a vécu. *Là-bas.* Je voudrais savoir quel est le poids qu'il y a en lui et qui lui pèse tant...

Mon attention se porte sur ses avant-bras marqués par d'horribles cicatrices. Chacune mesure environ dix centimètres sur deux centimètres. J'ai souvent entendu des personnes lui poser des questions sur leur origine. Des clients de la salle de dégustation avec lesquels il discutait. Il donne chaque fois la même réponse : qu'il a fait partie des forces spéciales. Et si les gens insistent, il leur dit qu'il n'est pas autorisé à en dire davantage.

Pourtant, aujourd'hui, il a eu l'occasion de s'ouvrir à quelqu'un qui aurait pu le comprendre. Emma. Et je ne comprends pas qu'il n'ait pas saisi cette occasion. Elle a sous-entendu qu'il s'était fait ces cicatrices au cours d'une mission. Je ne sais pas si c'est vrai. Red n'a jamais eu froid aux yeux à l'armée, ça je le sais, mais cette histoire de mission... Je ne sais pas... Ça me paraît bizarre.

Je ne résiste pas à l'envie de lui demander, au risque qu'il me trouve pénible. Je ne sais pas si c'est la bonne ambiance qu'il y avait avec l'équipe de Stark Security qui me donne des ailes, ou tout simplement mon envie de me rapprocher de lui, mais je me lance, avec la naïveté de croire qu'il va peut-être enfin me dire la vérité :

— Comment est-ce que tu t'es fait ces cicatrices, Red ?

Je vois ses mains se serrer sur le volant, tandis qu'il soupire, exaspéré, sans me regarder.

— Putain, Jo. C'est quoi ? Un interrogatoire ?

— Pas du tout ! Je veux juste parler, Red. Depuis quand tu ne me dis plus rien, comme ça ?

Il ne répond rien et, au bout d'un moment, je me tourne vers la route, certaine qu'aucun mot ne sortira de sa bouche.

— Je te l'ai déjà dit. Une mission, finit-il pourtant par lâcher.

C'est vrai. C'est ce qu'il m'a dit. Mais je ne le crois pas.

— Tu ne les avais pas quand tu es rentré, rétorqué-je. Puis tu es allé au Texas pour rendre visite à ta mère pendant six semaines, et quand tu es revenu à la maison, elles étaient sur tes bras. Et elles étaient complètement refermées. Donc, je ne sais pas ce qu'il s'est passé, mais c'était peu de temps après ton départ. Ou alors tu es en train de me dire que tu nous as menti, à l'époque, et que tu n'étais pas chez ta mère mais en mission ?

Je m'attends à ce qu'il me mente, car je sais qu'il est allé au Texas. Ou alors c'est qu'il avait mis sa mère dans la confidence et qu'elle était complice. Un jour, j'ai essayé d'appeler chez elle pour parler à Red, mais elle m'a dit qu'il venait de subir une opération, qu'il était en train de dormir, mais que je ne devais pas m'inquiéter car elle prenait soin de lui.

— Jo...

J'entends l'avertissement dans sa voix, mais je décide de ne pas céder.

— Avant, on se disait tout ! Pourquoi tu ne veux pas me dire ce qu'il s'est passé ?

— Je l'ai fait ! Je t'ai dit que je me les suis faites lors d'une mission particulièrement difficile.

— Donc, ils t'ont rappelé alors que tu avais officiellement pris ta retraite des forces spéciales ? Non, parce que moi, j'en suis restée à l'opération que tu as subie quand tu étais chez ta mère, au Texas...

— Jo, je t'en prie, est-ce qu'on peut arrêter d'en parler ? On a autre chose à penser, tu ne crois pas ?

— Pas tant que Mario ne nous a pas donné de nouvelles. À moins que tu n'aies une idée brillante, on ne peut rien faire pour le moment… Alors, ce que je te propose, c'est qu'on se commande un thaï et qu'on parle. Ça fait tellement longtemps qu'on ne s'est pas *vraiment* parlé…

— Okay pour le thaï, okay pour un film, okay pour parler. Tout ce que tu veux. Mais s'il te plaît, on laisse de côté mes cicatrices et mes missions. D'accord ? me demande-t-il en se tournant vers moi, sans ralentir.

J'acquiesce. De toute façon, je n'ai pas vraiment le choix…

Il se concentre à nouveau sur la route, et nous passons le reste du trajet dans une ambiance monastique.

J'essaie de me convaincre qu'il a raison, que ce ne sont pas mes affaires. Mais c'est plus fort que moi ; j'ai besoin de savoir.

CHAPITRE TREIZE

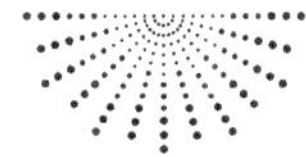

près avoir cherché un film pendant ce qui m'a semblé être une éternité, nous avons finalement opté pour deux classiques : *Les Aventuriers de l'arche perdue* suivi de *Retour vers le futur*, avec du vin pour moi, de l'eau gazeuse pour lui, et un plateau de fromage.

Exactement le genre de soirée que j'adore.

Mais c'est *après* que ça a été plus difficile, au moment où je me suis retrouvée seule dans ma chambre avec mes idées noires et mes questions sans réponse. Je revoyais en boucle mon mari couler au fond de la cuve, me demandant ce qu'il avait bien pu voler pour mériter un tel sort.

Et puis merde !

Après plus d'une heure à espérer que le sommeil vienne me délivrer – en vain –, je me décide à, cette fois encore, rejoindre Red dans la chambre d'amis. D'ailleurs, je l'ai appelée « chambre d'amis » pour Red, mais en réalité, presque toute l'année dernière, c'était la chambre de Mel. Quand il rentrait à la maison, en tout cas.

Finalement, tout bien considéré, c'était peut-être déjà une chambre d'amis.

J'hésite un instant devant la porte, me souvenant de la réaction de Red ce matin. Je devrais faire demi-tour, mais je n'y arrive pas. Je me dis que c'est parce que je ne veux pas être seule, mais je sais que je me mens à moi-même. La vérité est que je ne résiste pas à l'envie de dormir à côté de Red, en sachant qu'il n'est qu'à quelques mètres de moi.

Ce que je veux, c'est être avec lui.

Ce n'est pas forcément sexuel – c'est en tout cas ce dont j'essaie de me convaincre –, mais j'ai besoin de sentir sa présence. Mon monde vient de s'écrouler et il est mon seul repère.

Doucement, je pousse la porte et donne quelques coups légers pour le réveiller. Cela ne suffirait pas à me sortir des bras de Morphée, mais je sais que Red a le sommeil léger. Immédiatement, je vois ses yeux s'ouvrir dans la pénombre.

— Je peux dormir avec toi ?

— Tu te souviens de ce matin, non ? me demande-t-il d'un air presque renfrogné. Je ne pense pas que ce soit une bonne idée.

Je soupire en m'appuyant contre l'encadrement de la porte, remarquant alors la présence de Rambo, recroquevillé sur le fauteuil dans le coin de la pièce.

— Pourquoi ?

Il ferme les yeux et reste silencieux si longtemps que je commence à croire qu'il s'est rendormi.

— Tu as raison. Nous ne parlons plus comme avant.

Je fais un pas en avant. Je ne sais pas si c'est une invitation ou non, mais je suis prête à essayer.

— Bien sûr que j'ai raison ! On se disait tout ! Je t'ai même raconté cette soirée de merde… Celle où j'ai couché avec… Mon Dieu ! Je ne me souviens même plus de son nom !

— Timothy Brant.

— Tu t'en souviens ?

Il me regarde fixement tandis que je m'approche et m'assois sur le rebord du lit, à seulement quelques centimètres de lui. Je m'attends à ce qu'il me demande de retourner dans ma chambre, mais, au lieu de ça, il se redresse et s'appuie contre la tête de lit capitonnée.

— Je me souviens de beaucoup de choses. C'était le week-end que tu as passé assise à la table de la cuisine à travailler sur… C'était quoi déjà ?

— Oh, non ! Pas ça ! C'était un cauchemar ! gémis-je en riant et en jetant ma tête en arrière. Je détestais ce cours ! *La pertinence et la signification de l'image du soleil dans la mythologie nordique.* Ça sonnait bien, mais c'était une torture ! Pourtant, avant ça, j'avais toujours adoré la mythologie. Mais depuis, j'ai des sueurs froides chaque fois que j'en entends parler. Même les *Avengers*, s'il y a Thor dedans, je ne peux pas les regarder. C'est pour dire…

Il éclate de rire.

— C'est vrai que tu m'avais appris pas mal de nouveaux jurons ce week-end-là !

— Menteur ! rétorqué-je. T'as toujours été plus fort que moi dans ce domaine ! Par contre, je me souviens que toi et Mel aviez été adorables avec moi. Vous aviez pourtant vos propres cours à réviser, mais vous alliez quand même m'acheter à manger au fast-food du coin, et me prépariez des litres de café. Vous m'aviez même fait un gâteau ! ajouté-je avec un large sourire et en levant le doigt. Il était incroyable ce gâteau…

Après avoir rendu ce fichu devoir sur lequel j'avais planché tout le week-end, j'étais rentrée à la maison et avait trouvé un gâteau au chocolat sur lequel était écrit *T'as réussi !*

— Ah ouais, je me souviens ! Le gâteau, ça allait encore – même si on avait oublié les œufs et qu'on a dû aller en chercher au dernier moment. Mais le glaçage… Putain, quel enfer ! On avait l'impression d'écrire comme des enfants !

— Vous vous en êtes très bien tirés. C'est l'un de mes

meilleurs souvenirs. Tu te souviens ? On avait ensuite passé la soirée à boire et à jouer à *Je n'ai jamais...* On s'est dit tellement de secrets ce soir-là ! C'est con, je les ai presque tous oubliés...

— Moi, je m'en souviens ! me taquine-t-il avec un large sourire.

— Non ?! Je t'en supplie, dis-moi que ce n'est pas vrai ! ris-je.

— C'est ce soir-là que tu nous as avoué que tu n'avais jamais fait de pipe à un mec.

Je laisse tomber mon visage entre mes mains.

— Ce n'est pas possible, je n'ai pas pu dire un truc pareil !

— Mais si ! Et tu te souviens de ce que je t'ai dit ?

Je lève les yeux, terriblement gênée, car, maintenant qu'il m'en parle, ça me revient.

— Tu t'es foutu de ma gueule et m'as proposé de m'entraîner sur toi. Mel en rajoutait. Il disait qu'il pourrait filmer et me faire quelques critiques pour que je m'améliore. Vous étiez vraiment deux idiots, quand même !

— Ça n'avait pas l'air de beaucoup te gêner ! Moi non plus, d'ailleurs. Je riais tellement que j'en avais mal au ventre.

— Ça me manque, cette période, dis-je doucement.

— Tu veux que je t'avoue un truc ? me demande-t-il en caressant doucement mon genou.

— Bien sûr.

Soudain, j'ai le souffle court. Car je sens dans sa voix que cette conversation est en train de prendre une autre tournure.

— J'étais sérieux, en fait. Ce soir-là. Quand je t'ai proposé de... Si tu savais à quel point j'espérais que tu accepterais...

Pendant un instant, je ne sais pas quoi dire, mon cœur tambourinant dans ma poitrine.

— Je ne te crois pas, dis-je finalement en souriant, pour tenter de faire baisser la tension.

— Je t'assure, Jo. Dès le premier jour où je t'ai rencontrée, j'ai eu envie de toi.

— Je…

Les mots restent bloqués dans ma gorge, tandis que je suis de plus en plus troublée par sa main sur moi.

— Pourquoi tu ne m'as jamais rien dit, à l'époque ? Et le soir de ton retour quand… Quand nous nous sommes embrassés – pourquoi est-ce que tu es parti ? Et quand je t'ai demandé si tu étais d'accord pour que je sorte avec Mel ? Tu aurais pu me dire quelque chose, à ce moment-là.

Il soupire, détourne le regard, et je sens qu'il regrette.

— Peu importe, maintenant. C'est vieux, tout ça…

— *Non*, pas peu importe ! C'est toi qui as amené la conversation là-dessus. Et c'est toi qui me touches, là. Je ne suis pas de marbre, tu sais…

Il lève à nouveau les yeux vers moi. Nous nous fixons intensément pendant quelques secondes, puis il baisse à nouveau le regard. Je sais pourquoi. Il a remarqué mes tétons durs à travers mon caraco. Et s'il faisait glisser sa main le long de ma cuisse, il découvrirait que je suis mouillée.

Je t'en prie, Red. Remonte ta main !

Mais il ne bouge pas. Pire, il retire sa main en prenant une profonde inspiration, comme pour s'encourager à ne pas aller sur ce terrain-là.

— Avant d'intégrer les forces spéciales, j'étais trop con pour oser te dire quoi que ce soit. Et puis je me suis raconté une histoire à laquelle j'ai cru : que rien ne changerait pendant mon absence et que, quand je reviendrais, j'aurais le courage de t'avouer ce que je ressentais. Un peu comme un personnage de conte pour enfant qui serait revenu sur son cheval blanc, fier de ses exploits, tu vois.

— Tu es revenu maintenant, murmuré-je.

Mais à la façon dont il me regarde, je sais que l'histoire n'est pas terminée. Sinon, il ne m'aurait pas repoussée ce soir-là, alors que nous étions que tous les deux et que Mel n'était qu'un ami. Il y a forcément une explication…

— Je suis revenu, mais les choses ont changé, Jo.

Je sens des larmes monter et je fais de mon mieux pour les retenir. J'y parviens tout juste.

— J'ai toujours eu envie d'être avec toi. Mais c'est impossible.

— Pourquoi ? Je suis là. *Qu'est-ce* qui a changé ?

Il prend une profonde inspiration.

— Je ne peux pas te le dire.

Cette fois, je n'ai plus la force de retenir mes larmes qui coulent sur mes joues alors que je réalise ce qu'il est en train de me dire.

— Les cicatrices…, murmuré-je. Celles qui sont sur tes bras. Tu as essayé de te suicider, c'est ça ?

Je réalise qu'elles ne devraient pas être à cet endroit si elles étaient la marque d'une tentative de suicide, mais qu'est-ce que ça pourrait être d'autre ?

Il pouffe à moitié.

— Non. Ça, c'est bien la seule chose que je n'ai jamais faite. Peut-être que j'aurais dû, d'ailleurs.

Ma main part et claque sur sa joue sans que je n'aie le temps de la retenir et de réaliser que je viens de le gifler.

— Excuse-moi, dit-il.

Et je sais que nous pensons tous les deux à Mel. Ce n'était pas un suicide, mais pendant de longues heures insoutenables, j'ai cru que c'en était un.

— C'était vraiment une connerie, dis-je sèchement.

— Je sais. Je suis sincèrement désolé.

Je laisse passer quelques secondes puis reprends plus calmement :

— C'était si horrible ?

— Oui…

Il tend les bras, et indique les cicatrices avec son menton.

— Ça n'a rien à voir avec une tentative de suicide. Je me suis fait ça en essayant de me sauver.

— Je ne comprends pas.

— Disons que c'est un souvenir…

— De quoi ?

Son regard devient si vide que j'ai l'impression que son âme a quitté son corps.

— Qu'on a toujours la force d'affronter les épreuves…

Je secoue la tête.

— Je ne comprends rien à ce que tu racontes, Red.

— Je n'essaie pas particulièrement d'être clair, me répond-il avec un petit sourire en coin.

Je fronce les sourcils, puis prends une profonde inspiration.

— Merci, en tout cas. Et ce n'est pas ironique. Je le pense vraiment.

— Je t'en prie. Mais merci de quoi ?

— De m'avoir parlé. Même si pas beaucoup, ajouté-je en lui rendant son sourire. Mais c'est déjà ça.

Il me regarde un moment en souriant et se penche vers moi.

— Tu me promets de ne plus me poser de questions ce soir ?

— Et si je dis oui ?

Il relève la couette et met sa main sur la place à côté de lui.

— Tu es sûr ?

— Oui ! grogne-t-il. Mais je te préviens : on dort !

— Oui, oui, bien sûr !

Folle de joie, je contourne le lit en courant et me glisse sous la couette tandis qu'il roule sur le côté et me tourne le dos.

— Bonne nuit, Jo.

— Bonne nuit.

Je regarde son corps bouger dans la pénombre au rythme de sa respiration. Le tatouage sur son bras – un motif abstrait dans les tons rouges et noirs assorti à celui sur sa poitrine – semble annoncer une tempête.

Je m'endors doucement en le fixant du regard, mais juste avant de sombrer, je réalise quelque chose.

— Red, dis-je. On est vraiment cons !

— Je le savais depuis longtemps, marmonne-t-il, si doucement que je le comprends à peine.

— Je suis sérieuse ! Nous étions à côté… L'hôtel !

Il se retourne pour me faire face.

— Quoi, l'hôtel ?

— Tu l'as dit toi-même. Les hôtels ont des coffres-forts ! Certains, en tout cas...

Il fronce d'abord les sourcils puis un large sourire éclaire son visage. Il se penche vers moi et m'embrasse sur le front.

— T'es géniale ! On sait maintenant ce qu'il nous reste à faire demain !

CHAPITRE QUATORZE

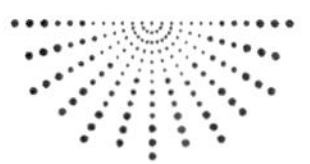

— Je suis sûre que c'est ça ! déclara Jo après être descendue de la voiture de Red et qu'ils l'eurent confiée au voiturier du Hollywood Terrace. Apparemment, il venait ici tout le temps… C'est sûr. C'est ici qu'il a caché ce qu'il voulait protéger. Élémentaire, mon cher Cooper !

— T'es de bonne humeur, on dirait ! lui lança Red d'un air amusé.

— C'est surtout que j'ai l'impression que nous tenons enfin quelque chose. C'est forcément ici ! Tu sais que j'ai raison…

— Je n'irais pas jusque-là, la taquina-t-il. Mais il y a de fortes chances que tu sois sur la bonne voie, en effet.

Elle lui donna un coup de hanche alors qu'ils entraient dans le hall.

— Qu'est-ce que ça doit être quand tu es pessimiste !

— Disons que je suis comme saint Thomas : je ne crois que ce que je vois !

— C'est bien, on se complète comme ça… Moi l'intuitive, et toi le pragmatique !

— La recette d'une équipe qui gagne !

— C'est vrai ! Et puis il y a autre chose qui me met de bonne humeur ! ajouta-t-elle tandis qu'ils étaient en train de traverser le hall jusqu'au comptoir d'accueil.

— Ah bon ? Et j'ai le droit de te demander ce que c'est ?

— Toi. Enfin, nous. La nuit dernière.

Il la regarda d'un air interrogateur. Il avait été ferme sur le fait de ne pas coucher avec elle. Donc, à moins qu'il n'ait fait plus que parler dans son sommeil...

— Je vois très bien à quoi tu penses, espèce de pervers ! Et non, nous n'avons rien fait. Même si je suis certaine que ça t'aurait fait du bien !

Il rit, pas du tout surpris qu'elle puisse vraiment lire dans ses pensées.

— Bon, alors s'il n'y a pas eu de sexe torride entre nous la nuit dernière, qu'est-ce qui te met de si bonne humeur ?

Ils avaient atteint le comptoir.

— Nous avons parlé ! répondit-elle avec un sourire aussi brillant que le soleil. J'avais tellement peur que ça ne nous arrive plus. Et pourtant, si... Et ça, Monsieur Pragmatique, ça me fait sincèrement plaisir.

Elle se détourna pour faire signe au groom qu'ils avaient besoin de lui, tandis que Red l'observait, perplexe. Il n'était pas sûr de ce à quoi il s'était attendu, mais il devait bien admettre qu'elle avait raison : lui aussi était content d'avoir parlé avec elle. Que leur complicité soit toujours là. Surtout dans de telles circonstances, cette amitié lui faisait du bien. Ce qui aurait été encore mieux aurait été de passer au stade supérieur, mais comme il le lui avait dit la veille, cela ne pourrait jamais – *jamais* – arriver.

— Oui. Moi aussi je suis content, lui dit-il simplement alors que le groom arrivait près d'eux.

Il se rapprocha lui aussi du comptoir, son bras frôlant le sien. Son corps semblait contredire son esprit car ce simple contact lui fit ressentir immédiatement un profond désir pour elle. C'était électrique.

Arrête, Red. Tu sais très bien que rien ne peut se passer, alors arrête !

— Vous êtes certain ?

Il sortit de sa rêverie et réalisa que Jo parlait au groom de l'hôtel et il s'en voulut de ne pas avoir été attentif au début de la conversation.

— Même pas pour les clients de l'hôtel ? Pour les dépôts à court ou moyen terme ?

— Non, madame, dit à nouveau le groom. Les chambres sont toutes équipées d'un coffre-fort, mais je suis ici depuis que monsieur Corveau a repris la direction de l'établissement et, à ma connaissance, nous n'avons jamais eu de coffres-forts en dehors de ceux-ci.

— J'étais tellement sûre de moi ! soupira Jo lorsqu'ils furent installés dans la voiture de Red. C'était pourtant logique, non ?

— Rien n'est logique dans tout ça, de toute façon, marmonna-t-il, aussi déçu qu'elle que leur piste n'ait rien donné.

— Qu'est-ce qu'on fait maintenant ?

— Je ne sais pas.

Elle le regarda avec de grands yeux.

— Il faut qu'on comprenne ce qui s'est passé, pesta-t-elle. Il y a forcément quelque chose qui nous échappe…

— Oui, confirma Red, les mains crispées sur le volant. Et on a intérêt à trouver rapidement car plus on va traîner, et plus ils vont nous mettre la pression.

— C'est-à-dire qu'ils vont devenir « violents » ? demanda-t-elle avec une pointe de panique dans la voix.

Elle passa ses mains sur son visage et soupira longuement.

— Comme si ça allait nous aider à trouver ce qu'ils

cherchent !

La panique s'était transformée en peur et en colère, mais Red n'essaya pas de la calmer ni d'argumenter. Elle avait raison sur tout.

— On va déjà commencer par passer chez moi, déclara-t-il, se concentrant sur les aspects pratiques pour essayer de garder le contrôle. Vu que je vais rester chez toi jusqu'à ce que tout ça soit réglé, je vais avoir besoin de quelques affaires.

Il la regarda de côté, s'attendant à ce qu'elle s'emporte, mais elle n'en fit rien.

— Bien sûr, dit-elle simplement.

Il prit la première rue à gauche, en direction de son appartement du milieu du Wilshire plutôt que de sa maison dans la vallée. L'appartement était situé dans un vieil immeuble qui n'avait pas de parking et, alors qu'ils approchaient, il sortit son disque de stationnement tout en cherchant une place d'un côté et de l'autre de la rue. Presque toutes les places étaient occupées, certaines par des voitures qui n'appartenaient de toute évidence pas aux résidents du quartier. Comme cette voiture noire aux vitres teintées sans le macaron montrant que son propriétaire habitait par là. Il fronça les sourcils, notant mentalement la présence de ce véhicule lorsque, soudain, un véritable miracle se produisit : une place se libéra juste en bas de chez lui.

— C'est notre jour de chance, lui dit-il.

Elle le regarda d'un air désabusé.

— Si c'est tout ce qui suffit à ton bonheur, il va vraiment qu'on parle ! lança-t-elle avant de sourire, lui indiquant qu'elle le taquinait.

Avant qu'ils ne commencent à marcher jusqu'à l'entrée de son immeuble, il prit un moment pour inspecter la rue – une habitude qu'il avait acquise au fil des années, et qu'il n'avait pas l'intention de perdre.

Elle le vit froncer les sourcils et l'observa en inclinant la tête.

— Qu'est-ce qui ne va pas ?

— Non, rien. Enfin… Je ne sais pas… Je repensais à lundi. Tu sais, je t'ai dit que quelqu'un m'avait attaqué avec un taser…

— Et ?

— Et… c'est bizarre. Je ne comprends pas comment ils ont pu...

— Euh… Tu sais, je n'ai pas voulu te faire de peine hier quand tu m'as dit que tu voulais être un héros de conte de fée, mais, sans vouloir minimiser tes compétences, hein, tu n'es pas un héros ! plaisanta-t-elle.

— Je suis sérieux, Jo. Je regarde toujours autour de moi avant de m'engager dans une voie. C'est devenu un réflexe. Même si je le voulais, je ne pourrais pas ne pas le faire.

Elle s'arrêta sur les marches menant à l'entrée principale.

— Bon, mais tu veux en venir où ?

Il lui prit le bras, la conduisit à l'intérieur, puis s'arrêta dans l'entrée.

— Ce que je veux dire, c'est qu'on n'a pas affaire à des petites frappes, murmura-t-il. Je ne sais pas qui ils sont, mais ce sont des pros.

— Je me suis dit la même chose. Regarde la façon dont ils ont tué Mel.

Elle s'interrompit, réprimant un frisson en repensant aux horribles images qui ne la quittaient pas depuis qu'elle les avait vues.

— Et puis la vidéo, reprit-elle. Peut-être que Mel était entré en contact avec… J'sais pas… Des gens de la mafia ? Peut-être qu'ils lui demandaient de blanchir de l'argent ?

— Non, non… Je ne crois pas. Je ne parle pas de professionnels du crime. Je pense plutôt qu'ils sont comme moi –

comme moi *avant*. Probablement des agents à la retraite. En tout cas, ils ont été formés, c'est certain.

— Oh…, murmura-t-elle. T'es en train de me dire qu'on est en plein film d'action ?

Il soupira en passant une main dans ses cheveux.

— Exactement… Bordel ! J'ai beau avoir refusé l'offre de Stark, on dirait que mon destin c'est d'être dans ce putain de milieu !

— Je suis vraiment désolée, s'excusa-t-elle en lui prenant la main. Mais, Red, je t'assure que je suis super soulagée que tu sois là et de ne pas avoir à vivre ça toute seule.

Soudain, il réalisa sa maladresse. Il se plaignait alors que, non seulement elle était dans le même bateau que lui, mais elle n'avait en plus jamais navigué. Elle n'avait pas besoin qu'il l'angoisse plus qu'elle ne devait déjà l'être.

— Ne regrette pas, dit-elle alors qu'ils montaient dans l'ascenseur pour se rendre à son appartement du neuvième étage.

— Que je ne regrette pas quoi ?

— De m'avoir dit la vérité sur la situation…

— Et toi, arrête de lire dans mes pensées !

Elle lui adressa un sourire enjoué.

— Je n'y peux rien, c'est plus fort que moi !

Il la fixa, luttant contre la puissante envie qu'il avait de l'embrasser.

— Quoi ? lui demanda-t-elle en plissant les yeux.

— Rien, mentit-il. Je me disais juste que même en plein cauchemar, tu trouves encore la force d'être joyeuse. Tu es vraiment incroyable…

— Oh…

Elle baissa les yeux, et il comprit qu'il venait à nouveau de la blesser.

Quel con je suis, putain !

— Jo, désolé. Ce n'était pas du tout un reproche, au contraire…

— Je sais, ne t'inquiète pas, le rassura-t-elle en relevant les yeux vers lui. Je ne suis pas naïve, tu sais. J'ai conscience que nous sommes dans un vrai bourbier. Seulement, je ne veux pas m'y vautrer. Ça ne servirait à rien. Et oui, Mel me manque, c'est vrai. Et j'aimerais avoir le temps de pleurer correctement. Mais ce n'est pas possible pour le moment, alors je fais avec.

L'ascenseur s'arrêta et les portes s'ouvrirent, mais elle ne bougea pas.

— Je déteste l'idée qu'il soit mort alors que nous étions en pleine crise conjugale. Mais le pire, c'est que quelle qu'ait été notre situation, j'ai surtout perdu un ami. Nous avons tous les deux perdu un ami.

Elle prit une profonde inspiration, puis appuya sur le bouton pour garder les portes de l'ascenseur ouvertes.

— Mais qu'est-ce que je peux faire ? Piétiner ? Pleurer ? Ça ne nous servirait à rien pour le moment. Alors je choisis de regarder le bon côté.

— « Le bon côté », répéta-t-il.

— Exactement, le bon côté, confirma-t-elle en le regardant d'un air déterminé.

Puis elle quitta l'ascenseur.

— Et c'est quoi le « bon côté » ?

Elle jeta un coup d'œil par-dessus son épaule, arquant les sourcils.

— Bah… toi. Imbécile !

— Je ne suis pas sûr d'être vraiment un bon côté pour qui que ce soit, répondit-il en la rejoignant devant sa porte.

— Tu es là, et c'est déjà énorme. Et puis nous avons renoué notre amitié. Ça aussi c'est énorme, car nous savons tous les deux qu'elle commençait à patauger.

— Peut-être pas. Disons que nous étions…

— Oui… Non… Bien sûr, l'interrompit-elle. Nous serons toujours amis, quoi qu'il arrive. Mais comme nous en avons parlé hier soir. Ce n'était pas aussi… Je ne sais pas… Ce n'était pas aussi *intime* qu'avant, voilà ! Or, maintenant j'ai l'impression qu'on est redevenus comme avant. C'est tout.

Elle s'écarta pour le laisser mettre sa clé dans la porte, et il fut soulagé d'avoir l'occasion de la quitter des yeux et s'éloigner d'elle. Car il était à deux doigts de l'embrasser…

— Je comprends, dit-il en ouvrant la porte.

Il se précipita à l'intérieur tandis qu'elle fermait la porte derrière elle.

— Je vais faire un sac ! lança-t-il en allant dans sa chambre.

Il en profita pour souffler et relâcher un peu la tension. Il ne pouvait pas continuer de penser à elle de cette manière. De la désirer…

Mais c'était plus fort que lui. Depuis toujours, elle lui faisait cet effet-là.

Mais c'était le pire moment pour que ses sentiments refassent surface. Il ne pouvait pas décemment avoir envie de la femme de son meilleur ami qui venait de mourir !

— Mel… Excuse-moi…

Il se retourna et la trouva dans l'embrasure de la porte de sa chambre.

— Je voulais juste te demander si tu veux que je mette tes plantes dans l'entrée pour qu'on les emporte chez moi ? Si tu restes à la maison jusqu'à ce que toute cette histoire soit finie, ça risque de prendre un certain temps.

— Non, ce n'est pas la peine… Ma voisine a une clé. Je vais lui demander de passer les arroser de temps en temps.

— Oh.

Il fronça les sourcils, troublé par la dureté de son ton et son visage fermé.

— Vous sortez ensemble ? demanda-t-elle. Parce que,

dans ce cas, tu devrais peut-être lui expliquer pourquoi tu viens t'installer chez moi quelque temps…

— Je te l'ai dit, Jo. Je n'ai personne dans ma vie.

— Oui, enfin… Elle a une clé de chez toi ! Est-ce qu'elle est l'une de celles que tu...

— Bon sang, Jo ! C'est ma voisine ! Elle a 82 ans. Et même si je l'adore – vraiment, elle est absolument géniale – je ne m'imagine pas… Enfin, tu vois quoi…

— Ah… Oui, oui, je vois, fit-elle en réprimant un sourire. Je suis désolée. C'est juste que j'ai toujours ça en tête...

Il cligna des yeux.

— « Ça » quoi ?

— Eh ben….

Elle le regarda avec de grands yeux mais, visiblement, il ne voyait pas où elle voulait en venir.

— Bah tu sais… ! Toi. Moi. Sexe… Tu veux que je te fasse un dessin ?

Il sentit ses jambes le lâcher et s'assit sur le bord de son lit. Mais Jo, qui ne semblait pas se soucier de son trouble, continua de parler :

— Tu m'as dit que tu ne voulais pas, et je comprends tout à fait. Mais bon… Tu ne peux pas m'empêcher d'être jalouse de toutes ces filles avec qui tu fais… Euh… Eh ben…

— L'amour ?

Putain, t'es sur un terrain glissant, Red.

— Bah oui, idiot ! Tu me dis ça comme si tu découvrais ce mot pour la première fois ! Alors, oui, t'as raison, je ne devrais pas imaginer ce genre de trucs avec toi, surtout juste après le décès de Mel avec des tueurs à nos trousses. Mais je n'y peux rien, figure-toi !

Elle faisait les cent pas avec de grands gestes, puis elle s'arrêta soudain devant lui.

— On n'a qu'à dire que c'est un besoin de réconfort, tu vois ? reprit-elle. Après Mel, après tout ce qui nous arrive…

Mais, si je suis honnête, je crois que c'est ce que j'ai toujours voulu. C'est ce que nous aurions dû vivre si tu ne m'avais pas repoussée, ce soir-là.

— Comment est-ce que t'arrives à faire ça ? souffla-t-il, complètement fasciné par elle. Comment est-ce que tu arrives à tout dire, comme ça ? Je n'ai jamais connu personne d'aussi à l'aise et honnête que toi !

Il vit ses joues devenir roses, sa gorge bouger, et il la trouva encore plus désirable.

— Je… Je ne sais pas, balbutia-t-elle. C'est peut-être parce que je n'ai pas été assez honnête avec Mel. J'aurais dû faire plus d'efforts quand j'ai vu que notre mariage commençait à se déliter. Ou au moins arrêter clairement quand j'ai vu qu'il n'y avait plus d'espoir. Mais voilà… Enfin, tu as devant toi la nouvelle Jo !

— Non. Tu es la même Jo. Tu as juste pris conscience de certaines choses…

— En tout cas, que je sois la même ou pas, j'espère que tu aimes celle que je suis.

Il attrapa sa main en se levant.

— Tu sais très bien que oui. Tout comme tu sais que ce truc entre nous ne nous mènera nulle part.

— Ah ! Donc tu admets qu'il y a un truc entre nous !

— Je n'ai jamais dit le contraire…

— Mais alors qu'est-ce qui te retient ? demanda-t-elle en s'approchant un peu plus de lui et en passant ses bras autour de sa taille. Et si je te supplie ?

Son corps était pressé contre le sien et il ferma les yeux pour essayer de prendre le dessus sur ses sensations. Mais son sexe semblait le trahir et être clairement du côté de Jo. D'ailleurs, il était certain qu'elle le savait et en profitait. Il était impossible qu'elle ne se rende pas compte de son érection pressée contre le bas de son ventre.

Il prit une inspiration, se laissant enivrer par le parfum de fraise de ses cheveux, et il finit par perdre le contrôle. La tournant du côté du lit, il la fit basculer et s'allongea sur elle, ses mains dans les siennes et son visage tout près du sien.

— Oui, murmura-t-elle.

— Non, dit-il. Je sais que, pour toi, tout ça est un jeu. Je sais que tu ne comprends pas. Mais, crois-moi, il vaut mieux qu'on ne s'engage pas dans cette voie-là.

— Je ne joue pas, Red.

— Arrête, Jo. Il y a des portes qu'il vaut mieux laisser fermées. Je t'assure.

Elle le fixait, mais elle n'avait pas l'air effrayée. Au contraire.

— Laisse-moi entrer, murmura-t-elle en écartant ses lèvres humides.

Mais il était terrifié.

CHAPITRE QUINZE

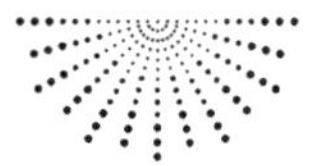

— Attends une seconde, me dit Red en tendant la main vers moi pour m'obliger à m'arrêter, alors que nous sommes devant l'entrée de son immeuble, donnant sur la rue bordée d'arbres.

— Qu'est-ce qu'il y a ?

— Cette voiture. La noire avec les vitres teintées.

Je vois la voiture dont il parle, mais ne comprends pas où il veut en venir.

— Euh… Oui. Et ?

Sans me répondre, il commence à descendre les quelques marches menant au trottoir, et s'interrompt pour se tourner rapidement vers moi.

— Reste ici.

Il n'attend pas que je réponde et continue de descendre, puis se positionne entre deux voitures stationnées en attendant de pouvoir traverser. La circulation n'est pas dense, mais il doit malgré tout laisser passer quelques voitures avant de pouvoir rejoindre l'autre côté de la rue.

Alors qu'il attend, je remarque que la voiture dont il vient de me parler commence à sortir. Se rendant compte de la même chose, Red traverse et se dirige vers elle, mais la voiture s'éloigne à toute allure.

Je me précipite sur le trottoir alors que Red continue de traverser jusqu'à la zone où se trouvait la voiture quelques instants auparavant. Je le regarde inspecter l'endroit puis revenir vers moi.

— C'était qui ? demandé-je, déconcertée.

— Je ne sais pas mais, clairement, ils étaient là pour nous…

Mes yeux s'écarquillent.

— T'es sérieux ?

— Oui… Ces gars nous surveillaient.

— Comment peux-tu en être si sûr ?

Je pose la question mais je pense en effet qu'il a raison. Sinon, pourquoi la voiture se serait-elle éloignée quand Red s'est approché ?

— Comment tu as fait pour la remarquer ?

— L'instinct.

— Uniquement ?

— Non. J'ai aussi tout de suite remarqué qu'elle n'avait pas le macaron du quartier. Et il y avait quelqu'un assis sur le siège passager, pas du côté conducteur.

— Peut-être qu'ils attendaient quelqu'un ? Et puis comment est-ce que tu as pu voir ça ? Les vitres étaient teintées…

— Le pare-brise ne l'était pas.

— Mais depuis ton immeuble, on ne voyait pas le pare-brise, insisté-je.

— Non, mais quand nous sommes arrivés, si.

— Attends… T'es en train de me dire que quand on s'est garés, tout à l'heure, tu avais déjà remarqué qu'il y avait cette voiture avec quelqu'un dedans, côté passager ?

Red se contente de hausser les épaules, comme si c'était une évidence.

— Et c'est tout ?

— Quand nous sommes sortis, la vitre arrière était entrouverte, alors que, quand nous sommes arrivés, c'était la vitre avant qui l'était.

— Waouh ! Franchement, je suis impressionnée… Ce n'est pas seulement de l'instinct.

— Ah bon ? rit-il.

— Bah non… C'est de l'entraînement. Et de la compétence. Honnêtement, je trouve assez flippant de savoir qu'on était surveillés. Heureusement que tu les as « logés ». C'est comme ça qu'on dit, non ?

— Mouais… On peut le dire comme ça aussi, disons ! me sourit-il.

Je ris, un peu gênée.

— Bon, enfin, quel que soit le mot, ce que je veux dire c'est que… je suis vraiment contente de t'avoir avec moi, tu sais ?

En fait, ce que j'ai envie de lui dire, c'est que j'aimerais l'avoir contre moi. *En moi.* J'ai besoin de lui dans tous les sens du terme. *Dans ma vie. Dans mon lit. Je le veux, lui.* Charlie Cooper.

Mais je lui ai déjà dit ça – même si un peu différemment – et ça ne m'a menée nulle part. Alors, à quoi bon le lui répéter ? D'autant qu'il y a plus urgent pour le moment : éviter nos agresseurs, trouver ce fichu MacGuffin, et… rester en vie.

Bref, un jour comme un autre à Los Angeles…

Je soupire, fatiguée de tout ça.

— À ton avis, pourquoi est-ce qu'ils nous surveillent ?

Il commence à marcher vers sa voiture, sa main posée sur mon dos.

— J'imagine qu'ils veulent s'assurer qu'on est bien en train de chercher ce qu'ils veulent.

Il appuie sur le bouton de sa clé de voiture et m'ouvre la portière.

— Ils sont cons ou quoi ? m'agacé-je en me glissant sur le siège passager. Ils nous ont attaqués tous les deux et ils ont tué Mel. Évidemment qu'on cherche !

Red a l'air épuisé, lui aussi. Il pose sur moi un regard vide, la portière toujours dans sa main.

— Ça ne suffira pas, tu crois ? Je veux dire, même si on trouve ce qu'ils veulent, ils ne nous lâcheront pas, c'est ça ?

Il ne me répond pas et se contente d'une moue dubitative avant de fermer la porte. Je le regarde faire le tour de l'avant de la voiture puis s'installer à côté de moi.

— Ils ne vont pas nous lâcher ? répété-je sur un ton qui exige cette fois une réponse.

— Il faut qu'on essaie de rester positifs. Peut-être que si… On ne sait pas, pour l'instant.

Je soupire, pas rassurée par sa réponse. Parce qu'on sait très bien tous les deux qu'une fois qu'ils auront récupéré ce qu'ils nous ont demandé de chercher, ils n'auront aucune raison de nous laisser en vie. Nous serons un problème, pour eux.

— Qu'est-ce qu'on fait, maintenant ? demandé-je alors qu'il s'engage dans la circulation.

— On termine ce qu'on a commencé. On trouve ce putain de truc, on gagne du temps, et ensuite… on avise.

— Tu sais ce que je t'ai dit, tout à l'heure, sur le fait de t'avoir à mes côtés ?

Il me jette un coup d'œil – un coup d'œil rapide car il ne peut quitter trop longtemps la route des yeux, mais suffisant pour que je puisse voir la chaleur dans ses yeux. Ça me fait plaisir, mais je suis trop angoissée pour penser à nous pour le moment.

— C'est vraiment vrai, tu sais… Je suis tellement flippée !

Je m'appuie contre le repose-tête pour essayer de me calmer, en rêvant d'un café. J'en ai tellement envie que je suis sur le point de lui demander de s'arrêter quelque part pour en prendre un, lorsque son téléphone sonne. Comme il est connecté en Bluetooth, le nom de l'appelant apparaît sur le tableau de bord : Ryan.

— Salut, Ryan ! lance-t-il après avoir appuyé sur le bouton pour accepter l'appel.

— Salut ! Vous êtes en voiture ?

— Oui, pourquoi ? Tu voudrais qu'on passe ?

— Non, juste, si vous pouviez vous garer un moment. Il y a un truc que je voudrais que vous regardiez. Je vous l'envoie sur ton téléphone, Red.

— J'ai ma tablette dans mon sac, dis-je. Envoie-le dessus, nous verrons mieux.

Je lui donne mon numéro pour qu'il puisse m'envoyer le fichier, et alors que je le reçois et l'ouvre, Red se gare dans un parking à proximité.

— Dites-moi quand vous l'aurez ouvert, dit Ryan. Et, au fait, les clones du téléphone de Mel sont prêts. Mario est passé chez toi, Jo, pour vous les déposer, mais comme vous n'étiez pas là, il s'est permis d'entrer. Je suis vraiment désolé… Mario est super, mais il n'a pas tous les codes… La vie privée, par exemple, ce n'est pas dans son logiciel !

Je ris.

— Aucun problème. Remercie-le pour nous.

— Il est ici avec moi. Je lui ai dit de demander la permission avant d'entrer, la prochaine fois, et qu'il valait mieux pour lui que tu ne trouves rien de bizarre en arrivant chez toi.

— Je suis désolé, renchérit Mario. J'ai juste pensé que vous voudriez avoir les téléphones le plus vite possible.

— Vous avez bien fait, Mario, le rassuré-je.

J'entends presque Ryan lever les yeux au ciel et regarde Red d'un air amusé.

— L'image est chargée, ajouté-je. Je ne sais pas si c'est parce qu'on n'a pas beaucoup de réseau, mais elle est un peu floue.

— Oui, c'est normal. C'est tout ce qu'on a réussi à obtenir.

Je pose ma tablette en équilibre sur la console de la voiture, entre Red et moi. Nous voyons deux personnes dans un couloir. Mel regarde par-dessus son épaule en direction de la caméra, son bras autour d'une femme aux longs cheveux noirs. En les voyant aussi intimes, je sens mon estomac se nouer. Mais je fais de mon mieux pour prendre sur moi et pour analyser la photo, sans me laisser submerger par mes émotions.

En vain…

— Putain, Mel, murmuré-je. Si tu la baisais, pourquoi est-ce que tu n'as-pas tout simplement signé les papiers du divorce ?

Red me prend la main et la serre dans la sienne.

— Tu crois que vous pourriez essayer d'obtenir une meilleure qualité ? demande-t-il à Ryan.

— Ce n'est pas gagné, mais je vais essayer, répond Mario.

— C'est un miroir dans le couloir, non ? fait remarquer Red.

Je regarde de plus près et je vois à quoi il fait référence. Il y a quelque chose au fond, visible entre leurs deux têtes. C'est rond, et il y a quelque chose de flou au milieu.

— Exactement ! confirme Mario. Si je réussis à zoomer et à obtenir une image nette, on saura qui est la fille. Mais bon… Encore une fois, c'est loin d'être gagné.

— Donc c'est quoi le plan ?

— Ben… Si on réussit à identifier la fille, elle nous conduira certainement à une piste, me répond-il. Je vais aussi m'attaquer aux caméras extérieures. Il y aura plus de lumière et les images devraient être de meilleure qualité. Je ne lâche rien !

Une fois l'appel terminé, Red quitte le parking et reprend la route. Pendant un moment, nous roulons en silence, et je me demande à quoi il pense. Mel était mon mari, donc je peux comprendre qu'il ait voulu me cacher sa liaison – même si, quelque part, j'aurais préféré qu'il m'en parle ou qu'il accepte le divorce. Mais il était le meilleur ami de Red et, à moins que Red ne me mente, lui non plus n'avait aucune idée de cette relation.

Jusque-là, je n'ai pensé qu'à ma peine. Mais je réalise maintenant que Red aussi a dû se sentir trahi. Ils étaient comme des frères ; comment Mel a pu lui cacher une chose aussi importante ? Pourquoi ne lui a-t-il pas dit que notre mariage battait de l'aile ? Qu'il voyait quelqu'un d'autre ?

Je sais que je n'aurai jamais de réponse à toutes ces questions, et ça me tue. C'est peut-être égoïste de ma part, mais je suis soulagée de ne pas être la seule.

Nous sommes à Studio City quand quelque chose me vient à l'esprit.

— Et si elle n'était pas en danger ? Si ça se trouve, elle était de mèche avec ceux qui ont tué Mel ?

— C'est une possibilité, en effet, répond Red. Mais ça soulève la question de savoir pourquoi elle aurait voulu tuer quelqu'un comme Mel. Est-ce que lui-même était impliqué dans des affaires louches ? Si oui, est-ce que c'est elle qui l'a fait entrer là-dedans ?

Il fait une pause et me regarde avec un sourire compatissant.

— Ça te ferait du bien ? De savoir que c'est sa maîtresse qui l'a tué ?

Je me redresse, choquée par sa question.

— Tu plaisantes ? Maîtresse ou pas, je préfèrerais surtout qu'il soit encore en vie. Non… Le seul truc c'est que je me demande pourquoi il ne voulait pas divorcer s'il aimait quelqu'un d'autre.

— Mel n'a jamais été très doué pour admettre qu'il avait tort, me fait remarquer Red. Peut-être qu'il ne voulait tout simplement pas voir la réalité en face.

Je regarde par la fenêtre, laissant mon esprit divaguer alors que nous passons devant les immeubles dont les façades me sont familières.

— Oui… Peut-être. Quelque part, je le comprends. C'est difficile d'assumer qui on est et ce qu'on ressent, parfois. De regarder les choses avec un autre regard que le sien.

Mes mots résonnent d'une manière particulière, car ils s'appliquent à Mel, mais aussi à Red. Et à moi. Il y a quelque chose entre nous. J'en suis certaine. Je le sens. Je l'ai toujours senti, dès notre première rencontre. D'ailleurs, avec tout ce que nous sommes en train de vivre, même lui me l'a avoué. Et pourtant… Il n'a pas l'air de vouloir faire quoi que ce soit. Lui aussi a du mal à regarder la réalité en face et à assumer ce qu'il ressent.

Fatiguée, je m'appuie contre mon siège et ferme les yeux, souhaitant que tout soit différent. Mais ce n'est pas le cas. Alors je m'accroche à une seule chose : la certitude que nous allons nous en sortir. Je dois y croire. Car sinon quoi ? Si nous ne trouvons pas ce que nous cherchons, tout va s'écrouler. Nous jouons gros – y compris nos vies. Alors je me dois de rester optimiste ; c'est la seule chose à faire.

— Est-ce que ta mère vient au mariage ? demandé-je pour changer de sujet.

— C'est une façon subtile de changer de sujet ? rit-il.

Je lève les yeux au ciel, amusée par le fait qu'il me connaisse si bien.

— Je n'essayais même pas d'être subtile…

Il rit à nouveau.

— Non, elle ne vient pas. Elle voulait, mais Elise est tombée et s'est cassé la hanche, donc elles ne peuvent pas voyager.

— Ah, mince ! Est-ce qu'elle va bien ?

— Oui, oui… Ma mère m'a dit que sa hanche se remettait correctement. Elle ne doit pas trop bouger, mais c'est tout.

— Tant mieux. J'adore Elise. Je me souviens de cette fois où elles sont venues nous rendre visite, quand on était à la fac. Elle nous a tellement fait rire au Getty Center ! Tu te souviens ?

— Bien sûr ! C'était une super journée.

Elise, qui à ce moment-là était prof d'histoire de l'art, avait décidé de nous emmener visiter ce centre d'art. Elle commentait tout, nous expliquait chaque œuvre. Mais d'une manière si amusante – elle allait même jusqu'à inventer lorsqu'elle ne savait pas – que c'est la seule et unique fois où j'ai adoré visiter un musée. Non seulement nous avions appris plein de choses, mais nous avions surtout beaucoup ri.

Je l'ai tout de suite adorée, et j'ai été très heureuse quand j'ai appris qu'elle et la mère de Red – que je pensais être des amies – avaient finalement fini par se marier.

— Je suis déçue de ne pas les voir, dis-je. Je me faisais une joie. Et puis j'espérais m'entraîner un peu avec ta mère.

— Tu t'es mise à la langue des signes ? s'étonne-t-il.

J'entends l'admiration dans sa voix.

— Un peu. Pour l'instant, j'ai les bases. Mais j'essaie de m'améliorer…

Alors que nous sommes à un feu rouge, il se tourne vers moi et me regarde d'un air interrogateur.

— Pourquoi ?

— Bah… Je ne sais pas bien…

Mais en réalité, je me suis mise à la langue des signes car je sais que c'est important pour lui.

— Je pratique depuis la fac, tu le sais. Je ne suis pas très, très bonne, mais je peux au moins communiquer. Disons que j'ai le même niveau qu'une étudiante en première année de français qui pourrais commander ce qu'elle veut dans un restaurant parisien dont le personnel parlerait parfaitement anglais.

Red me regarde un souriant mais sans rien dire. Je me tourne alors vers lui et nous nous regardons si longtemps que nous ne voyons pas le feu passer au vert et que la voiture derrière nous est obligée de klaxonner pour nous sortir de notre rêverie.

Alors qu'il démarre en s'excusant dans le rétroviseur auprès du conducteur derrière nous, je pose une autre question.

— Et ton père, il vient ?

— Il n'est pas invité. Renly n'a même pas eu envie de l'inviter au vin d'honneur…

— Ah… Oui, c'est vrai. J'avais oublié, excuse-moi.

La relation entre Red et son père s'était maintenant apaisée, mais leur père les avait quittés quand lui et son frère étaient petits, plongeant leur mère dans une situation difficile. Si Red a pardonné à son père, Renly, lui, refuse de le faire. Et puis, quand Renly a rejoint l'armée après le lycée, son père a tenté de l'en dissuader, ne réussissant qu'à creuser le fossé entre eux encore un peu plus.

— Renly n'a jamais apprécié qu'on lui dise ce qu'il doit faire, surtout lorsque c'était mon père, à qui il n'a jamais pardonné de nous avoir abandonnés. Or, mon père, lui, déteste qu'on ne l'écoute pas. Donc bon… Leur relation est cordiale, mais sans plus. En même temps, je ne peux blâmer mon frère. Notre père nous a abandonnés, c'est un fait.

— Pourtant, tu lui as pardonné…

— C'est vrai. C'était mon choix. Mais je respecte le choix de Renly, qui peut aussi se comprendre.

— Tu as raison. Même si je suis contente que tu aies choisi de faire la paix avec lui. Et aussi un peu jalouse. C'est difficile pour moi de ne pas critiquer le choix de Renly, tu sais ?

Il prend ma main et la serre dans la sienne. Il sait que j'ai toujours été un peu envieuse du fait que son père, bien qu'ayant été absent, ait toujours maintenu un contact avec ses fils – même sporadique. Et aussi du fait que sa mère soit toujours en vie.

— Je sais que ta vie t'amène à avoir une vision des choses différente de la sienne. Mais on a tous des expériences et des visions différentes. Heureusement, d'ailleurs. La vie ne serait pas très drôle sinon...

Je parviens à sourire pour repousser la mélancolie.

— C'est vrai... Tu n'en as pas marre d'avoir toujours raison ? plaisanté-je.

Enfin, nous arrivons chez moi et Red se gare dans l'allée, derrière ma voiture. Lorsque nous arrivons devant la porte d'entrée, nous découvrons que Mario a installé une nouvelle serrure.

Alors que je tape le code d'entrée, mon téléphone sonne. Je le sors et y jette un coup d'œil. En voyant le numéro qui s'affiche, je lâche mon téléphone d'un air horrifié et Red le rattrape *in extremis*. Il regarde l'écran à son tour et me fixe avec le même effroi dans le regard.

C'est le numéro du bureau de Mel qui s'affiche.

Sans quitter Red des yeux, j'appuie sur le bouton du haut-parleur pour répondre à l'appel.

— Il va falloir faire un peu plus d'efforts, dit une voix modifiée électroniquement. Réfléchissez et trouvez ce que nous vous avons demandé. Si vous mettez trop de temps, nous pourrions nous lasser et décider que nous n'avons finalement pas besoin de votre aide.

À ce moment-là, un point rouge apparaît sur la porte devant moi, puis se déplace sur moi. Ma bouche devient sèche et mon cœur tambourine dans ma poitrine alors que je baisse les yeux et vois le point sur mon tee-shirt blanc.

Soudain, je suis projetée en arrière, et Red est devant moi, son corps écrasant le mien contre le mur de la maison pour me protéger.

— Vous savez très bien que je suis le mieux placé pour trouver ce que vous cherchez, répond-il à la voix. Mais si vous touchez à un seul de ses cheveux, je ne ferai plus rien pour vous.

— Je crois que vous vous trompez, Monsieur Cooper. Quoi qu'il en soit, si vous travaillez plus vite, nous n'aurons aucune raison de nous en prendre à votre petite protégée…

Red me cache la vue et je ne sais donc pas si le point rouge du laser a disparu. Ce n'est qu'après de longues secondes que Red se décale enfin et me laisse de l'espace pour respirer. Rapidement, il se tourne et tape mon code, si fort que je suis surprise que les petites touches ne se cassent pas. Il est fou de rage ; ça se voit presque physiquement.

Dès que la porte est ouverte, il me tire à l'intérieur sans ménagement, manquant de me faire tomber. Je ne comprends pas son empressement puisque nous ne sommes visiblement plus menacés, mais je m'abstiens de dire quoi que ce soit pour ne pas jeter de l'huile sur le feu. Puis il claque la porte derrière lui, et, avant même que je n'aie le temps de réaliser ce qui se passe, sa bouche fond sur la mienne.

D'un seul coup, je sens la tension me quitter. Ses lèvres son si douces, et j'attends ce moment depuis si longtemps…. J'ai terriblement envie de lui. D'oublier la peur, la colère. Je veux qu'il m'offre tout de lui, et je veux tout prendre de lui.

Il touche mon visage. J'adore la sensation de ses doigts rugueux sur ma peau. Ses yeux rencontrent les miens, puis parcourent tout mon corps comme si j'étais un rêve. Jamais un homme ne m'a regardée de cette manière et je me sens terriblement émue.

— Red, soupiré-je.

Mais il m'interrompt en m'embrassant de manière si

intense que je le ressens dans tout mon corps. Il a une main sur mon cou, et l'autre à l'intérieur de mon legging, sur mon sexe nu. C'est magique. Tellement que je pourrais presque jouir – juste comme ça.

Je suis trempée, et lorsqu'il enfonce ses doigts profondément en moi tout en m'embrassant, je gémis dans sa bouche. Je me sens à sa merci – dépendante de lui et du plaisir qu'il m'offre.

J'essaie de bouger mes hanches pour frotter mon sexe contre ses doigts – je veux plus. Je veux jouir. J'en ai besoin. Mais je suis prise au piège. Il m'empêche de bouger, me tenant en équilibre sur le fil du plaisir. Et j'adore ça.

Mais soudain, tout disparaît. Ses mains, sa bouche. Lui.

Il s'écarte et me regarde comme s'il ne me connaissait pas. Je suis perdue – complètement perdue.

— Red ? Qu'est-ce qu'il…

— Je suis désolé, me coupe-t-il d'une voix qui fait écho à ma douleur. Je suis tellement désolé, Jo…

CHAPITRE SEIZE

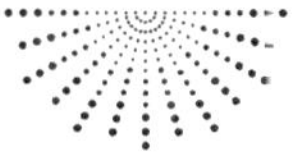

Qu'est-ce que je fous, putain ?!

Red s'éloigna d'elle.

Elle le fixait, à bout de souffle, une main sur son cou, les yeux écarquillés et les lèvres entrouvertes. Il se sentait comme une merde. Il l'avait prise au piège, pour ne pas dire agressée. Et elle avait beau se débattre pour essayer de lui échapper, il n'avait pensé qu'à son désir.

— Je suis désolé. Je suis tellement désolé.

Il répétait ça en boucle, incapable de dire quoi que ce soit d'autre.

Car en fait, il n'y avait rien de plus à dire. Aucun mot n'aurait pu combler le vide qu'il venait de créer entre eux. Désormais, il était séparé d'elle par un gouffre si sombre et si profond qu'il ne pourrait jamais plus le franchir.

Il s'en voulait. Il aurait voulu qu'elle ne le voie jamais comme ça.

— Je suis désolé, répéta-t-il une dernière fois avant de quitter le salon à toute vitesse et de se précipiter dans la chambre d'amis.

Il s'appuya contre la porte après l'avoir fermée, comme

pour se barricader et se protéger d'elle, puis prit le temps de respirer et d'y voir un peu plus clair.

Enfin, le visage choqué de Jo quitta son esprit, et son cœur se mit à ralentir.

Jo.

Il aurait tellement voulu qu'elle ne le voie jamais comme ça. Comment avait-il pu perdre ainsi le contrôle devant elle ?

En réalité, il connaissait la réponse à cette question. Il avait perdu le contrôle parce qu'il *la désirait comme il n'avait jamais désiré aucune femme.*

Mais il n'avait pas le droit de se laisser aller, de lui faire ça. Il n'avait pas le droit de l'entraîner avec lui dans les ténèbres.

Furieux contre lui-même, il s'écarta de la porte et commença à faire les cent pas pour tenter de se calmer. Mais ce n'était pas gagné ; la colère et la rage bouillaient en lui. Il était au bord de l'explosion et devait se libérer de ses démons s'il ne voulait pas que cela se produise.

Il devait être plus fort que lui-même…

— Putain, murmura-t-il.

Puis il sortit son téléphone de sa poche arrière, composa le numéro, et attendit qu'elle réponde en continuant de tourner en rond dans la chambre.

— Monsieur R. ! Très heureuse d'avoir de vos nouvelles ! dit la femme à l'autre bout du fil d'une voix douce et polie – le genre de voix qui inspire confiance.

— J'ai besoin de quelqu'un, grogna-t-il.

— Tout de suite, je suppose ?

— Oui. Et j'aurais également besoin d'une chambre d'hôtel. Pouvez-vous arranger ça ?

— Bien sûr. Dites-moi simplement à quelle heure, et…

— *Qu'est-ce que tu fais ?*

Il se retourna et tomba nez à nez avec Jo, debout dans

l'embrasure de la porte. Aussitôt, elle se dirigea vers lui et lui arracha le téléphone des mains.

— Il vous rappellera ! dit-elle sèchement avant de raccrocher et de jeter le téléphone sur le lit.

Il la rejoignit avec une expression de colère qui aurait fait peur à n'importe qui, mais Jo resta ferme et soutint son regard.

— C'était elle ? La pute que tu vois de temps en temps ? Franchement… qu'est-ce qui te passe par la tête, Red ?

Elle avait raison. Il la fixait, ne sachant quoi répondre. Et le pire, c'était qu'il n'arrivait pas à s'éloigner d'elle alors que – *putain !* – il savait qu'il ne pouvait pas non plus rester près d'elle.

— Merde, Red, réponds-moi !

— Elle s'appelle Marjorie. Elle a une agence d'escortes. Et oui, j'étais en train de lui demander de m'envoyer une fille.

Il ne vit pas la gifle venir. Il ne sentit que la piqûre sur sa joue. Il accusa le coup en fermant les yeux et, lorsqu'il les rouvrit, Jo s'était éloignée et tentait de reprendre son souffle. Il s'approcha d'elle.

— Tu dois te méfier de moi, Jo. Je ne suis pas moi-même en ce moment.

Il soupira en se passant une main dans les cheveux avant de se corriger.

— En fait, si, je suis moi-même. Et c'est justement ça le problème.

— Arrête tes conneries, putain ! Tu te caches derrière je ne sais quoi pour fuir. Tu *me* fuis ! C'est quoi l'histoire ? Je te fais peur et tu préfères aller payer une pute pour baiser ? Mais pourquoi ?

Il perçut toute la douleur dans sa voix, et cela lui déchira le cœur.

— Jo, je m'en fous de cette fille. Ce n'est pas une relation ; juste un exutoire. Avec une escort, je n'ai pas à m'inquiéter de ce que la fille pense de moi ou de mon comportement. Je paye, et j'ai ce que je veux. Et ça me va très bien comme ça. C'est ça que tu veux entendre ?

Alors qu'il s'attendait à ce qu'elle quitte la pièce, dégoûtée, elle lui fit face et le regarda avec des yeux aussi durs et froids que l'étaient les siens.

— Oui. C'est exactement ce que je voulais entendre.

— Eh ben, voilà, je te l'ai dit ! Et maintenant tu sais.

Il commença à la pousser hors de la chambre, mais elle attrapa son bras.

— Pourquoi ?

Sa voix était douce maintenant, presque hésitante.

— Pourquoi ces filles et pas moi ?

Ses mots le percutèrent.

Pourquoi, en effet ?

Après tout, n'était-ce pas ce qu'il voulait vraiment ? La serrer dans ses bras ? La sentir contre lui ? La déshabiller lentement ? Embrasser sa peau ? La goûter ? La toucher ?

Bien sûr, il voulait tout cela. Mais il voulait aussi tellement plus. Il avait *besoin* de tellement plus.

Il voulait du cru. Du *hard*. C'était le seul moyen pour lui de se débarrasser de ce qu'il avait à l'intérieur de lui. Et il aurait adoré faire ça avec elle.

Mais jamais il ne lui ferait vivre une chose pareille…

— Je t'aime, Jo, murmura-t-il en posant sa main sur son visage. Mais comme disent les Rolling Stones, *on n'a pas toujours ce qu'on veut…*

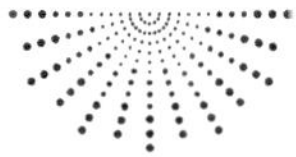

CHAPITRE DIX-SEPT

Sans m'en rendre compte, je me suis endormie sur le canapé et suis réveillée par la main de Red sur mon épaule. La pièce est entièrement plongée dans le noir maintenant et je n'ai aucune notion de l'heure qu'il est.

Il s'assied sur le bord du canapé, au niveau de ma poitrine. Je m'étire et me recroqueville sur le côté, contre les coussins, pour lui faire plus de place.

— Ça va ? lui demandé-je.

Il me regarde un long moment sans répondre, comme s'il me voyait pour la première fois.

— Je suis désolé.

J'attends, mais il ne dit rien d'autre.

— C'est à moi de m'excuser, finis-je par répondre. Je n'ai pas à te dire comment tu dois agir, et encore moins à te faire culpabiliser.

Je ne comprends pas contre quoi il se bat, mais je sais que c'est quelque chose de douloureux et je m'en veux qu'il puisse se sentir encore plus mal à cause de moi.

Il baisse le regard et je pose ma main sur son genou.

— Je suis sérieuse, Red. Je ne suis pas dans ta tête, mais je sais que tu vis des choses douloureuses, même si je ne sais pas ce que c'est. Je n'aurais jamais dû faire irruption comme ça dans ton intimité et m'en prendre à toi.

Lorsqu'il tourne à nouveau le visage vers moi, je vois, malgré la pénombre, que son regard est intense et chargé d'émotion.

Je reste immobile et soutiens son regard, attendant qu'il parle. Même Rambo, recroquevillé près de mes pieds, ne bouge pas une oreille – comme moi, je suis certaine qu'il sent que l'atmosphère est chargée et qu'il suffirait de pas grand-chose pour que tout bascule.

Alors j'attends. Si longtemps que je finis par penser qu'il ne parlera pas. Mais, enfin, j'entends sa voix. Si basse, si grave que je la reconnais à peine.

— Ça fait presque un an. Presque un an que j'ai été piégé, retenu otage et torturé…

Mon sang se glace et je dois faire un effort pour ne pas trembler. Je sais que je dois dire quelque chose, mais je ne sais pas quoi. Je suis incapable de trouver les mots. Aussi suis-je soulagée de l'entendre continuer…

— Je me souviens de tout. Pas seulement dans ma tête – je m'en souviens physiquement, dans ma chair. Dans mon âme. Ils m'ont changé. *Elle* m'a changé. Même si je m'en suis sorti, je ne suis plus le même. Parce qu'ils m'ont brisé, Jo. Ils m'ont complètement anéanti. Ces enfoirés ont volé mon âme, et je ne pense pas pouvoir la récupérer un jour.

Je ne peux pas m'en empêcher. Je dois le toucher, même au risque qu'il recule. Je tends lentement la main et la pose doucement sur la sienne. Pendant un moment, il ne dit rien, et je crains d'avoir fait une erreur. Mais il continue, et je sens qu'il a confiance en moi.

— Je n'arrête pas d'y penser. Le jour, la nuit… Ça m'ob-sède. J'ai l'impression de ne plus rien avoir en moi, d'être vide. Même les relations… Je suis incapable d'en avoir, car non seulement je n'ai rien à donner, mais j'ai l'impression de ne plus pouvoir rien recevoir. C'est pour ça que je vois ces filles – parce que je n'attends rien d'elles et qu'elles n'attendent rien de moi. C'est juste une manière de sortir ce que j'ai en moi, d'une manière simple et brute. Sans fioritures. Car je n'arrive plus à mettre les formes…

— Je ne comprends pas.

Il soupire.

— Pour tout te dire, je ne suis pas sûr de bien comprendre, moi non plus. C'est comme si j'étais devenu un champ de bataille en ruines. Tout en moi a été brûlé et il ne reste que des cicatrices, de la douleur et de la violence. Je suis obligé de me contrôler en permanence, car dès que je perds le contrôle, cette violence, cette noirceur reviennent à la surface. Et je n'ai qu'une peur, c'est de me perdre à nouveau. Je ne peux pas me le permettre. Je ne peux pas…

Je ne comprends toujours pas ce qu'il veut dire, mais je sens que douleur est réelle. Et j'ai bien vu, lorsqu'il m'a tenue contre le mur, une main sur ma gorge, qu'il avait besoin de contrôler.

— Tu en as parlé à quelqu'un ?

— Bien sûr. À plusieurs personnes, même. Toutes m'ont dit que c'était normal, que je vivais un stress post-traumatique et que je peux m'en sortir. Le truc, c'est que j'ai essayé. Ça fait un bout de temps que j'essaie. Mais je n'y arrive pas. Je ne vois aucune amélioration ! Juste, depuis que je vois ces filles – celles que m'envoie Marjorie –, les cauchemars ont cessé. Ce n'est pas grand-chose, mais je t'assure que c'est déjà énorme pour moi. Et c'est pour ça que je continue.

Ses mots me brisent le cœur.

— Red…

— Je ne suis plus le même, Jo, m'interrompt-il d'un air dur. Je l'ai accepté, désormais. Mais il est hors de question que je t'entraîne là-dedans…

— Je ne comprends toujours pas. Qu'est-ce qui t'es arrivé ?

Il semble hésiter un instant avant de répondre, mais finit par parler :

— J'étais en mission. Nous devions intercepter une cellule dissidente d'une organisation terroriste qui faisait de la traite d'êtres humains.

Je me souviens alors de l'expression sur son visage lorsque Mario nous a indiqué que Stark Security travaillait sur une affaire de trafic d'êtres humains, mais je ne dis rien. J'attends qu'il continue.

— Nous étions six. Six membres du SOC. Nous devions retrouver le groupe dissident, le dissoudre, et sauver autant de victimes que possible. C'est dans ce cadre-là que nous avons rencontré un groupe d'hôtesses de l'air qui s'était mobilisé pour lutter contre ces réseaux en formant leurs collègues à la manière de repérer les victimes et de leur venir en aide. Le groupe grandissait, suscitant l'intérêt d'autres compagnies aériennes, et elles ont rapidement été sollicitées pour organiser des séminaires, dont le but principal était de sensibiliser de plus en plus de monde dans le milieu de l'aviation au fléau de la traite d'êtres humains.

Il marque une pause et le silence s'installe entre nous un long moment avant qu'il ne reprenne :

— Intel nous a dit que le groupe attirait de plus en plus l'attention d'organisations de trafiquants. Les filles commençaient à avoir poids et, évidemment, ça les gênait, tu vois ? Alors le SOC leur a envoyé l'une de ses membres. Lisa. Elle devait se faire passer pour une hôtesse et intégrer le groupe. À part nous, personne ne savait qu'elle était un agent du SOC. J'étais son point de contact. Nous nous voyions souvent et avons commencé à parler, beaucoup. Puis nous sommes sortis ensemble.

Je ne peux m'empêcher de ressentir une pointe de jalousie, et je me déteste pour cela. J'ai presque envie qu'il arrête de me parler de ça, d'*elle*, mais je l'invite à continuer. Même si mon estomac se noue, car je sais que cette histoire ne va pas bien finir.

Il incline la tête pour faire craquer son cou, comme si, avant de me raconter la suite, il doit relâcher la tension qui s'est accumulée en lui.

— Au bout d'un an, nous avons fini par identifier les chefs de la cellule. Ils étaient en Roumanie. Il ne nous restait plus qu'à les infiltrer et à les arrêter. Nous avions pour ordre de les livrer vivants afin qu'ils puissent être interrogés.

— C'est toi qui dirigeais l'équipe ?

Il secoue la tête.

— Non. C'était Johnny. Un chouette type. Et un très bon chef. Mais finalement, malgré ses compétences, notre expérience à tous, le fait que nous ayons l'appui des autorités, nous avons été capturés et ils ont immédiatement tué Johnny. Une balle entre les deux yeux.

Je grimace.

— Et en même temps que nous, ils ont capturé trois des hôtesses de l'air qui étaient en escale, dont Lisa.

— Red, je suis vraiment désolée.

Je ne suis même pas sûr qu'il m'entende. Quand il reprend, sa voix est plate :

— Nous avons été retenus en otage pendant à peu près deux semaines avant qu'ils ne commencent à nous tuer. Mais je ne suis pas bien sûr. Je ne me souviens pas très bien. En tout cas, pendant tout ce temps, j'étais attaché à une chaise.

L'imaginer vivre de telles souffrances me fait terrible-ment mal et des larmes brouillent ma vue.

— Je suis resté sur cette chaise pendant au moins un mois, peut-être plus. C'était horrible. Je me chiais dessus. Mais tu sais, dans ces cas-là, tu deviens un animal et je n'avais même plus honte. Je ne pensais qu'à la douleur persistante que je ressentais. Une douleur atroce. J'ai fini par être à moitié inconscient. Je ne savais même plus si j'étais vivant ou mort.

Il me regarde. J'essaie de ne pas réagir. Et je réunis toutes mes forces pour ne pas laisser les larmes couler sur mes joues. Mais je ne veux pas l'interrompre. Je ne veux pas lui donner de raison d'arrêter de parler.

— Ils ont commencé par tuer mes coéquipiers. Les plus chanceux ont reçu une balle dans la tête. Les autres ont été torturés. Il y en a même un qui a été écorché vif.

Il prend une profonde inspiration.

— À la fin, il ne restait plus que moi et les filles. Ils m'ont libéré de la chaise, m'ont nettoyé, ont soigné mes blessures, m'ont nourri. Puis ils ont attendu que je reprenne des forces. J'ai cru un moment qu'ils allaient peut-être nous libérer, avec un message. Du genre qu'ils nous libéraient mais qu'ils n'hésiteraient pas à nous retrouver et à nous réserver le même sort qu'aux autres si le gouvernement ne les laissait pas tranquilles.

Il rit, d'un rire sombre et glaçant.

— J'étais tellement naïf… En réalité, ils voulaient être sûrs que j'étais parfaitement conscient avant de passer à la suite de leur plan…

—Qu'est-ce qu'ils ont fait ?

Ma voix est un murmure, car je ne suis pas vraiment certaine de vouloir entendre la réponse.

— Ils m'ont forcé à les regarder violer les trois femmes. Alice, Jennifer et Lisa. Encore et encore. Ils les ont violées comme des animaux. Avec une violence inouïe. Puis ils ont tué Alice et Jennifer. Un mec était en train de baiser Alice, et un autre est venu et lui a tranché le cou, lentement, pour qu'elle ait le temps de comprendre ce qui allait lui arriver. Jennifer, elle, a eu plus de chance. Un type lui a tiré une balle dans la tête alors qu'elle était de dos. Elle n'a rien vu et n'a rien senti venir. Au moins, elle n'a pas eu le temps d'avoir peur.

Il baisse les yeux un instant, avant de me regarder à nouveau.

— J'ai tout vu. Je les ai vues mourir. L'une après l'autre. J'étais obligé car ils m'ont dit que leur mort serait encore plus cruelle si je détournais le regard. Je les ai crus.

Une nouvelle pause. Lourde. Longue.

— Chaque jour, ils menaçaient de me tuer aussi, me répétant que si je ne les rejoignais pas, si je n'utilisais pas mes compétences pour les aider, c'est ce qu'ils feraient. Ils me disaient qu'ils savaient que je n'accepterais jamais, mais que j'avais une porte de sortie. J'aurais pu m'en tirer, à ce moment-là. Mais évidemment, je ne l'ai pas fait. J'ai choisi la douleur pour ne pas être un des leurs.

Il prend une inspiration et se cambre, comme s'il essayait de s'étirer. Comme si le poids de ces souvenirs évoqués commençait à être trop et qu'il devait s'en libérer.

— Tu veux que je continue ?

— Oui... Enfin... Non. Je ne sais pas... Je veux comprendre. Et je suis prête à tout entendre pour cela...

Les larmes que j'ai essayé de retenir coulent sur mes joues sans que je ne puisse plus rien y faire. Il tend la main et essuie doucement l'une de mes joues. Mais ce geste ne fait que me faire pleurer encore plus.

— Je ne sais toujours pas pourquoi ils m'ont laissé en vie, reprend-il en passant une main sur sa barbe. Peut-être qu'ils savaient que je sortais avec Lisa. Ils savaient qu'elle était sous couverture, même si je n'ai aucune idée de comment ils ont appris cela. En tout cas, à la fin, il ne restait plus qu'elle et moi.

— Vous étiez ensemble, au moins ? Vous pouviez vous parler ?

Il secoue la tête.

— Non. Ils ne nous ont réunis dans la même pièce que lorsqu'ils ont décidé que notre tour était arrivé. Ils voulaient que chacun voie l'autre se faire torturer. Pour ma part, c'était l'eau.

Je fronce les sourcils car je ne comprends pas ce qu'il veut dire, mais il continue :

— J'étais attaché à la chaise, comme je te l'ai dit. Ils m'attachaient très fort pour que je ne puisse pas me libérer puis me jetaient dans une grande cuve remplie d'eau.

Son regard dans le mien est consumé par la rage et l'effroi.

— Quand j'ai vu la vidéo de ce qu'ils ont fait à Mel…

Sa voix se brise, et je me sens malade pour lui. Ça a dû être horrible de voir ces images après ce qui lui est arrivé.

— Tous les jours, je regrette de ne pas avoir eu mon couteau, ce jour-là. J'en avais toujours un sur moi. Encore aujourd'hui, d'ailleurs. Mais ces enfoirés m'ont déshabillé… Mais je ne peux pas m'empêcher de me dire que, si j'avais eu ce putain de couteau, j'aurais réussi à me libérer. Je les aurais tués, et nous aurions pu nous sauver, Lisa et moi.

Je vois les larmes dans ses yeux et sa gorge onduler alors qu'il ravale ses sanglots.

— Enfin… Je ne sais pas si j'aurais réussi. Même si j'avais eu mon couteau, je ne sais pas si j'y serais arrivé. À une ou deux reprises, si j'avais été prudent et intelligent, j'aurais pu récupérer un couteau caché dans mes vêtements. Mais je n'avais pas mes vêtements ! répéta-t-il. Lisa et moi n'étions pas complètement nus, mais nous portions des haillons – rien d'autre que des chiffons noués autour de nos corps.

— Comment est-ce que vous vous en êtes sortis ? Enfin… Est-ce que Lisa a survécu ?

Je regrette aussitôt ma question car je vois la réponse dans ses yeux.

— Ils ont voulu que je la viole. Mais je ne l'ai pas fait… Pourtant, ces enculés ont tout fait pour que je…

Je n'ai jamais vu une telle agonie dans un regard avant qu'il ne détourne les yeux.

— Quand ils ont compris que je ne le ferais jamais, ils l'ont vidée, eux. Je ne vais même pas…

Il s'interrompt à nouveau, prenant une profonde inspiration.

— Ils l'ont tuée de la manière la plus horrible. La seule chose que je me répétais, c'était que c'était ma faute. Que j'aurais dû être capable de la sauver.

— Non. Tu n'y étais absolument pour rien. Les responsables, ce sont eux. Ces monstres…

— Si seulement j'avais eu un couteau, répète-t-il encore. Putain… Ou même une capsule de cyanure.

Je frissonne.

— Alors tu ne serais pas là aujourd'hui…

— C'est vrai, confirme-t-il avec un sourire infiniment triste. Je ne serais pas là. Et Lisa serait morte de toute façon. Et souhaiter que les choses aient été différentes ne change rien. Je dois vivre avec ça, c'est tout. Avec cet enfer qui me hante.

— Mais au moins, tu es *vivant*, Red, lui dis-je en me redressant et en prenant ses deux mains dans les miennes. Tu as survécu. C'est horrible que tu sois le seul à t'en être sorti, mais ce n'est pas ta faute. C'est *leur* faute. La seule chose sur laquelle tu dois te concentrer c'est que tu es en vie, et que c'est incroyable !

Je le fixe, mais il détourne le regard et ne me répond rien, visiblement peu convaincu par mon argumentaire.

— D'ailleurs, comment est-ce que tu as fait pour t'en sortir ? Tu as été secouru ?

— Je me suis échappé, lâche-t-il d'une voix déchirée, épuisée, comme s'il revivait ces moments douloureux. Au bout d'environ un an, j'ai réussi à m'échapper. Mais ce n'est même pas parce que j'étais un agent extraordinaire. Si j'avais été si extraordinaire, je ne me serais pas fait prendre et aurais protégé les autres...

— Ne dis pas ça. Aucun de vous n'est responsable de ce qui est arrivé. Tu le sais ?

— Oui, soupire-t-il. Bien sûr que je le sais. Que ce n'était pas notre faute. Beaucoup de facteurs ont contribué à ce que nous soyons capturés, mais la plupart étaient hors de notre contrôle. Enfin bref... Pour revenir à mon évasion, si j'ai réussi, c'est surtout grâce à eux – ces enculés.

— Comment ça ?

— Ils prévoyaient de me tuer bientôt, je le savais. Ils étaient sur le point de changer de planque et voulaient me laisser derrière eux, mort, en guise de message. Mais l'un de ceux qui me surveillaient a fini par baisser la garde. Et j'en ai profité.

Je me penche vers lui, pendue à ses lèvres.

— Normalement, ils étaient toujours au moins deux, mais cette fois-là, il est venu tout seul. Il m'a détaché pour aller me laver, comme ils le faisaient de temps en temps, et j'ai réussi à l'étrangler. J'ai ensuite récupéré les clés qu'il avait sur lui et puis... après, je ne me souviens plus très bien. Tout est un peu flou. J'ai quelques images... Je sais que je suis arrivé dans la salle où ils entreposaient leurs armes, et j'en ai pris plusieurs, autant que je pouvais. À ce moment-là, je n'avais pas peur. J'étais dans l'action. Tout ce qui m'importait, c'était de les tuer. Je me fichais de savoir si j'allais m'en sortir ou non. Je n'avais pas peur de mourir – je voulais qu'*eux* meurent.

Je frissonne, terrifiée par son récit, même si je sais qu'il en a réchappé.

— Une fois armé, je me suis dirigé vers la sortie où ils avaient installé le détonateur. J'ai appuyé dessus, et j'ai regardé l'immeuble s'effondrer sur les autres, qui sont morts ensevelis.

— Je suis contente que tu les aies tués.

Puis je fronce les sourcils, me souvenant de quelque chose.

— L'autre soir, tu as parlé d'une femme. Tu n'arrêtais pas de dire *elle, elle…* C'est qui ? Est-ce qu'elle est morte aussi ?

— Oui. Elle est morte, cette salope.

Un instant, je pense qu'il ne va pas m'en dire davantage sur elle, mais il finit par m'expliquer :

— C'était elle qui voulait que je sois lavé de temps en temps. Elle me considérait comme un animal de compagnie, dit-il avec dégoût. Elle m'enchaînait à son lit et m'utilisait. Je ne vais pas entrer dans les détails, sauf que, malgré moi, elle a obtenu ce qu'elle voulait. Plusieurs fois. Et je m'en voudrai toute ma vie de ne pas avoir su dominer mon corps. Pour la première fois, j'ai perdu le contrôle. Mais je te garantis que cela ne se reproduira plus jamais. Plus jamais, Jo, tu m'entends ? Non seulement je ne veux pas, mais je ne peux pas faire autrement. Quand j'essaie de me laisser aller, j'ai des images qui me reviennent et qui me bloquent.

— Je comprends. Ça fait partie de l'état de stress post-traumatique, non ?

— C'est ce que me disent les médecins. Mais bon, après tout, peu importe. Ce qui compte c'est qu'elle a fait de moi ce que je suis aujourd'hui. Et je la hais pour ça.

— Je ne suis pas tellement d'accord…, tenté-je de plaisanter un peu pour détendre l'atmosphère. Un homme qui réussit à se libérer de chaînes comme tu l'as fait n'est pas tout à fait un homme qui se laisse contrôler…

— Ne plaisante pas avec ça, Jo. Crois-moi, je ne parle pas des petites menottes en velours rose que tu achètes dans l'un de ces magasins kitsch qui vendent du lubrifiant aromatisé.

— Je sais. Excuse-moi. Je n'aurais pas dû dire ça… Mais ce

que je veux que tu comprennes, c'est que tu es trop dur avec toi-même. Tu as traversé l'enfer et tu en es revenu. Tu mérites de vivre. Tu n'es pas une mauvaise personne, Red. Tu as le droit d'aimer, et d'être aimé. Moi je sais que tu ne me feras jamais de mal…

Je m'interromps, passant ma langue sur mes lèvres.

— Parce que c'est de ça que tu as peur, si j'ai bien compris. Tu as peur de me faire du mal ?

— Non. Oui. Enfin…, non… En fait, j'ai peur de t'utiliser.

— Alors fais-le. Après tout, ces filles que tu voies, tu les utilises, non ? Elles t'aident à évacuer quand tout devient trop lourd ?

Il acquiesce d'un léger hochement de tête.

— Alors laisse-moi t'aider, Red. Ce n'est pas toi qui m'utilises, c'est moi qui te le demande…

Il rit sans joie.

— Ce n'est pas si simple, Jo.

— Et pourquoi pas ? Tu ne me fais pas peur, Red. Moi je sais que tu es capable de te contrôler. Plus que n'importe qui d'autre…

Il inspire, puis expire lentement.

— Si je t'ai raconté tout ça, c'est parce que tu mérites de savoir. Pas pour qu'il se passe quoi que ce soit entre nous. Pourtant, honnêtement, il y a bien plus que de l'attirance, et tu le sais. Je t'aime, Jo. Je t'ai toujours aimée. Mais je ne peux pas t'avoir, conclut-il avant de se lever et de quitter la pièce.

CHAPITRE DIX-HUIT

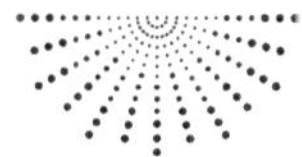

— U n laser ? T'es en train de me dire que quelqu'un a pointé un laser sur toi ?

Abby me fixe, l'air à la fois consternée et admirative.

— Et Red s'est mis devant toi ? me demande-t-elle en mettant ses mains sur son cœur. Waouh ! On se croirait dans un thriller ! T'as dû avoir la peur de ta vie ?

— Carrément ! Mais bon, ce n'est pas grand-chose. Quand je repense au mec qui t'a harcelée, c'est bien pire.

— Non, mais on ne peut pas comparer, me dit Abby. Une épreuve est une épreuve, et c'est toujours difficile…

Nous sommes assises sur le rebord en pierre de la cheminée, dans le salon d'Emma. Elle habite une maison adorable à Venice Beach qui – pour reprendre les mots d'Eliza, la sœur d'Abby et d'Emma, qui adore se moquer de sa sœur – est plus sécurisée que le bâtiment dans lequel sont conservés les joyaux de la couronne, à l'intérieur de la tour de Londres.

En tout cas, le lieu est idéal pour l'enterrement de vie de jeune fille d'Abby – même si ce n'est pas le club de strip-tease kitsch et hot que nous avions imaginé au début.

— C'est quand même dommage que Red ait fait tout ce cirque pour t'obliger à changer de lieu…

— Ne t'inquiète pas, me rassure Abby avec un geste de la main. Il ne m'a pas harcelée, non plus. Et puis, je crois que Renly était rassuré, lui aussi, par ce changement de choix.

Si Renly avait très clairement dit qu'il ne voulait pas de strip-teaseuse à sa soirée d'enterrement de vie de garçon, Abby, de son côté, n'envisageait pas de se priver, invoquant la tradition. Renly avait essayé de protester, mais elle lui avait rétorqué que c'était son problème si son ego de mâle dominant l'empêchait de supporter de voir sa future femme s'amuser.

On n'a jamais aussi bien baisé après que je lui ai dit ça. Il devait avoir quelque chose à prouver, m'a-t-elle confié plus tard en riant.

— N'empêche, je me sens responsable. Je ne peux pas dire que les clubs de strip-tease soient particulièrement mon truc, mais c'était parfait pour l'occasion.

— T'inquiète, je te dis ! On va l'avoir notre soirée olé olé. Emma s'en est chargée, m'annonce-t-elle avec un clin d'œil sur le ton de la confidence.

Je balaye la pièce du regard et découvre Emma en train de parler à sa sœur, Eliza, ainsi qu'à Nikki Stark et Jamie Hunter, la femme de Ryan. Je ne connais pas très bien Nikki et Jamie, même si je leur ai parlé plusieurs fois à la distillerie. La seule chose que je sais c'est que Nikki est la femme dont Red a sauvé la vie lors de cette horrible prise d'otages, il y a deux ans, à New York.

Je reconnais également quelques-unes des invitées. Notamment Lilah, la grande amie d'Abby, qui est en train de discuter avec Leah, un membre de Stark Security, et une femme que je ne reconnais pas, aux cheveux blond clair et aux yeux bleu lavande. En revanche, je connais bien Lilah ; je l'ai souvent rencontrée. C'est un petit brin de femme qui a l'air très douce comme ça mais qui peut être très drôle et très mordante.

— C'est qui la fille avec laquelle parle Lilah ?

— C'est Xena. La femme de Liam. Ou sa petite amie, je ne sais plus très bien. En tout cas, bague ou pas, ils sont ensemble !

Je soupire en pensant à Mel et moi. Dans notre cas, la bague n'a pas changé grand-chose…

Et cette pensée me fait aussitôt penser à Red, qui n'est qu'à quelques rues de là. Les hommes ont décidé d'organiser leur soirée près de la nôtre au cas où il y aurait un problème. Au départ, ils devaient être à la distillerie, mais ils ont finalement opté pour le Blacklist, un bar populaire de Venice Beach, juste en bas de la rue.

Alors que je me penche en avant pour prendre la bouteille de whisky posée au sol devant nous, je me souviens que Xena était en lien avec Ellie Love, cette star de la pop qui est récemment devenue numéro un de tous les palmarès.

— Xena travaillait pour Ellie Love, je crois ? demandé-je en me servant un verre.

— Oui, il me semble que c'est toujours le cas, d'ailleurs. Je ne suis pas bien sûre. En revanche, je sais qu'elle est consultante pour Stark Security.

— Ah bon ? lancé-je en regardant Abby d'un air surpris.

— Oui. Renly m'a dit qu'elle les avait beaucoup aidés pour cette histoire de trafic d'êtres humains.

— Vraiment ? C'est drôle quand même… Qu'est-ce que sa formation musicale a à voir avec le trafic d'êtres humains ?

— Sa formation, pas grand-chose. Mais son passé, peut-être….

Je lui fais de grands yeux en lui faisant signe de parler moins fort.

— Merde, désolée ! Je ne devrais vraiment pas parler et boire en même temps, s'excuse-t-elle. En même temps, je ne pense pas que ça la gêne que tu sois au courant, mais bon… Ça n'empêche que j'ai merdé.

— Mais donc, t'es en train de me dire qu'elle a été victime de traite ?

— En quelque sorte… C'est une histoire horrible, murmure Abby, mais je la laisserai te la raconter un jour. La bonne nouvelle est qu'elle s'en est sortie et qu'elle a fini par rencontrer Liam.

Liam est un grand noir absolument magnifique. Il travaille pour Stark Security, mais avec son physique, il pourrait être acteur ! Il est tellement grand et large qu'à côté de lui, Xena paraît minuscule.

— Je pensais qu'il y aurait Denny. Vous êtes devenues très amies, toutes les deux, il me semble ?

— Oui… C'est dommage qu'elle ne soit pas là. Sa fille est malade… Et puis tu connais les jeunes mamans ! Elle est très mère poule. Elle s'est même mise à mi-temps pour passer le plus de temps possible avec sa fille avant qu'elle n'ait l'âge d'aller à l'école. Je ne sais pas comment ils arrivent à s'en sortir. Mason, son mari, ne prend que des petits boulots, car – *je cite* – il veut pouvoir profiter de sa famille, être le plus possible chez lui, et baiser sa femme. Mais bon, en même temps, s'il y en a un qui a fait sa part et qui a le droit de se la couler un peu douce, c'est bien lui…

Je prends une gorgée de mon whisky, puis souris à Emma qui me montre le tableau blanc qu'elle vient de sortir et sur lequel est écrit en gros « *Dirty Pictionary* ». Je lui fais signe que nous les rejoignons dans une minute.

— Euh… Avant que l'on passe aux jeux, tu peux me dire rapidement pourquoi Mason a gagné le droit de se la couler douce ?

Abby se relève

— Tu devrais lui demander. Ou à Denny. Tout ce que je peux te dire c'est que, à côté de ce qu'ils ont vécu, ce que vous êtes en train de vivre Red et toi est une partie de plaisir !

Elle me regarde avec de grands yeux et plaque une main sur sa bouche

— Merde, je suis désolée ! soupire-t-elle.

— Pourquoi ?

— Je ne devrais pas parler de vous deux comme ça, grimace-t-elle.

Je ris.

— Arrête… C'est moi qui t'ai accaparée pour te raconter tout ça alors que tu devrais être en train de profiter de ta fête…

J'avais besoin d'une oreille attentive pour raconter ma conversation avec Red. C'est après m'être lamentée pendant au moins une heure que je lui ai parlé du laser et de l'enquête que nous menions.

— Je sais. Mais…

— Quoi ?

— Je suis super contente pour vous deux, mais ça doit quand même être bizarre après ce qui est arrivé à Mel.

Elle soupire en se passant les mains sur le visage.

— Excuse-moi… J'ai vraiment trop bu. Je suis désolée de dire tout ça et de te mettre mal à l'aise.

— Ne t'excuse pas.

En réalité, elle a raison : c'est vrai, c'est un peu bizarre. Mais je n'ai jamais été aussi certaine de mes sentiments pour quelqu'un, et j'assume parfaitement. Je suis juste frustrée et triste qu'il me repousse. Surtout, je suis en colère contre ceux qui l'ont détruit ; c'est à cause d'eux s'il ne se fait plus confiance aujourd'hui et qu'il ne s'autorise pas à aimer et être aimé.

Mais je ne lui dis rien de tout cela. C'est sa soirée, alors je la prends par la main et la tire jusqu'au tableau blanc, à côté duquel se tient Emma, des fiches de jeu dans les mains.

— Ça va, vous deux ?

— Très bien ! lui assuré-je. Nous parlions de mon mari. Un sujet bien trop triste pour un enterrement de vie de jeune fille ! ajouté-je en jetant un regard faussement sévère à Abby.

— Je suis désolée, dit Emma. Je ne le connaissais pas, mais je suis sûre qu'il serait content de te voir t'amuser ce soir. Tu dois continuer de vivre et te souvenir que des bons moments. C'est le meilleur moyen de lui rendre hommage : être vivante et célébrer la vie. Quand on perd quelqu'un de proche, on se rend compte que la vie est tellement précieuse et courte. Crois-moi, j'ai côtoyé la mort assez souvent pour savoir qu'il faut profiter de chaque instant de bonheur.

Ses mots résonnent en moi et je la prends dans mes bras sans même lui demander l'autorisation de le faire. Heureusement, je la sens serrer ses bras autour de moi. Car, d'après ce qu'on m'a dit d'Emma, elle n'est pas très amatrice de contacts physiques…

— Et sur ce sage conseil, dit-elle, il est maintenant temps de se tourner vers quelque chose de plus *basique*.

— Pictionary ?

— Exactement ! Mais, avant…, lance-t-elle en prenant Abby par la main, nous devons t'installer sur ton siège de princesse.

— Oh, mon Dieu ! C'est l'heure du strip-tease ? ris-je.

Abby me lance un regard qui trahit son excitation mais aussi son appréhension, tandis qu'Emma l'emmène vers une chaise qui a été décorée comme un trône.

Puis quelqu'un lance la musique, et un pompier se pavane dans la pièce – même si je doute qu'il s'agisse d'un vrai pompier.

C'est tellement kitsch et ridicule que je ne peux pas

m'empêcher de rire, surtout au moment où il ondule juste devant le visage d'Abby.

Il est magnifique, c'est un fait, mais plus il se déshabille et plus je me surprends à penser à Red et à espérer que, d'une manière ou d'une autre, nous réussirons à faire en sorte que les choses fonctionnent entre nous.

CHAPITRE DIX-NEUF

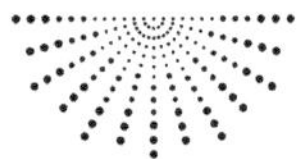

— … **A**mies depuis des années.

Red cligna des yeux, réalisant qu'il n'écoutait plus.

— Pardon… Quoi ?

Lui et Renly attendaient au bar du Blacklist que le barman, visiblement débordé, vienne prendre la commande que leur table les avait chargés de passer.

— J'ai dit qu'à mon avis, on va tous les deux finir en couple avec nos meilleures amies, répéta Renly.

Red lança un regard oblique à son frère.

— Écoute, je suis très heureux pour Abby et toi. Mais il est hors de question que je me mette avec Jo. Elle mérite mieux qu'un type comme moi.

Renly prit une gorgée de sa bière en étudiant Red, qui finit par se sentir mal à l'aise.

— Tu crois qu'un jour tu vas me dire ce qui s'est passé ?

— Probablement pas, répondit Red en remuant la cerise dans son Coca.

— Okay…, soupira Red, avalant une poignée de cacahuètes. Je peux te donner un conseil ?

— C'est ton enterrement de vie de garçon, bro. Tu n'es pas censé jouer aux psys...

Il jeta un coup d'œil à la table, espérant que l'un de leurs amis vienne à son secours, mais tous étaient en train de rire entre eux, avalant les frites au fromage et les nachos qu'ils avaient commandés.

— Tu veux un putain de conseil ou pas ?

Red soupira.

— Okay, allez, vas-y. Balance...

— Ne fais pas comme maman. N'attends pas des dizaines d'années pour prendre la bonne décision.

— Ça n'a rien à voir.

Renly prit une autre gorgée de bière avant de répondre :

— Ce n'est peut-être pas tout à fait la même chose, mais on peut quand même faire un parallèle. Pose-toi la question : de quoi est-ce que tu as peur ? Que Jo soit malheureuse avec toi, ou de te prendre un vent ?

— Renl...

— Tout ce que je dis, l'interrompit Renly en levant la main, c'est que je ne sais pas ce que t'a vécu – pas exactement en tout cas –, mais j'ai ma petite idée. Je te connais, quand même. Et laisse-moi te dire une chose : si c'est que tu as peur que Jo te laisse tomber, c'est que t'es complètement idiot. Parce que Jo est bien plus forte que tu ne le penses.

Red essaya à nouveau de parler, mais Renly ne lui en laissa pas l'occasion.

— Et puis au pire, elle te quitte et disparaît ? Et alors ? Au moins, tu auras essayé et sauras à quoi t'en tenir !

— Et j'aurai perdu ma meilleure amie...

Renly sourit d'un air entendu, et Red s'en voulut aussitôt d'avoir trop parlé. Son frère avait gagné... Mais en réalité, ce n'était pas tant la peur que Jo le laisse tomber qui le terrifiait que le fait que si leur histoire d'amour tournait mal, il perdrait aussi leur amitié. Or, Jo était la personne la plus importante dans sa vie et il n'imaginait pas ne plus la voir du tout…

En même temps, Renly avait raison : en ne voulant pas courir ce risque, il passait peut-être à côté de la femme de sa vie…

Putain ! Il détestait quand son jumeau avait raison.

— Tu sais que t'es chiant ?

Renly sourit.

— Je t'en prie. Moi aussi, je t'aime !

Mais loin de l'avoir apaisé, le fait que son frère lui ait fait ouvrir les yeux sur ce qu'il ressentait et sur ses peurs le perturba encore davantage. Lorsqu'ils retournèrent à table avec leur commande, il eut toute la peine du monde à rester concentré sur ce que les autres disaient.

— … vraiment sympa de ta part ! Renly, mon pote, je t'en dois une belle ! entendit-il Mario dire lorsqu'il se força à revenir dans la conversation.

— Tu m'étonnes ! intervint Simon. Une nana comme ça, ça vaut de l'or !

— Qu'est-ce que j'ai raté ? demanda Red.

Renly lui lança un regard faussement réprobateur, mais répondit quand même :

— Mario me remercie parce que je l'envoie chez Francesca lundi, pour vérifier son système de sécurité. Je devais m'en occuper, mais qu'est-ce que tu veux… Je serai en lune de miel !

De l'autre côté de la table, Mario rayonnait.

— Sérieusement, Renly. Je t'adore ! Je n'oublierai jamais !

— Promets-moi juste que tu ne baveras pas sur elle. Ça ne fait pas très bon effet…

Toute la table éclata de rire, mais Simon se contenta de secouer la tête.

Red envisagea de demander au nouveau quel était son

problème avec Hollywood, mais décida qu'il avait suffisamment de choses à gérer comme ça. Il se rabattit sur son Coca, écoutant vaguement les plaisanteries des autres qui ne cessaient de rire. Il les entendit taquiner Renly et faire l'éloge d'Abby, puis il perdit le fil de la conversation, laissant son esprit vaguer au gré de ses souvenirs tandis qu'il regardait les passants dans la rue.

Le Blacklist était en fait une immense véranda dont les parois vitrées pouvaient être pliées, transformant l'endroit en une immense terrasse. Il se revit marcher avec Jo, comme ils le faisaient souvent à l'époque de la fac. Ils passaient par là pour aller à la plage ou pour faire du roller.

Dès qu'ils auraient un peu de temps, ils viendraient ici et ils…

Soudain, il sortit de ses pensées et revint à la réalité.

C'est elle !

Il la reconnut : ces cheveux noirs, ce sourire légèrement attendrissant chez certaines femmes mais qui lui donne un air encore plus maléfique.

Putain… Ce n'est pas possible !

Pourtant, c'était elle. Il en était certain. La femme qui l'avait retenu prisonnier en Roumanie.

Il cligna des yeux. Peut-être qu'il était en train de rêver ? Il les ferma, priant pour qu'il s'agisse d'une hallucination. Lorsqu'il les rouvrit, elle avait disparu.

Merde !

Il était soulagé. C'était son esprit qui lui jouait des tours. Il n'aurait jamais dû parler de cette femme à Jo. Cela l'avait ramenée dans son esprit, lui avait redonné vie. Pourtant, il savait qu'elle était morte. Il avait vu l'explosion, les décombres. Elle n'avait pas pu y survivre.

Elle ne vivait plus que dans sa tête, mais visiblement, cela suffisait à le rendre fou.

Il leva son verre pour prendre une gorgée de Coca, puis

se rendit compte qu'il tremblait. Il essaya de s'arrêter, mais n'y parvint pas. Il devait aller voir ; il devait être sûr.

— Je reviens tout de suite, dit-il à l'oreille de son frère.

Puis, avant même que Renly n'ait le temps de répondre, il sortit du restaurant et traversa la rue, ignorant les voitures qui klaxonnaient et les gens qui lui criaient de dégager.

Mais il ne vit personne. Aucune femme qui ressemblait à sa tortionnaire roumaine. C'était son imagination. C'était la seule explication...

Il retourna au bar en essayant de se détendre. Lorsqu'il se réinstalla à la table avec les autres, il écouta même avec plaisir Quincy raconter comment lui et Eliza s'étaient retrouvés, et comment l'accent britannique dont il n'arrivait pas à se départir avait rendu l'une de ses missions dans un club échangiste plutôt chic.

C'est alors qu'il la revit.

Putain !

Il se détourna, puis regarda de nouveau la rue. *Rien.* Une fois de plus, elle s'était volatilisée.

Donc il voyait des fantômes. Quelle autre explication pouvait-il y avoir ?

Cette femme était morte. Avec tous les hommes qui travaillaient pour elle.

Mais si ce n'était pas un fantôme ?

Peut-être était-il complètement paranoïaque, ou complètement fou, mais il ne pouvait pas prendre de risque. Il devait en avoir le cœur net.

— Je dois y aller, murmura-t-il à son frère.

— Ça va ?

— Oui, oui. Je suis juste un peu nerveux à l'idée d'être loin de Jo, vu les circonstances. Je me fais sûrement des films, mais bon...

— Tu veux qu'on t'accompagne ? lui demanda Renly.

— Non, ça va. Je suis sûr que tout va bien et que j'angoisse pour rien. Mais je préfère ne prendre aucun risque, tu comprends ?

— Bien sûr !

— Donc on se revoit à ton mariage ? lança-t-il avec un clin d'œil.

— Putain, arrête ! J'ai du mal à réaliser ! Je suis tellement heureux…

En effet, Red n'avait jamais vu personne rayonner à ce point de bonheur. Cela lui fit presque envie… Alors qu'il conduisait jusqu'à chez Emma, il pensa à Jo et réalisa que, si elle et lui pouvaient être ensemble, il serait certainement aussi heureux que son frère.

Mais pourrait-il être avec elle un jour ? Même si lui acceptait de donner une chance à leur histoire, est-ce qu'elle supporterait l'homme qu'il était devenu ?

Son frère avait raison : c'était cela sa véritable crainte.

En même temps, s'il n'essayait pas, il le regretterait toute sa vie. Et il ne pourrait jamais vivre avec ce regret.

CHAPITRE VINGT

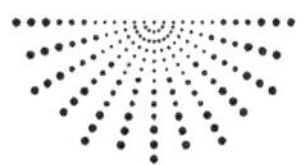

Me laissant aller à la débauche ambiante, je suis en train de coller un pénis sur le poster d'un homme nu lorsque j'aperçois Red entrer dans la pièce. Il fronce les sourcils et semble soucieux et – malheureusement – je ne crois pas que ce soit parce qu'il me juge ridicule.

Je me précipite vers lui d'un pas rendu incertain par les nombreux verres que j'ai bus.

— Quelque chose ne va pas ?

— On doit y aller.

Je sens mon estomac se nouer.

— Quoi ? Mais pourquoi ? Qu'est-ce qu'il se passe ?

— Rien. Enfin, rien de grave.

— Alors pourquoi est-ce que nous devons y aller maintenant ?

— Putain, Jo. Viens, et ne pose pas de question, s'il te plaît !

Je le fixe un instant et, me rendant compte que la situation a l'air sérieuse, je cède et décide de le suivre.

— Donne-moi juste une seconde. Je dis au revoir et j'arrive !

Après avoir salué mes anciennes et nouvelles amies, je serre très fort Abby dans mes bras.

— Je penserai à toi demain à 13 heures, lui dis-je, faisant référence à l'heure de leur mariage devant le juge. Tu seras une femme mariée quand je te reverrai ! Je n'arrive pas à y croire !

— Moi non plus ! me répond-elle avec un large sourire. C'est génial, hein ?

— Carrément ! lancé-je, avant de la quitter et de me précipiter vers Red.

Il semble plus calme.

— Je suis désolé de te faire quitter la fête si tôt, dit-il alors que nous sortons et commençons à marcher vers sa voiture. Mais j'ai un mauvais pressentiment.

— Comment ça ? Tu m'as dit qu'il n'y avait rien de grave…

J'inspecte autour de moi, regardant chaque passant d'un air suspicieux, puis me tourne à nouveau vers lui, réalisant qu'il ne m'a toujours pas répondu.

— Red ? Dis-moi ce qui se passe.

Il me jette un coup d'œil rapide sans arrêter de marcher.

— J'ai cru la voir.

Je m'arrête net.

— *Elle* ? La femme de Roumanie ?

Lorsqu'il réalise que je suis derrière lui, il se dépêche de revenir vers moi. Des petites jeunes qui rentrent de la plage nous jettent des regards noirs alors qu'elles sont obligées de nous contourner, mais je m'en fiche. Gêner le passage est le dernier de mes soucis.

— La femme que tu as tuée ? chuchoté-je. Ce n'est pas possible !

— Je sais ! Mais je te dis que je l'ai vue !

— Je te crois, je te crois. Je suis désolée, m'excusé-je en lui prenant la main. Mais tu n'es plus son prisonnier. C'est du passé, tout ça...

Il inspire en fermant les yeux, puis acquiesce. Je m'approche de lui pour le prendre dans mes bras, mais hésite, pas sûre qu'il ait envie que je le touche. Mais c'est lui qui finit par m'attirer contre lui ; il me serre de toutes ses forces.

— J'sais pas.... J'ai peut-être rêvé... Mais ça me fait flipper, putain ! Et tu sais pourquoi ? me demande-t-il en reculant et en plantant son regard dans le mien.

— Non.

Il regarde autour de nous, vérifiant que nous ne sommes pas suivis. C'est la troisième fois qu'il le fait en moins d'une minute, mais au lieu de me rendre nerveuse, sa vigilance me rassure.

— Red ?

— À cause de toi, lâche-t-il enfin. Ça me fait flipper, à cause de toi.

Je le fixe bouche bée, complètement confuse.

— Je suis désolée. Je ne sais pas quoi...

— Non, m'interrompt-il en entrelaçant ses doigts avec les miens. Je suis content, en fait. Parce-ce que... je suis mort dans cette pièce.

Je ne comprends rien à ce qu'il est en train de raconter, et je commence à sincèrement me faire du souci pour lui. Je le tire sur le côté, près d'une petite vitrine, pour libérer le passage.

— Qu'est-ce que tu racontes ?

Il inspire profondément avant de trouver ses mots.

— Ce que je veux dire, c'est que j'ai l'impression d'être mort depuis des années. Et qu'avec toi, c'est comme si je ressuscitais...

— Oh...

Mais c'est tout ce que je parviens à dire pendant un long moment. Car, ce que je ressens est tellement fort que je n'arrive pas à l'exprimer. Et mon cœur bat tellement vite que j'ai l'impression qu'il va exploser…

— C'est…. Enfin…. C'est plutôt bien, en effet, balbutié-je.

— C'est même incroyable ! Mais c'est difficile aussi. C'est super dur de marcher, de ressentir, et d'aimer à nouveau. Et de prendre des risques, ajoute-t-il, juste avant de détourner le regard.

— Quels risques ?

— Toi, répond-il en se tournant à nouveau vers moi.

Je le fixe à nouveau sans rien dire, ayant toujours du mal à comprendre ce qu'il veut dire.

— Je suis terrifié à l'idée que tu ne puisses pas vivre aux côtés de l'homme que je suis. L'homme qu'ils ont fait de moi. Mais, Jo, je te jure que je ferai tout ce que je peux pour être l'homme dont tu as besoin.

— Attends… T'es en train de me dire que tu veux changer pour moi ?

— Je vais essayer, en tout cas…

Je sens la colère monter en moi et, avant même que je ne puisse réaliser mon geste, je le gifle.

Il recule d'un pas et, lorsqu'il tourne à nouveau la tête vers moi, je vois dans ses yeux un étrange mélange de colère et de perplexité.

— Je ne comprends pas, souffle-t-il. Pourquoi ?

— Parce que je n'ai pas besoin de ça ! lâché-je, toujours en colère, en faisant un pas vers lui. Je n'ai pas besoin que tu changes. Je t'aime comme tu es, Red !

C'est peut-être à cause de l'alcool, mais je n'arrive pas à me calmer et le pousse violemment. Un couple passe à côté de nous en nous regardant d'un air inquiet et, réalisant alors le ridicule de la situation, je redescends aussitôt. J'ai même presque envie de rire…

— Je t'aime, Red, répété-je. Comment est-ce que tu as pu en douter, espèce d'imbécile !? Je le sais. Tout le monde le sait… Il n'y a que toi qui ne le vois pas. Alors, si tu as besoin que je te dise les choses clairement, je vais le faire : j'ai besoin de toi. Je veux *être* avec toi. Mais je veux que tu restes celui que tu es et, ajouté-je avec détermination, je veux être là pour toi, Red ! Ce n'est pas toi qui m'utilises, c'est moi qui te propose mon aide !

— Jo… Le truc c'est que… tu ne sais pas…

— Non, je ne sais pas et je ne veux pas savoir ! Arrête de te poser toutes ces questions ! Je t'assure, tu m'énerves !

Je retourne vers la voiture et il me rejoint, en silence. J'ouvre la portière passager et, avant de monter, je le regarde par-dessus le capot.

— Tu n'as aucune confiance en moi, en fait ?

— Jo, je...

C'est lui qui a l'air complètement perdu, maintenant.

— Laisse tomber, va ! lancé-je en m'installant à l'intérieur de la voiture.

Je croise les bras et nous restons plusieurs minutes assis là, sans rien dire.

— J'ai peur, Jo ! dit-il finalement sans me regarder. J'ai peur que tu ne veuilles pas me donner ce dont j'ai besoin, et j'ai peur de ne pas pouvoir te le demander, de toute façon.

Je ne sais pas si c'est du soulagement ou de la joie que je ressens, mais sa réponse me rassure et j'ai envie de lui sauter au cou. Mais je m'abstiens.

— Il va nous falloir du temps, mais on va y arriver. Je te le promets…

Je me tourne vers lui alors qu'il continue de fixer la rue devant lui, comme tétanisé.

— Bon, allez ! lancé-je avec un signe de tête vers le volant. On ne va pas dormir ici !

Il met le moteur et, alors qu'il commence à rouler, je lui adresse mon sourire le plus séduisant.

— J'ai une idée…

À mon grand soulagement, il est d'accord pour aller chez moi. Et heureusement, la circulation est fluide. Car je n'ai qu'une envie : avoir sa bouche sur la mienne, et son corps contre moi. Je veux le sentir en moi. Je veux me perdre dans ses bras et oublier l'horreur de ce que nous sommes en train de vivre. En fait, je le veux. *Lui.*

Et je pense savoir comment m'y prendre…

Dès que nous arrivons chez moi, je ferme la porte derrière nous, puis attrape sa main et le tire vers moi. Je passe mes bras autour de son cou et me mets sur la pointe des pieds pour que mon visage soit à hauteur du sien.

— Paye-moi, murmuré-je.

Si je n'étais pas si déterminée, son expression me ferait rire. Il s'écarte de moi et fait un pas en arrière.

— Qu'est-ce que tu racontes ?

— Quoi ? Ce n'est pas ce que tu fais, avec les autres ? C'est bien pour ça que tu fais appel aux filles de cette Marjorie, je ne me trompe pas ? Puisqu'en payant tu n'as aucun mal à demander – enfin, *à dire* – ce que tu veux, eh bien, paye-moi ! répété-je avec un sourire charmeur. Je te promets que je ferai tout ce que tu veux. Le client est roi, il paraît !

Il secoue légèrement la tête avec l'air de penser que je suis complètement folle, mais il est hors de question que je le laisse s'en tirer comme ça.

— Je suis sérieuse, Red. En plus, j'ai besoin de fric en ce moment… Il faut que je change les sols, que je repeigne les murs, et il y a une fuite dans le grenier. Donc tu vois, en plus tu fais une bonne action !

— Jo…

— Combien tu les payes ces filles ?

Il me regarde un instant d'un air sérieux avant de répondre :

— Beaucoup trop.

— Ce n'est pas ce que je te demande. Combien ? Cinq cents ?

— Jo, arrête !

— Plus ?

— Jo, putain…

— Okay, je m'en fous. Tu peux me faire ce que tu veux, dis-je en faisant glisser un doigt sur sa poitrine jusqu'à sa ceinture.

Je tire dessus d'un coup sec, l'obligeant à s'approcher de moi.

— Mais ça te coûtera cinq mille dollars.

D'un coup, il me plaque contre le mur et approche son visage tout près du mien. Il est si près de moi que je sens la chaleur de son corps sur moi.

— Jo, arrête ça. Tu n'as aucune idée de ce que tu es en train de me proposer…

La colère me submerge.

— Tu me prends pour une idiote ? Tu crois vraiment que je ne sais pas ? Je suis en train de *m'offrir* à toi, imbécile ! Qu'est-ce que je dois faire de plus ? Ça ? hurlé-je en posant une main sur sa braguette.

En sentant son sexe dur, je le regarde d'un air surpris et plus calme. Nous nous fixons un instant puis, sans le quitter des yeux, je descends sa fermeture éclair et défais son bouton. Il ne bouge pas, alors je glisse un doigt sur son caleçon et caresse doucement sa queue.

Il ferme les yeux une seconde. Lorsqu'il les rouvre, il me prend les mains et les plaque au-dessus de moi.

— C'est vraiment ce que tu veux ? susurre-t-il à mon oreille, m'obligeant à tourner le visage.

Avec sa main libre, il tire sur ma jupe. C'est une jupe d'été à la taille élastique et il n'a aucun mal à la faire tomber à mes pieds. En moins d'une seconde, je me retrouve en culotte et chemise.

— Ça ? continue-t-il, me forçant à écarter les jambes alors qu'il glisse une main dans ma culotte.

Il serre mes fesses puis introduit un doigt en moi, me faisant sursauter.

— Tu veux que je te prenne par le cul ? chuchote-t-il à mon oreille. Tu sentirais ma queue et mes doigts en même temps, et je te baiserais si fort que tes seins taperaient contre le mur jusqu'à te faire mal. Ta joue s'écrasera contre le mur. Mais tu ne pourras pas m'échapper. C'est vraiment ça que tu veux ?

Mon intimité se contracte autour de lui. Je n'ai jamais été autant excitée.

— Oui. C'est ce que je veux, haleté-je.

— Jo…, grogne-t-il.

Je ferme les yeux en soupirant de plaisir, mais il ne me laisse aucun répit. Brusquement, il me tourne face à lui et place ses mains de chaque côté de mes épaules. Je respire fort – aussi fort que lui.

— Tu ne sais pas dans quoi tu t'embarques avec moi.

— Si, insisté-je. Je te prends. Tel que tu es. Tu es l'homme que j'aime et je veux tout – absolument tout – de toi. Arrête de t'inquiéter pour moi, Red, et sois qui tu es, merde ! Si ça va trop loin, je te jure que je te le dirai. Mais je suis sûre que cela n'arrivera pas…

Son souffle caresse mon visage, mais il ne bouge pas. J'attrape une de ses mains et la plaque contre ma poitrine. Puis je la fais glisser vers le bas, jusqu'à ce que ses doigts atteignent le bord de ma culotte. Alors, je les guide jusqu'à mon clitoris.

— Oui, murmuré-je en fermant les yeux alors qu'il me caresse et écarte mes lèvres. Continue, je t'en supplie.

J'entends son grognement sourd et rauque, et je gémis lorsqu'il retire sa main. Je suis sur le point de protester – je suis tellement frustrée – quand je sens la pression de ses mains sur mes seins. J'ai à peine le temps d'ouvrir les yeux pour le voir tirer un coup sec sur les deux pans de ma chemise, faisant tinter les boutons au sol.

Je me tends légèrement, puis gémis alors qu'il baisse un bonnet de mon soutien-gorge, exposant ma poitrine. Ses doigts jouent avec mon mamelon déjà sensible, et je mords ma lèvre, me forçant à ne pas le supplier de me donner plus de plaisir car c'est déjà presque trop. Je le sens entre mes jambes.

Comme s'il lisait dans mes pensées, son autre main glisse vers le bas, ses doigts pénétrant profondément en moi.

— J'adore ton sexe, murmure-t-il, avant de m'embrasser – profondément, sauvagement, et si intensément que je me sens complètement vulnérable, vaincue.

Lorsqu'il se détache de moi, je suis à bout de souffle, incapable de reprendre ma respiration en raison de ses doigts sur mon sein et en moi. Je suis trempée, et mon corps se resserre autour de lui. Je n'ai jamais autant désiré un homme.

— Ne t'arrête pas, l'imploré-je, ondulant sur sa main.

Lorsqu'il mord la pointe de mon sein, je laisse échapper un cri. C'est à la fois douloureux et incroyablement délicieux. Je sens comme des étincelles de plaisir dans tout mon corps et mon intimité se resserrer encore davantage autour de ses doigts.

— Tu as eu mal ?

— Oui, murmuré-je.

— Tu as aimé ?

— J'ai adoré, soufflé-je, entrouvrant les yeux.

Il me regarde avec un tel désir et une telle passion que je perds toutes mes défenses. Mes jambes sont en coton.

— Viens avec moi, me dit-il avec un sourire diabolique, me conduisant jusque dans ma chambre. Tu as des jouets ? me demande-t-il, avant d'éclater de rire.

— Qu'est-ce qu'il y a de drôle ?

— Tu rougis…

— Mel n'aimait pas ce genre de jeux, avoué-je, réalisant que mes joues me brûlent, en effet.

— *Mel* n'aimait pas, ou toi ?

Je secoue la tête, soutenant son regard.

— Non, moi j'avais envie d'essayer des choses. Plein de choses, ajouté-je en relevant le menton avec un air de défiance. Tu serais surpris de savoir toutes les choses que j'ai imaginées…

— J'ai hâte de savoir… Montre-moi ce que tu as.

Il me faut une seconde pour réaliser qu'il parle des jouets. Je me dirige alors vers la bibliothèque et tire un exemplaire surdimensionné d'*Anna Karénine*.

Il me regarde en haussant les sourcils.

— C'est un faux, dis-je en soulevant le couvercle pour révéler une serrure à combinaison.

Je compose le code, puis ouvre le coffret dans lequel se trouve un vibromasseur, un bandeau pour les yeux et un cordon de soie.

— Je te l'ai dit, je ne suis pas très équipée, admis-je d'un air gêné.

— C'est un début, sourit-il. Déshabille-toi et monte sur le lit. Mets-toi à quatre pattes et montre-moi ton cul…

Le simple fait qu'il me donne des ordres me fait durcir les seins. Je monte sur le lit comme il me l'a demandé et attends, haletante. Puis il s'approche de moi et me bande les yeux.

— Ce n'est pas juste, protesté-je. Je suis complètement nue et tu es encore habillé. Je n'ai rien vu.

— Tu remets en cause mes ordres ? me demande-t-il.

— Non, monsieur…

Je l'entends rire, puis il me demande de me pencher en avant pour que ma poitrine touche le matelas, à côté de mes bras, et que mon cul soit tendu vers lui. Je m'exécute, et il attache mes poignets à la tête de lit avec le cordon de soie.

— J'adore ça, murmure-t-il, faisant glisser un doigt de mon clitoris jusqu'à mon cul.

Je mords ma lèvre inférieure, espérant qu'il me prenne. J'en meurs d'envie.

— Je vais te fesser, chérie… Ensuite, je te baiserai.

— Oui, murmuré-je, presque tremblante.

Enfin, il se penche sur moi, et je sens sa queue pressée contre mon cul alors qu'il attrape l'un de mes seins et que, de son autre main, il me doigte. Je gémis et soupire de plaisir.

— Tu es trempée, ma belle… J'aime que tu sois comme ça…

Je sens le lit bouger, juste avant que sa paume ne s'écrase sur ma fesse droite. Je suis surprise. C'est la première fois qu'un homme me fait ça… Mais je dois avouer que j'adore la sensation. Mes tétons se durcissent encore davantage, mon intimité palpite, et un frisson me parcourt alors qu'il caresse l'endroit qu'il vient de frapper.

— Ça t'a plu ?

— Oui, dis-je simplement. Est-ce que tu vas le refaire ?

— Tu en as envie ?

— Oui…

Il ne répond pas, mais j'entends sa forte inspiration. Puis il me donne une nouvelle fessée, et une nouvelle caresse. Et encore une. Plusieurs. Chaque fois un peu plus fort. Jusqu'à ce que mon corps soit en feu et mon sexe si humide et ouvert que je suis obligée de me concentrer pour ne pas le supplier de me prendre.

Heureusement, je n'ai pas à attendre longtemps. D'un coup, il enfonce sa queue en moi, si fort et si vite que je suffoque. C'est tellement bon que c'en est presque doulou-reux. Il bouge de plus en plus vite, une main toujours sur mon sein tandis que, de l'autre, il continue de caresser mon clitoris. Mes genoux frottent sur le matelas et me font presque mal mais je sens à peine la douleur ; tout ce que je veux, c'est qu'il continue. Que ça ne s'arrête jamais. J'adore cette sensation d'être agressée et aimée en même temps. Ce plaisir teinté de douleur. Surtout, j'adore sentir qu'il est lui-même et qu'il l'est avec moi.

— C'est bon…, grogne-t-il.

Il est proche, j'en suis certaine, comme je le suis moi aussi. Mon corps est sur le point d'exploser, de se briser tout autour de lui.

— Viens pour moi, murmure-t-il.

Et c'est comme si mon corps n'avait d'autre choix que de se plier à sa volonté. J'explose littéralement. Tout s'évanouit autour de moi alors que je me noie dans un océan de plaisir et que je vis l'orgasme le plus puissant que j'aie jamais eu.

Je finis par m'effondrer et Red se couche sur moi. Alors que je respire profondément, reprenant doucement mes esprits, je remarque à peine qu'il retire mon bandeau et détache mes poignets. Puis je sens son corps bouger et réalise qu'il est allongé à côté de moi, mais je ne bouge pas. Je n'arrive même pas à ouvrir les yeux. Pas encore.

Tout ce que je veux, c'est rester ici, brisée et repue. Mais en même temps, j'en veux plus.

Tellement plus…

Je me retourne, puis me redresse et me mets à califourchon sur lui.

— Ça va ? me sourit-il en plantant son regard dans le mien.

—Tu t'es retenu ! l'accusé-je.

— Peut-être. Un peu, confesse-t-il d'un air amusé.

Je glisse sur lui jusqu'à ce que mon cul soit au niveau de sa queue, et je me frotte contre lui, mes mains à plat sur sa poitrine.

— J'en veux plus…

Avec un sourire presque machiavélique, il prend mes fesses dans ses mains et me place sur lui.

— Madame est gourmande, je vois…, plaisante-t-il en me faisant rouler sous lui.

Il commence à entrer en moi, mais je l'interromps :

— Red. Ce n'est pas ce que je voulais dire. J'en veux *plus*.

— Jo…

— Chut… Ne dis rien. C'est moi qui parle…

Son regard devient plus sérieux et je sais qu'il comprend où je veux en venir.

— Je ne suis pas née de la dernière pluie, tu sais. Je lis des livres. Je regarde des films. Je vis dans ce monde. Je sais quelles sont tes pratiques – ou, du moins, je les imagine. Je veux que tu me les fasses partager. Ne me préserve pas. Grâce à toi, je viens de vivre un orgasme incroyable. Mais même avec les poignets attachés, le bandeau sur les yeux et les fessées, c'était encore trop doux…

— Tu ne…

— C'est vrai, l'interrompis-je. Parce que tu ne m'as pas montré. Et peut-être que je ne *sais pas*. Mais je sais au moins que tu aimes le sexe *hard*. La domination. La soumission. Tout ça… Et ça me va très bien. J'ai même envie de découvrir ça avec toi. Parce que je te fais confiance, mais aussi parce que je trouve ça terriblement excitant.

— Vraiment ?

J'ai presque l'impression qu'il n'arrive pas à croire ce que je viens de lui dire.

— J'ai besoin de toi, Red. Je veux te suivre partout où tu vas, dans tout ce que tu fais. Ce n'est pas toi qui me forces, c'est moi qui le veux.

— Est-ce que toi et Mel… ?

— Non.

Je sens mes joues devenir rouges, ce qui est complètement ridicule étant donné que nous sommes nus et que nous avons déjà dépassé certaines limites.

— Je te l'ai dit. J'ai… Je lui ai plusieurs fois demandé d'essayer des trucs. Pas du *hardcore*, mais…

Je m'interromps. Je n'arrive pas à aller au bout de ce que je veux dire.

— Quoi ?

— Ce n'était pas ce qu'il voulait. Et…

J'hésite, détestant le fait d'avoir besoin d'exprimer cette triste vérité.

— … Et même si moi j'avais ce genre de fantasmes, je n'avais pas vraiment envie de les réaliser avec Mel. Je ne lui ai peut-être jamais fait suffisamment confiance pour ça.

Je ne prends conscience que je suis en train de pleurer que lorsqu'il essuie l'une de mes joues.

Je fais glisser une main sur sa poitrine, le long de son magnifique tatouage, puis appuie ma paume sur son cœur.

— En revanche, je suis absolument certaine qu'avec toi, j'en ai envie.

CHAPITRE VINGT-ET-UN

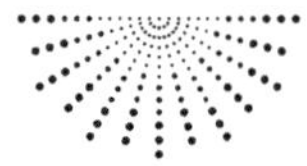

Avec toi, j'en ai envie.

Ses mots résonnaient dans son esprit. Ils lui redonnaient de l'espoir, mais ravivaient aussi sa peur.

— Pourquoi ?

Il voulait comprendre. Être sûr.

— Parce que ça m'excite. Je veux entrer dans ta tête. Je veux être proche de toi. Tu comprends ce que je suis en train de te dire, Red ? Je t'aime.

Il était incapable de prononcer le moindre mot. Tout ce qu'il pouvait faire, c'était la regarder. La désirer et espérer qu'elle serait encore à ses côtés le lendemain matin, même s'il faisait ce qu'elle demandait – s'il prenait ce qu'il voulait. Car elle était ce qu'il désirait le plus au monde.

— Tu as peur, dit-elle, lisant en lui comme dans un livre ouvert. Je sais que tu as peur…

— Peut-être un peu.

Elle soupira en souriant.

— Alors, vas-y doucement…

Elle roula sur lui puis, lentement, se mit à déboutonner sa

chemise. Il retenait son souffle. Il avait presque peur de bouger pour ne pas briser la magie de l'instant.

— Nous avons toute la vie devant nous, murmura-t-elle. Parce que je ne partirai pas, tu sais ? Je t'ai laissé partir, il y a sept ans, mais il est hors de question que je te laisse partir une deuxième fois.

— Jo…

Elle posa un doigt sur ses lèvres.

— C'est ce que je veux. Savoir que je t'appartiens, que tu as besoin de moi.

Elle s'assit à côté de lui, nue et innocente. Il était encore presque entièrement habillé, même si sa chemise était ouverte et que sa queue sortait de sa braguette ouverte. Il était toujours dur. Aussi parce que ce qu'elle lui disait lui faisait de l'effet : il l'aimait et la désirait encore plus.

Elle attrapa sa main.

— J'ai été seule toute ma vie. Ma seule famille, c'était Mel et toi. Mais même si j'aimais Mel, je n'ai jamais ressenti pour lui ce que je ressens pour toi. Nous sommes faits l'un pour l'autre. Nous sommes comme deux pièces d'un puzzle. Tu le vois, toi aussi, n'est-ce pas ?

Il n'avait pas les mots pour répondre mais elle avait raison. Et comme il lui devait la vérité, il hocha doucement la tête.

— Alors ne me repousse pas, Red. Je t'en prie. Et serre-moi contre toi – plus fort que tu ne l'as jamais fait.

Il la fixa un moment, essayant de décider ce qu'il devait faire. Mais en réalité, sa décision était prise : il avait trop envie d'elle.

— J'aimerais, Jo. Je t'assure… Mais je suis terrifié à l'idée de te perdre.

— Ça n'arrivera pas, dit-elle doucement. Et si pour que tu me croies il faut aller à ton rythme, nous le ferons. Si tu veux une sexualité vanille pendant des années, eh bien…. ça me va !

Elle le vit serrer les lèvres.

— Quoi ?

— Sexualité vanille…

— C'est comme ça qu'on dit, non ?

— Oui…

— Tu vois ? dit-elle en le chevauchant à nouveau. Je suis déjà dans le truc !

Il se mit à rire, mais elle posa un doigt sur sa bouche.

— On pourrait se dire qu'on essaie une nouvelle chose chaque semaine. Ou chaque mois. Même chaque année, si tu préfères. Mais si tu as peur que je parte, que je ne puisse pas le supporter, alors tu te trompes. Je suis prête à attendre le temps qu'il faudra et à te donner tout ce dont tu as besoin.

Encore une fois, il commença à parler, et encore une fois, elle le fit taire.

— Fais-moi sortir de mon cadre, Red. Tout ce que je veux, c'est toi. Je veux de la passion. Je veux de la tendresse. Je veux tout ça. Mais j'en veux plus aussi. Tu veux que je sois ton esclave sexuelle ? Soit ! Tu veux que je sois totalement soumise ? Très bien !

Elle fit courir ses mains sur sa poitrine et sentit son corps se durcir. Il voulait la croire. Il le voulait tellement !

— Tu ne sais pas ce que tu es en train de me demander.

Elle ne le pouvait pas. Il ne savait pas ce qu'elle avait en tête, exactement. Mais quoi qu'elle imagine, c'était forcément largement en-deçà de ce qu'il lui ferait vivre.

— Alors montre-moi. Je suis prête, Red. Je te promets que je te laisserai prendre tout de moi. C'est ce que je veux, et pas seulement parce que je t'aime… Je dois dire que je trouve ça très excitant aussi.

Il aurait aimé pouvoir la croire, mais…

— Jo…

— Je te promets que je te dirai si c'est trop. Et je ne parle pas seulement de ce soir. Nous avons toute la vie devant nous. Tout ce que je veux, c'est être celle qu'il te faut. Si tu as besoin de quelque chose, si tu as envie de quelque chose, tu n'as qu'à me le dire.

Elle le regarda intensément et prit une profonde inspiration avant de reprendre :

— Mais si tu ne peux vraiment pas, alors peut-être qu'on appellera Marjorie ensemble.

Il haussa les sourcils, incertain d'avoir bien entendu.

— Bien sûr, je préfèrerais qu'on n'en arrive pas là. Mais, je te l'ai dit : je t'aime et je suis prête à tout pour toi. Y compris à rester à l'écart ou à accepter que tu couches avec d'autres femmes.

— Nous ne ferons jamais cela, souffla-t-il. Appeler Marjorie, je veux dire. Mais tu ne peux pas savoir comme je t'aime et comme je te suis reconnaissant de l'avoir suggéré.

— Ça veut dire que tu me fais confiance ? Que tu es prêt à faire un pas vers moi ? À t'ouvrir complètement à moi ?

— En y allant doucement ? demanda-t-il avec un sourire.

— Doucement, ou vite. Comme tu veux, tant que tu sais que je suis là pour toi.

Red la fixa, se demandant comment il avait pu avoir autant de chance de la connaître, de l'aimer et d'être aimé par elle. Car elle remplissait littéralement son cœur.

— On va dire doucement, alors. Je te fais confiance, Jo. Et Dieu sait que j'ai besoin de toi. Mais je voudrais que l'on avance pas à pas. Seulement toi et moi.

— Tu es sûr ?

— Ça me fait un peu peur, admit-il avec une facilité nouvelle. Mais je t'aime, Jo. C'est même au-delà de ça : j'ai besoin de toi. Donc oui, je suis sûr. Maintenant, viens ici.

Surprise, elle le regarda en fronçant les sourcils et un

petit sourire en attendant qu'il précise ce qu'il attendait d'elle.

— Allonge-toi sur le lit, sur le ventre.

Elle fit ce qu'il demandait, puis il se leva et alla fouiller dans le tiroir de sa table de chevet.

— Qu'est-ce que tu cherches ?

— Trouvé ! dit-il en brandissant un marqueur noir.

Il revint vers elle, puis l'utilisa pour écrire sur ses fesses, la faisant hurler de rire.

— Qu'est-ce que tu fais ?

— Une reconnaissance de dette, déclara-t-il dit en rebouchant le marqueur. De cinq mille dollars. Pour services rendus ce soir. Mais c'est la première et la dernière fois que je te paye. À partir de maintenant, tu m'appartiens. Okay, ma belle ?

— Okay !

Elle se retourna et le regarda avec des éclats de rire dans les yeux. Puis elle tendit la main pour l'attirer vers elle.

— J'adore être à toi...

CHAPITRE VINGT-DEUX

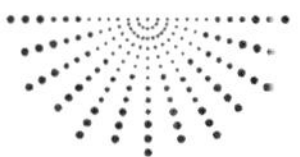

La lumière du soleil passant à travers les rideaux me réveille, et je découvre Red plaqué contre moi. Je soupire en refermant les yeux, baignée d'un plaisir nouveau et terriblement agréable.

— Je pourrais m'y habituer, murmuré-je.

Il enfouit son visage dans mes cheveux.

— Tu sais que tu as été une véritable révélation ?

— Merci, dis-je en m'écartant légèrement de lui pour le regarder. D'avoir accepté, expliqué-je alors qu'il m'observe d'un air interrogateur.

— C'est moi qui devrais te remercier d'avoir insisté.

— J'ai insisté parce que je suis sûre de moi. Et toi ? Promets-moi que tu n'as pas changé d'avis. Que tu ne te retiendras jamais de rien parce que tu penses que je ne peux pas le supporter. Je suis une grande fille, Red, et je suis tout à fait capable de dire non si j'ai besoin que tu arrêtes ou que tu ralentisses.

— Je promets.

— Parfait. Même si, honnêtement, je n'aurais pas dû avoir

à dire ça. Tu devrais déjà le savoir. Nous avons toujours été là l'un pour l'autre, non ?

— C'est vrai que tu es allée jusqu'à sortir en pleine nuit pour m'acheter des Milky Ways en urgence alors que je commençais à être à bout dans mes révisions de chimie, me rappelle-t-il en souriant. Mais ce n'est pas tout à fait la même chose que te demander tout ce que je te demande au lit…

J'éclate de rire.

— C'est vrai. Mais tu oublies la chose la plus importante.

Je le fixe un instant, ménageant ma surprise, et il me regarde en fronçant les sourcils.

— J'aime autant les Milky Ways que le sexe !

Il rit et m'approche pour m'embrasser – un baiser doux et tendre pour ne pas m'exciter à nouveau.

Je soupire, m'adossant contre la tête de lit. Je jette un coup d'œil à la bibliothèque par-dessus ses épaules. Je vois l'espace laissé par *Anna Karénine*, et je m'assieds, cherchant le faux livre qui a été projeté au sol. Il est là, ouvert : mon vibromasseur est toujours à l'intérieur.

— On devrait aller faire du shopping, suggéré-je. Je te laisserai choisir ce qu'il faut pour que tu puisses réellement m'emmener sur ton terrain de jeu. On pourrait y consacrer une journée, prendre une chambre d'hôtel et…

Mon Dieu ! Est-ce vraiment si simple que ça ?

Je saute du lit, puis me dirige vers le livre pour le ramasser. Je connais déjà la réponse, mais je passe quand même mon doigt sur la serrure.

— Jo ? Ça va ? me demande-t-il en me rejoignant.

Il s'agenouille devant moi, nu, sa main sur mon épaule. Je le remarque à peine.

— Jo, qu'est-ce qui se passe ?

— Le truc, dis-je. Ce qu'on cherche… Red, je crois que je sais où il est.

Il me regarde comme si j'étais folle. Mais je ne suis pas folle. Je me lève et commence à m'habiller.

— Nous devons y aller, dis-je en enfilant mon jean.

— Mais explique-moi. Je ne comprends rien…

— La distillerie, lâché-je en enfilant un tee-shirt noir sans prendre la peine de mettre un soutien-gorge. Le livre. C'est dans le livre.

Il s'habille mais n'a pas l'air de comprendre davantage ce que je veux dire. Il me regarde comme s'il était inquiet pour ma santé mentale.

Je soupire.

— Il y a environ deux ans, Mel et moi sommes allés au marché aux puces de Rose Bowl. Il y avait ce stand qui vendait toutes sortes de trucs, notamment ces livres coffre-fort. Moi j'ai acheté *Anna Karénine*, et Mel un vieux diction-naire qu'il garde dans son bureau à la distillerie.

Son regard change. Il comprend maintenant ce que je veux dire.

— Ça doit être ça, non ? demandé-je.

— Je ne sais pas. Mais ça vaut le coup d'aller vérifier.

J'enfile à la hâte une paire de ballerines en toile, puis me précipite vers la porte.

— Dépêche-toi !

— J'arrive !

Il attrape ses clés et son portefeuille sur ma commode, tandis que je désarme le système de sécurité du panneau près de la porte d'entrée. Lorsqu'il me rejoint, j'ouvre la porte et pousse un cri aigu en découvrant la silhouette debout sur les marches de mon porche.

— Lâchez votre arme, Monsieur Cooper.

Je prête à peine attention à la voix alors que je me tourne vers Red, qui a une arme à la main.

C'est alors que je réalise que c'est l'inspectrice Amaro qui se tient devant nous, et non le tueur.

— Désolé, dit Red en se baissant pour déposer l'arme sur le paillasson. Je suis un peu nerveux en ce moment, vu les circonstances.

— « Les circonstances » ? répète-t-elle.

Merde !

Pour les flics, Mel s'est suicidé. Heureusement, Red se rattrape aussitôt :

— Jo a été cambriolée. On a changé son système de sécurité, mais elle est un peu nerveuse. Surtout après le suicide de Mel… Alors j'essaie de la protéger comme je peux.

— Je suis désolée pour le cambriolage, dit l'inspectrice en s'avançant vers nous. Vous avez porté plainte ?

Je secoue la tête.

— Non. Avec tout ce qui s'est passé, j'avais juste envie de tourner la page et passer à autre chose.

Après tout, c'est presque la vérité…

— Pourquoi êtes-vous ici ? lui demandé-je en fronçant les sourcils.

— Nous venons de recevoir des informations intéressantes. Il faudrait que vous m'accompagniez au commissariat.

— Pourquoi ? intervient Red avant que je puisse répondre.

— Madame Swift, j'apprécierais votre coopération…

Je jette un coup d'œil à Red qui semble encore sur ses gardes.

— Nous étions sur le point de partir, tenté-je de protester. C'est à quel sujet ?

— Votre situation financière.

— Ma situation financière ? répété-je, complètement déconcertée.

— Avec la mort de votre mari, vous êtes désormais actionnaire aux deux tiers de la distillerie, avec monsieur

Cooper, me répond-elle, avant de tourner son regard vers Red. C'est gentil de votre part de protéger madame Swift…

— Comme je vous l'ai déjà dit, Mel, Jo et moi sommes amis depuis la fac, inspecteur, lance-t-il sèchement. Et si vous arrêtiez de tourner autour du pot ?

— Que vouliez-vous me dire sur ma situation financière ? renchéris-je.

— En plus de vos parts dans la distillerie, il y a aussi l'assurance-vie.

— « L'assurance-vie » ? répété-je. Nous n'en avons pas. Nous avons juste souscrit une assurance temporaire décès pour chacun de nous lorsque nous nous sommes mariés, mais pas suffisamment pour rembourser l'hypothèque de la maison.

Je réalise que je n'ai même pas pensé à l'assurance. Il va falloir que je les appelle…

Je ravale mes larmes avant de continuer :

— J'ai les contrats. Est-ce que vous voulez les voir ?

— Ce ne sera pas nécessaire. Je parle de l'assurance-vie de deux millions de dollars qui a été souscrite il y a trois semaines et dont vous êtes la bénéficiaire.

— Quoi ?

Je recule d'un pas, percutée de plein fouet par cette nouvelle qui me paraît complètement hallucinante.

— Je ne sais pas de quoi vous parlez.

— Nous verrons tout cela au commissariat…

Je regarde Red, confuse et effrayée.

Une assurance-vie de deux millions de dollars ?

— Inspecteur, êtes-vous en train d'arrêter madame Swift ?

— Non. Nous souhaitons uniquement avoir une conversation avec madame Swift. Nous voudrions pouvoir vous poser quelques questions afin d'éclaircir certaines choses. C'est dans votre intérêt également.

— Je n'en suis pas si sûr, rétorque Red avec sarcasme. Donc, si ceci n'est pas une arrestation, je vais vous demander de convoquer officiellement madame Swift et son avocat.

Pendant une seconde, je m'attends à ce que l'inspectrice Amarro m'arrête en réaction à la provocation de Red. Mais elle ne le fait pas, évidemment. Je ne suis qu'assistante juridique et le cabinet dans lequel je travaille ne s'occupe pas de droit pénal, mais je connais suffisamment le droit pour savoir que sans élément concret, elle ne peut pas m'arrêter.

Or, je ne vois pas ce qu'elle pourrait avoir trouvé…

L'inspectrice nous fixe quelques secondes d'un air sévère, puis finit par nous dire qu'elle nous recontactera. Nous la regardons retourner à sa voiture et restons immobiles jusqu'à ce qu'elle disparaisse. Alors, je m'autorise à souffler et m'assois sur la première marche du perron.

— Je ne savais rien de cette assurance-vie, dis-je à Red.

— Je sais.

— Je suis sûre que ce sont eux. Ceux qui ont tué Mel. Ils essaient de nous foutre dans la merde…

— Je pense aussi.

— Mais ils sont qui, putain ?! Qu'est-ce qu'ils nous veulent ? Pourquoi est-ce qu'ils ont tué Mel ? Et comment veulent-ils que l'on retrouve ce qu'ils cherchent s'ils mettent les flics dans nos pattes ? Tout ça n'a aucun sens !

Les questions fusent dans mon esprit tandis que des larmes de tristesse, de peur et de nervosité coulent sur mes joues.

— Rien n'a de sens, murmure Red en me prenant la main.

Pourtant, malgré ma confusion, il y a une chose dont je suis certaine. En regardant nos doigts entrelacés, je réalise que, dans tout ce que nous sommes en train de vivre, il y a une chose qui a véritablement du sens : *nous.*

CHAPITRE VINGT-TROIS

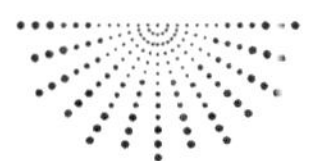

—J'ai l'impression que ça fait une éternité que je n'ai pas mis les pieds ici, déclara Red en ouvrant la porte de la salle de dégustation.

Il avait pris soin d'envoyer un SMS à Jessn et Charlie G. pour les prévenir de son arrivée et leur dire qu'il ne se sentait pas de parler pour le moment. Grâce au nouveau système de sécurité, ils avaient dû être avertis de sa présence lorsqu'il avait saisi le code d'ouverture de la porte, et il espérait qu'ils respecteraient ses souhaits et ne viendraient pas les rejoindre.

Il laissa passer Jo et la suivit à l'intérieur.

— La police a raison, tu sais. Avant, nous étions tous les trois égaux, mais maintenant, cet endroit est plus à toi qu'à moi.

Elle se glissa dans ses bras.

— Est-ce que ça te dérange ?

— Pas tant que tu es à moi aussi.

Elle le fixa avec un large sourire.

— Tu sais que c'est le cas…

Il jeta un coup d'œil autour de lui. Mel et lui avaient passé

221

tant d'heures à mettre sur pied cette distillerie. Il leur avait fallu des années avant que leur première cuvée soit prête à être commercialisée. Il repensa au temps qu'ils avaient mis à poncer et à polir le comptoir du bar pour qu'il soit exactement comme ils le voulaient. Et le sol… Ils en avaient parlé pendant des semaines avant d'arrêter leur choix. Tout – jusqu'au logo – avait été une aventure.

Soudain, son ami lui manqua terriblement.

— Je me demande si son esprit est encore là, murmura-t-il, plus à lui-même qu'à Jo.

— S'il l'est, c'est parce qu'il veut que nous le vengions. Pas parce qu'il est en colère contre nous. J'en suis certaine, répondit-elle.

— Je ne regrette pas le passé. Ni le fait que Mel et toi ayez été ensemble, dit-il alors qu'ils traversaient la salle de dégustation. Je donnerais même n'importe quoi pour qu'il revienne. Mais je suis d'accord avec toi. Je pense que, où qu'il soit, il est content pour nous.

— J'en suis sûre, affirma-t-elle à nouveau en s'arrêtant pour l'embrasser. Et il sera encore plus heureux lorsque nous l'aurons vengé…

Elle regarda autour d'elle, comme à la recherche de quelque chose.

— Tu entends ça, Mel ? finit-elle par lancer. Je ne sais pas dans quoi tu t'es embarqué, mais si tu veux nous aider à faire tomber ces connards, alors fais-nous un signe. N'importe lequel. Ces enfoirés t'ont tué et ils nous menacent. S'il y a quelque chose que tu peux nous dire, alors c'est le moment.

Elle se tut et ils tendirent tous les deux l'oreille, comme si leur ami était vraiment capable de les aider. Mais la salle resta silencieuse. Pas de bruit de bouteilles derrière le bar. Aucun message mystérieux apparaissant sur la vitre.

— Bon… Après tout, qui ne dit mot consent ! sourit Jo en lançant un regard amusé à Red. Allez, viens !

— Leur truc ne va pas marcher, dit Red alors qu'ils se dirigeaient vers le bureau de Mel. Tu en as conscience ? Ils ont fait ça pour te pousser à trouver ce qu'ils cherchent, mais une fois que nous l'aurons trouvé, l'assurance-vie va disparaître.

Ils n'en avaient pas parlé pendant le trajet parce qu'elle n'avait pas voulu. Mais il savait qu'elle était effrayée que quelqu'un soit allé jusqu'à essayer de la faire inculper.

— Je sais. Enfin… j'espère.

Ils s'arrêtèrent devant le bureau de Mel.

— Je m'en fiche de toute façon ! mentit-elle – mais il pouvait voir qu'elle se retenait de pleurer. Tout ce que je veux, c'est savoir ce qui est arrivé à Mel, que tout ça soit terminé, et que nous n'ayons plus rien à craindre. Après je m'inquiéterai de ce que les flics pensent avoir contre moi. Mais je sais que ça ne peut pas être du solide, puisque je n'ai rien fait. Je réussirai bien à leur prouver…

Red se sentit ému et il l'attira contre lui, puis embrassa ses cheveux parfumés à la fraise. Il avait travaillé avec beaucoup de femmes courageuses et fortes. Des femmes qui étaient formées et expérimentées. Mais en cet instant, il pensa qu'aucune n'arrivait à la cheville de Jo.

— Et si nous faisions fausse route ? demanda-t-elle en se séparant de lui. Peut-être que je me suis trompée et que le MacGuffin n'est pas dans le livre…

— Dans ce cas, nous chercherons ailleurs, la rassura-t-il. Nous finirons bien par trouver.

Elle le regarda un instant dans les yeux, semblant hésiter, puis hocha la tête.

— Oui. T'as raison…, soupira-t-elle finalement, avant de pousser la porte du bureau de Mel et d'allumer la lumière.

La pièce était telle qu'ils l'avaient laissée le lundi, mais Red n'y prêta pas attention. Immédiatement, il se dirigea vers la bibliothèque et le dictionnaire surdimensionné recouvert de toile qu'il avait remarqué une fois ou deux mais auquel il n'avait jamais accordé d'importance particulière.

Il le prit et, surpris par son poids, l'ouvrit. Tout comme le *Anna Karénine* de Jo, il y avait une plaque métallique à l'intérieur, avec un code à six chiffres.

— Vas-y, murmura Jo.

Il posa le livre coffre-fort sur le bureau, puis, sans grande conviction, tenta de composer le code de déverrouillage du téléphone de Mel. Il tourna la petite poignée et, comme par miracle, le couvercle intérieur s'ouvrit.

— Putain ! murmura-t-il, tandis que Jo regardait l'objet, ébahie.

— Ce sont…

— Des diamants ! confirma-t-il en sortant le sac transparent et en le soupesant dans sa main. Je dirais entre un kilo cinq et deux kilos, et au moins cinq cents carats, probablement six.

— Putain, Mel ! Mais qu'est-ce que t'as foutu ?

— S'il a doublé quelqu'un – et c'est évidemment ce qu'il a fait –, ça m'étonne moins qu'il ait été tué. Les trafiquants ne sont pas des tendres…

— Ça doit valoir une fortune ! murmura-t-elle d'un air effrayé.

— Environ cinq millions dans le cas d'une vente régulière, et probablement la moitié sur le marché noir.

— Est-ce qu'ils sont traçables ?

Il remit les diamants dans le livre.

— Aucune idée. Je n'ai jamais travaillé dans ce milieu et ne suis pas expert. Mais on va se renseigner…

Moins d'une heure plus tard, ils étaient à Santa Monica chez Stark Security. Ils avaient appelé Ryan depuis la voiture et étaient maintenant assis dans son bureau, entendant les agents et le personnel s'agiter dans les couloirs.

— Merci de prendre le temps de nous recevoir, déclara Red. Désolé de vous embêter pendant ta journée de congé.

— Pas de problème, leur assura Ryan. Je bricolais pour tuer le temps de toute façon, en attendant que Jamie rentre à la maison. Elle bosse depuis 4 heures du matin.

— J'ai entendu dire à l'enterrement de vie de jeune fille d'Abby qu'elle travaille sur un film de Carson Donnelly, c'est ça ? demanda Jo.

Le sourire de Ryan était si lumineux qu'il aurait pu alimenter tout Santa Monica.

— Elle a le second rôle féminin. Je suis tellement fier d'elle.

— C'est super, sourit Jo.

— Oui, vraiment, confirma Ryan. Bon, j'imagine que vous n'avez pas voulu me voir pour parler de Jamie ? Que se passe-t-il ?

— Deux choses, commença Red, avant d'expliquer l'histoire des flics et de l'assurance-vie. Ce n'est pas assez pour arrêter Jo, poursuivit-il, mais ils ont peut-être d'autres éléments…

Il se tourna vers Jo.

— Si des personnes essaient de te faire tomber, j'imagine qu'elles doivent distiller les informations au compte-gouttes.

— Super ! soupira Jo d'un air sarcastique.

— Vous voulez qu'on essaie de retrouver par qui a été souscrite l'assurance-vie ? demanda Ryan.

— Franchement, ce serait génial ! répondit Red.

— Pas de problème ! Mais vous n'auriez pas dû venir jusqu'ici pour ça. Un simple appel aurait suffi. À moins qu'il y ait autre chose ?

— Oui… Ça !

Red posa le faux livre sur le bureau de Ryan, puis l'ouvrit, révélant les diamants qui scintillèrent sous la lumière fluorescente.

— Ah ouais ! s'exclama Ryan en arquant les sourcils. Je comprends mieux pourquoi vous avez voulu me voir en personne… C'est ça qu'ils veulent, alors ? leur demanda-t-il.

— On suppose que oui.

— Est-ce que vous pouvez les garder ? demanda Jo. MacGuffin ou pas, je ne suis pas très à l'aise avec l'idée d'avoir sur moi des millions de dollars en diamants. J'imagine que vous avez un coffre-fort ultra-sécurisé ici, non ?

— En effet. Il n'y a aucun problème. Vous voulez que j'essaie de les tracer ?

— Tu peux le faire ? demanda Red.

Ryan recula dans sa chaise en soupirant.

— Les chances sont minces, mais je peux essayer… Attendez !

Il appuya sur un bouton de son bureau et, un instant plus tard, le nouvel agent, Simon, entra. À sa façon de se tenir, Red comprit aussitôt qu'il était non seulement fort, mais aussi bien entraîné.

— Il y a du nouveau ? lança-t-il en fermant la porte.

Dès qu'il se tourna, ses yeux se posèrent sur les diamants mais il ne posa aucune question et resta impassible. Red l'admira encore plus pour cela.

— Désolé de t'embêter, mais nous avons une petite question…

— Pas de souci. J'étais sur le point de rentrer de toute façon. Je commençais à m'endormir sur toutes ces pages de données inutiles. J'ai besoin de sommeil et d'un regard neuf demain.

— Ça ne sera pas long… Si ma mémoire est bonne, il me semble que Devlin a mentionné que tu avais participé à quelques opérations sur des diamants de conflits ?

— La mémoire légendaire de Hunter, sourit Simon en guise de confirmation.

— Les « diamants de conflits » ? Qu'est-ce que c'est ? demanda Jo.

— On les appelle aussi « diamants de sang », lui dit Simon. En gros, ce sont des diamants extraits dans des zones de guerre pour financer une insurrection. Beaucoup de gens meurent pour ces diamants. D'où leur nom...

— Ce serait vraiment formidable de savoir s'il s'agit en effet de diamants de conflits. Ou en tout cas obtenir des informations à leur sujet, intervint Red.

Simon se pencha pour les regarder de plus près, puis secoua doucement la tête.

— Une fois qu'ils sont taillés et polis, c'est impossible à dire. Mais les diamants extraits de source officielle ont un pedigree – des documents attestant de leur origine, et de l'endroit où ils ont été taillés et polis. Tout ça. Mais si je devais émettre une hypothèse, je dirais que ce sont soit des diamants de conflits, soit des diamants volés. Si ce sont des diamants de conflits, je pense qu'il sera presque impossible de les tracer. Mais j'ai quelques contacts dans le milieu des pierres précieuses ; je vais me renseigner et voir s'il y a eu des cambriolages notoires au cours de la dernière année.

— C'est très sympa, déclara Red. Si tu réussis à trouver quelque chose, ça nous aiderait beaucoup !

— Pas de problème, répondit l'agent.

Puis il les salua, indiqua à Ryan qu'il l'appellerait rapidement, puis quitta le bureau.

— Il a l'air d'être un bon gars, dit Red lorsque Simon eut quitté le bureau.

— Il l'est. Il est réservé, mais il connaît son job et est particulièrement fiable, répondit Ryan en se levant. Je doute que nous apprenions quoi que ce soit aujourd'hui, mais si c'est le cas, je vous contacterai. Ou je vous le dirai à la fête ce soir.

— Avec tout ça, je n'ai pas vu les jours passer, soupira Jo

alors qu'ils retournaient vers la voiture de Red. Je n'arrive pas à croire que le mariage est déjà ce soir. Je suis tellement heureuse pour Abby ! Et, honnêtement, j'ai hâte de savoir à quoi ressemble la maison de Damien Stark.

— Tu verras, elle est sublime, lui dit Red. Ils m'ont invité après ce qui s'est passé à New York. Je n'ai jamais vu une maison aussi immense, mais j'imagine que pour eux, vu leur fortune, elle est modeste. C'est ce que j'ai aimé, d'ailleurs. Ils en ont fait une vraie maison, accueillante, et pas une espèce de château clinquant.

— J'ai entendu dire qu'il y avait un parking souterrain et des courts de tennis ?

— Oui...

— J'aimerais bien le voir jouer un jour. Ma mère était fan à l'époque, et je me souviens d'avoir regardé quelques-uns de ses matchs à la télé avec elle. Je crois qu'elle craquait un peu pour lui, même s'il était jeune. Il avait quoi ? 17 ans ou quelque chose comme ça ? Moi, en tout cas, je le trouvais carrément canon !

— Je dois être jaloux ? demanda Red en riant.

— Tu parles ! rit-elle à son tour. Il n'y a aucun danger !

— En tout cas, dit-il une fois qu'ils se remirent à marcher, c'est magnifique mais ce n'est qu'une maison.

— Genre toi, tu n'es qu'un mec ?

— Exactement... Je ne suis qu'un mec.

Elle le tira pour le forcer à s'arrêter et l'embrassa de manière passionnée, au point que quelques passants les sifflèrent avec admiration.

— Tu es loin de n'être qu'un mec, murmura-t-elle en le regardant dans les yeux.

Puis elle se remit à marcher, mais il la retint par le bras.

— Je suis désolé.

— Pourquoi ?

Il hésita un instant, cherchant ses mots.

— D'être aussi tordu. De ne pas t'avoir dit, à l'époque, à quel point je t'aimais. Et de t'aimer, d'ailleurs. Tu étais la femme de Mel, et je l'aimais – il était mon pote. J'avais l'impression de le trahir…

— Ne sois pas désolé pour le passé, Red. Les choses ont changé, maintenant, et nous sommes tous les deux d'accord pour dire que Mel serait heureux pour nous.

— Je t'aime, Jo.

Son sourire doux le réchauffa comme un rayon de soleil.

— Tant mieux. Parce que je t'aime aussi.

Elle se mordit la lèvre inférieure, puis inclina la tête et le regarda avec des yeux gourmands.

— Tu sais de quoi tu devrais te sentir désolé, en revanche ?

— Quoi ?

Elle se glissa dans ses bras, puis prit sa queue dans sa main, complètement indifférente au fait qu'on puisse les voir.

— De m'avoir mise en retard pour la fête.

CHAPITRE VINGT-QUATRE

Alors que nous devrions être en train de nous préparer pour le mariage, je suis terriblement excitée et supplie Red de me donner un autre orgasme. Mais lui n'est clairement pas sur la même longueur d'onde… Ayant déjà joui trois fois de manière incroyable, je devrais certainement le comprendre, mais après cet après-midi de passion folle, je n'arrive pas à me résigner.

Tout mon corps le réclame. Je me languis de son membre. Et le moindre contact sur mon clitoris envoie des vagues de plaisir qui me submergent. Je suis sur le point de jouir – je le sais. Il ne faudrait pas grand-chose. Ça pourrait être rapide. Mais Red reste ferme.

— Je t'en supplie, murmuré-je.

— Nous devons nous préparer, soupire-t-il en souriant.

Je serre mes jambes l'une contre l'autre, mais en vain. Je suis à genoux. Mes seins caressent le matelas et mes poignets sont attachés à la tête de lit. Mon cul est en l'air et mes cuisses sont écartées. Je sens encore la dernière fessée que Red m'a donnée et, quand je ferme les yeux, j'ai l'impression de revivre le frisson de plaisir que j'ai ressenti.

Alors que j'étais sur le point de jouir, il m'a demandé de me mettre dans cette position puis m'a baisée par-derrière, une main jouant avec mon clitoris et l'autre autour de mon cou. Il m'a prise si fort que le lit cognait contre le mur et que l'un de mes cadres a failli tomber.

Chaque orgasme était plus puissant que le précédent. J'avais l'impression de m'envoler, littéralement. Plus rien n'existait que mon plaisir décuplé par les mots crus qu'il me chuchotait comme autant de promesses sur les manières dont il me prendrait après la fête. Les mains attachées derrière le dos, et sa main poussant ma tête pendant que je le sucerais. Puis dans un jacuzzi, après m'avoir lavée doucement, avant de me bander les yeux et de me regarder, assis à l'autre bout de la pièce.

Tout me tentait terriblement…

Mais, pour le moment, je ne voulais qu'une chose : qu'il me fasse jouir à nouveau. Juste une fois de plus. Pour apaiser cette tension presque douloureuse en moi. Et puisqu'il ne veut pas, je vais devoir m'en occuper moi-même. Je m'allonge à plat ventre sur le lit et ondule doucement mes hanches, essayant de me faire jouir en me frottant sur le matelas.

Red éclate de rire.

— Qu'est-ce que tu fais ?

— J'essaie de jouir !

La claque sur mon cul est incroyablement délicieuse, mais elle est clairement insuffisante.

— Tu ferais bien de te dépêcher, parce qu'on va finir par rater la cérémonie, me dit-il, sachant pertinemment que si quelque chose peut me convaincre de quitter le lit, c'est justement cela : il est hors de question que je rate les vœux d'Abby et Renly, et leur départ en lune de miel.

Il se dirige vers la tête de lit et détache mes poignets.

— Va te préparer, m'ordonne-t-il. Mais ne mets pas de sous-vêtements.

Je me glisse dans ses bras.

— Bien, *Monsieur,* murmuré-je avant de l'embrasser. Au fait, j'adore quand t'es autoritaire.

Il rit malgré lui et me frappe une dernière fois le cul pour me pousser en direction de la salle de bain.

Lorsque je reviens, il est déjà habillé, plus sexy que jamais, dans un costume gris et une cravate marron. Pour ma part, j'ai opté pour une robe longue jusqu'aux chevilles, dont le haut est moulant et le bas évasé et fluide. Elle n'est pas classique, mais très élégante, et je sais qu'elle me va bien.

Il me prend dans ses bras et m'embrasse.

— Tu es magnifique, me complimente-t-il.

— Toi aussi, souris-je.

Je caresse sa cravate comme pour la défroisser alors qu'elle est déjà parfaitement lisse, mais je ne résiste pas au plaisir de jouer à la petite femme parfaite dévouée à son homme.

Puis je recule et le regarde de haut en bas, pendant si longtemps qu'il finit par me regarder d'un air interrogateur en plissant les yeux.

— Quoi ?

— Je ne sais pas trop comment le dire…

— Ouh là… Je m'attends au pire !

— Non ! le rassuré-je en riant. Ne t'inquiète pas…

Je recule, puis attrape ses mains.

— Tu sais… Grâce à toi, je me sens épanouie. Je ne veux pas dire en général – depuis que je te connais, quand je suis près de toi, je me sens bien – mais je veux dire… euh… au lit, admis-je en baissant les yeux, peu habituée à parler de ça si ouvertement. Ce que tu me fais, ce que tu me fais faire, ce que nous ferons un jour… Tout. J'aime tout !

Son large sourire traduit la joie que mes mots semblent provoquer en lui.

— Alors nous sommes deux.

Je souris et prends mon temps avant de continuer :

— Mais ce que je veux dire, c'est que, à mon avis, ce que tu me montres de toi en ce moment est vraiment qui tu es.

Il commence à s'éloigner, mais je resserre ma prise sur ses mains.

— Je sais qu'ils t'ont fait du mal. Qu'elle t'a torturé. Mais je pense que l'une des choses qui a été les plus difficiles pour toi est qu'ils t'ont fait perdre le contrôle. Je te connais ; je sais que tu as toujours aimé contrôler. Or, après ce qui t'est arrivé, j'ai l'impression que ce besoin de contrôle a pris de l'ampleur…

— Jo…

— Je ne dis pas que c'est bien ou mal. Je dis juste que je ne pense pas que tu sois aussi brisé que tu le crois ou que tes psys ont pu te le dire. Tu crois peut-être que tes pratiques sont perverses, qu'elles sont le résultat de tes blessures… Mais ce n'est pas le cas ! Oui, tu as été torturé. C'est un fait, ajouté-je en pressant ma main contre son cœur. Mais ton besoin de contrôle… Je pense qu'il a toujours fait partie de toi. Si tu le vis mal aujourd'hui c'est que, après *avoir été* contrôlé par des salauds, tu te dis que contrôler est mal. Mais tu te trompes. Ce n'est pas le cas – je t'assure.

Il me fixe un long moment et je mords ma lèvre, craignant d'en avoir peut-être trop dit. Mais, finalement, je vois dans son regard que mes paroles font écho en lui, et qu'il n'est pas loin de penser que j'ai raison. Alors je continue :

— Je crois que, si tu as survécu, c'est justement parce que tu avais cette capacité de contrôle. C'est ça qui t'a permis de tenir et d'attendre le bon moment pour t'en sortir. Tu dis que c'est à cause d'elle que tu es comme ça ; mais comment oses-tu lui attribuer le mérite d'une de tes plus grandes qualités ? Tu comprends, Red ? Ce n'est pas elle qui a fait de toi ce que tu es ; c'est grâce à ce que tu es que tu as pu vaincre cette garce.

Il ne dit rien, mais je vois sa mâchoire se serrer, comme s'il retenait une profonde émotion. Cette fois, je suis peut-être allée trop loin…

— Red, commencé-je en passant ma langue sur mes lèvres. Je suis désolée si…

Je n'ai pas le temps de terminer ma phrase. Il m'attire vers lui et m'embrasse longuement, profondément. J'ai presque la tête qui tourne lorsqu'il se détache de moi.

— Est-ce que ça veut dire que tu penses que j'ai raison ? demandé-je.

— Je ne sais pas, dit-il. Et, honnêtement, je ne suis même plus sûr que ça ait de l'importance. Tout ce que je sais, c'est que je t'aime.

Je t'aime.

Une heure plus tard, alors que nous conduisons en direction de Malibu, les mots de Red me font encore palpiter le cœur. Il me l'avait déjà dit, bien sûr, mais cette fois, c'était différent. Car il me l'a dit après mon analyse de ce qui est en lui – c'était comme une manière de se libérer, de baisser la garde et de s'ouvrir à moi.

Je réalise maintenant que nous nous sommes entièrement ouverts l'un à l'autre. Il a été mon meilleur ami pendant près de la moitié de ma vie. Maintenant, il est tellement plus…

— Quoi ? me demande-t-il avec un sourire en me jetant un regard rapide.

— Rien… Je suis juste en train de penser à quel point je suis heureuse. On est à la recherche d'un tueur qui nous utilise pour trouver des diamants, nos vies sont en danger, et les flics pensent que j'ai tué mon mari qui était l'un de mes meilleurs amis. Et malgré tout cela, je n'ai jamais été aussi heureuse.

Il me prend la main.

— Ma chérie… Moi aussi je suis heureux, tu sais. Et quand ce sera fini…

Il s'interrompt.

— Quoi ?

— Je ne sais pas… Mais nous pourrions partir quelque part, juste toi et moi. Un endroit que je pourrais te faire visiter la nuit, avec des clubs qui exigent un mot de passe pour rentrer, avec des hôtels chics où je pourrais t'avoir pour moi tout seul. On va rattraper le temps perdu, Jo.

Il lève les sourcils et m'adresse un sourire avant de se tourner à nouveau vers la route.

— J'espère que tu as de l'endurance.

— Tu n'as qu'à m'essayer ; tu verras bien ! ris-je.

— C'est bien ce que j'ai l'intention de faire !

Je suis sur le point de dire qu'il peut s'arrêter et commencer à me tester juste à côté de cette route secondaire vide de Malibu quand son téléphone sonne. Le numéro de Mario s'affiche sur l'écran.

— Du nouveau ? demande Red en décrochant, sans même dire bonjour.

— Oui : je suis un génie ! répond Mario. Je n'ai pas réussi à améliorer la qualité de l'image et les caméras intérieures n'ont rien donné d'autre. La fille apparaît plusieurs fois, mais toujours la tête baissée – on peut dire qu'elle a été prudente ! Mais je me suis dit qu'ils avaient forcément dû être vus ensemble à l'extérieur de l'hôtel, même s'ils faisaient attention. J'ai donc demandé à une équipe de parcourir les images de vidéosurveillance d'un guichet automatique de l'autre côté de la rue. Et, bingo ! On a tiré le gros lot !

— C'est-à-dire ? demandé-je.

— Elle baissait la tête, mais à un moment, il y a eu une collision entre deux voitures et, par réflexe, elle l'a levée pour regarder ce qui se passait. Elle l'a tout de suite rebaissée, mais nous avons pu faire un arrêt sur image. On a donc son visage. La photo est même assez nette et nous avons commencé à la passer dans le système.

— Envoyez-la-nous, dit Red, avec une dureté inhabituelle dans la voix, en arrêtant la voiture sur le bas-côté. J'ai besoin de voir son visage.

— Red, tu sais que ce n'est pas possible…, commencé-je.

Mais il me lance un regard si dur et amer que je me tais. De toute façon, il finira bien par se rendre compte que j'ai raison. Comment aurait-elle pu survivre à l'explosion qu'il m'a décrite ?

— Je suis en train de vous l'envoyer, confirma Mario.

Cette fois, je n'ai pas pris ma tablette car elle ne tenait pas dans la pochette que j'ai prise pour le mariage, et c'est Red qui reçoit le fichier sur son téléphone. Lorsqu'il découvre la photo, je le vois devenir blême et mon cœur se met à battre à cent à l'heure.

C'est elle. La femme. Son bourreau. La garce qui a voulu le réduire en miettes, à le détruire de l'intérieur.

En voyant l'horreur se répandre sur son visage, je me demande si, cette fois, elle n'y est pas arrivée…

CHAPITRE VINGT-CINQ

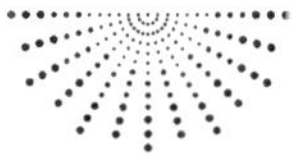

— **E**lle est vivante… Comment c'est possible, putain ?

En posant cette question, il reconnut à peine sa propre voix. Il avait même du mal à savoir s'il s'agissait de sa propre de vie. Comment tout cela pouvait-il être réel ?

— *Elle ?*

La voix de Mario le sortit de ses pensées.

— Vous connaissez cette femme ?

— Oui, commença Jo. C'est…

Mais Red ne la laissa pas terminer, mettant fin à l'appel.

— Ce n'est pas possible…, murmura-t-il.

— Si, dit Jo. Mais, Red, regarde-moi. Tu vas faire face. Tu es assez fort pour ça.

— J'ai besoin de réfléchir. Nous sommes presque chez Stark. Je vais te déposer là-bas ; j'imagine que tu as envie de voir Abby.

Sa voix était plate, comme s'il était mort de l'intérieur. Mais cela n'avait pas d'importance. Tout ce à quoi il pensait était qu'il devait tenir cette seconde, puis cette minute, puis cette heure. S'il réussissait à faire cela, peut-être qu'il finirait par y voir plus clair, qu'il pourrait élaborer un plan et comprendre ce qui clochait – comment elle avait survécu.

Et surtout, ce qu'elle voulait de lui.

Soudain, il réalisa et il eut l'impression de recevoir un coup de massue.

— C'est de ma faute, souffla-t-il en se laissant tomber dans le siège. Tout. La mort de Mel. Ton agression. Cette putain de chasse au trésor à laquelle nous sommes contraints… Même sa liaison. Tout est à cause de moi.

Il se tourna sur le siège pour regarder Jo qui, pensa-t-il, devait le haïr pour tout ça.

— Elle est venue me chercher. Elle joue au chat et à la souris, et s'en prend à tous ceux que j'aime.

Son cœur battait à tout rompre et il sentait la bile dans le fond de sa gorge. Il était sur le point de défaillir.

— Red, *non*. Ce n'est pas ta faute. Rien de tout ça n'est ta faute.

— Mais bien sûr que si, putain ! s'emporta-t-il. Si tu ne comprends pas que c'est moi qu'elle veut atteindre, alors tu es…

— Mais je comprends, l'interrompit-elle sèchement, avec une voix si dure qu'elle lui fit l'effet d'une gifle. Tu as raison. Je n'ai absolument aucun doute sur le fait que tu as raison. Et c'est terrifiant. Elle a survécu, j'ai compris. Je ne sais pas comment, mais cette pute a survécu… Et elle t'a retrouvé et joue maintenant avec toi. Elle a séduit Mel. Elle a probablement volé les diamants pour le foutre dans la merde et le faire tuer. Clairement, elle veut te faire du mal. Et il y a de fortes chances qu'elle veuille m'en faire aussi.

Elle expira, et seul le léger tremblement dans sa gorge trahissait sa peur.

— Mais rien de tout cela n'est ta faute, Red. Absolument rien !

— Mais bien sûr que si ! À l'époque, j'aurais dû…

— Quoi ? Tu n'es pas un superhéros Marvel, tu sais ? Ils t'ont drogué, ils t'ont torturé, et d'après ce que tu m'as dit, ils t'ont sacrément bien attaché. Comment est-ce que tu peux te sentir responsable de quoi que ce soit ?

Elle le fixait avec des yeux brillants de colère et de frustration, et il la comprenait. Il savait qu'elle avait raison. Pourtant, il ne cessait de se répéter qu'il était responsable de tout.

Si j'avais eu un couteau à l'époque, ne serait-ce qu'un petit…

Ces mots tournaient dans son esprit comme un mantra.

Mais les choses étaient différentes maintenant.

Il se ressaisit, posa les mains sur le volant – les serrant si fort que ses jointures étaient blanches et que ses tendons ressortaient de manière visible. Il refusait d'être à nouveau une victime ; ses cicatrices sur ses avant-bras musclés par des années d'entraînement étaient un rappel constant de ce qu'il avait enduré – et de ce qu'il ne voulait plus endurer.

Cette fois, il pouvait – et il allait – gagner.

Il s'était préparé pour cela. Et il était déterminé à ne rien lâcher.

— Red, parle-moi. N'imagine même pas t'éloigner de moi parce que cette salope est de retour dans ta vie…

Il se tourna vers elle, revenant enfin à la réalité.

— Je suis désolé, Jo… Bien sûr que… non. Jamais. Tu ne vois pas à quel point j'ai besoin de toi ?

Le soulagement dans ses yeux remplit son cœur et alimenta sa détermination. Oui, il avait besoin d'elle. De la sentir, de la goûter, de la toucher. C'était pour elle qu'il vivait désormais. Et qu'il allait se battre.

Or, le combat approchait – il en était certain.

Sans réfléchir, il l'attira vers lui et elle le chevaucha, malgré la robe et la voiture qui rendaient la position inconfortable.

— J'ai besoin de toi, murmura-t-il, enfonçant ses doigts en elle tandis qu'elle essayait de défaire sa braguette.

Mais, rapidement, elle abandonna, immobilisée par le plaisir. Elle se cambra en arrière et ondula sur sa main.

— Oui, oui, gémit-elle. Red, je…

— Chut…, l'interrompit-il. Ne dis rien. Contente-toi de jouir pour moi, ma belle. J'ai envie de te voir jouir.

Boum !

Tout à coup, la vitre explosa en mille morceaux. Immédiatement, Red poussa Jo sur le siège passager et la couvrit avec son corps.

— Sortez de la voiture, dit une voix masculine derrière eux.

— Maintenant ! hurla une deuxième voix. Sinon, cette chienne va mourir sous tes yeux !

— Ils vont nous emmener tous les deux, lui chuchota Red.

— Je sais.

Il entendit la peur et le courage dans sa réponse.

Il commença à se lever, mettant les mains en l'air. Il savait très bien que, du moins pour le moment, il n'y avait rien d'autre à faire. Surtout lorsqu'il découvrit deux lasers pointés sur la poitrine de Jo.

— Je vais nous sortir de là, lui promit-il. Je te le jure !

— Je te crois, répondit-elle.

Puis quelque chose de dur et de lourd frappa l'arrière de sa tête. Vaguement, il entendit le cri aigu de Jo.

Puis le monde devint noir.

CHAPITRE VINGT-SIX

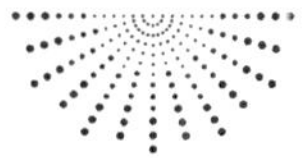

Lorsque je me réveille, il fait si noir que j'ai peur qu'ils m'aient rendue aveugle. Je suis nue, recroquevillée dans un coin. Je sens la pierre sous mes cuisses et contre mon dos.

Je tremble, mais pas de froid. La pièce est étouffante, chaude et humide, remplie d'un air âpre et épais. Pourtant, je tremble comme si j'étais nue sur la banquise.

— Red ?

Ma voix est rauque. J'essaie d'avaler, mais j'ai la bouche complètement sèche.

— Red, tu es là ?

Silence.

Je tends la main, rampant vers ma gauche, laissant le mur de pierre à ma droite. Mais, tout de suite, je heurte un autre mur. Puis un autre. Je réalise alors que je suis dans une boîte. Une petite boîte en pierre. Une prison miniature, comme une maison de poupée pour damnés.

Et je suis seule.

— Red, murmuré-je. Fais attention, je t'en supplie. J'ai besoin de toi…

Mes yeux sont trop secs pour pleurer. Je relève mes genoux et les serre contre ma poitrine, essayant de penser de manière logique. Je dois comprendre ce qui s'est passé. Je dois essayer de trouver quelque chose pour tenter de sortir de là. Même si cela me semble complètement impossible.

Réfléchis, Jo ! Qu'est-ce que tu sais ? Qu'est-ce que tu peux faire ?

J'ai beau faire des efforts, la situation me paraît assez désespérée. Je n'ai pas d'arme, pas de vêtements et aucune idée d'où je suis, d'où est Red, ni comment sortir de cette pièce.

Piégée. Je suis piégée, putain !

Je serre fort mes mains et ferme les yeux, essayant de me calmer. Il ne sert à rien de fermer les yeux mais, au moins, je sais pourquoi je ne vois rien…

Ça ne doit pas faire longtemps que je suis là. Et s'ils avaient voulu me tuer, ils l'auraient fait dans la voiture.

La voiture ! réalisé-je soudain. Jusqu'à maintenant, je ne me souvenais de rien. Je ne savais pas comment je m'étais retrouvée ici, sans Red. Mais maintenant, je me souviens de tout. Sa main en moi, dans la voiture. La terreur sur son visage lorsqu'il a découvert que la femme qui l'avait torturé était toujours en vie et qu'elle jouait au chat et à la souris avec nous.

Les hommes qui sont venus nous chercher. Le bruit de la vitre qui explose. Les lasers sur ma poitrine. Les mains rugueuses sur mes bras qui me tirent hors de la voiture de Red. La douleur dans ma gorge alors que je crie son nom, et la bile qui monte lorsque je le vois s'effondrer au sol, tandis qu'un homme en noir avec des lunettes d'aviateur ricane devant son corps inerte.

J'ai hurlé, me suis débattue. Mais cela n'a servi à rien. Je sens à nouveau le coup de poing dans ma mâchoire pour me faire taire. Le goût de mon sang. Et la douleur lorsque ma tête a heurté le bitume.

Puis plus rien. Jusqu'à maintenant.

Mais ça ne fait pas longtemps que je suis ici.

Je réfléchis à cela, me demandant comment je le sais. Je n'ai pas faim, mais c'est peut-être à cause de la peur. Pourtant, j'en suis persuadée : cela ne fait que quelques heures que je suis dans cette cage. Si j'ai raison, alors peut-être que Red est toujours en vie ?

Je le reverrai. Il le faut.

Je frissonne, la possibilité que ce ne soit pas le cas est trop horrible à supporter.

Je serre mes bras, essayant de mettre de l'ordre dans mes pensées. Même si… Dans quel but ? Je n'ai ni compétence ni possibilité de m'enfuir. Je suis dans une boîte. Un cercueil.

Je me mets à trembler, terrorisée.

— Arrête, Jo ! Ça va aller. Red est certainement en vie, murmuré-je pour moi-même.

— À ta place, je n'en serais pas si sûre…

La voix de la femme est basse et mélodique, avec un accent que je ne parviens pas à identifier. On dirait qu'elle est autour de moi ; je suis incapable de dire si elle provient de devant, derrière, ou au-dessus de moi.

Au-dessus ? Je suis dans une fosse ?

Je lève les yeux et il me semble – mais peut-être que je rêve – voir une lueur. Au fur et à mesure que je cligne des yeux et que je recouvre la vue, je sais que j'ai raison : je suis dans une fosse surplombée par une trappe qui laisse passer un filet de lumière.

Puis, tout à coup, alors que je regarde vers le haut, je suis aveuglée par une lumière blanche. Aussitôt, je baisse la tête et me protège les yeux avec mon bras. Puis je tombe en arrière tandis que quelqu'un me frappe à la poitrine avec une sorte de lance.

Je hurle, essaie de reculer le plus possible, mais je ne peux pas. Le mur m'en empêche. Puis une porte s'ouvre et je vois une femme entrer, escortée par deux hommes entièrement vêtus de noir derrière elle. La femme, elle, porte une jupe de tailleur noire, un débardeur en soie et des talons aiguilles à peine plus épais que la pointe d'un clou.

— Où est Red ? Qu'avez-vous fait de lui ?

— Tu le sauras bien assez tôt, Joséphine, dit-elle avec le même accent. Mais laisse-moi d'abord me présenter… Je suis la garce qui va torturer l'homme avec lequel tu baises, sale petite pute. Et tu sais comment je vais m'y prendre ?

Je n'arrive pas à répondre. Ma gorge est trop serrée et j'ai l'impression de m'étrangler avec les larmes qui y sont bloquées et qui n'arrivent pas à couler.

— Non ? Eh bien, je vais te le dire. Tu vas voir comme c'est astucieux… Il t'aime, n'est-ce pas ? Alors je me dis que le meilleur moyen de le détruire c'est qu'il te regarde mourir, sans pouvoir rien faire.

CHAPITRE VINGT-SEPT

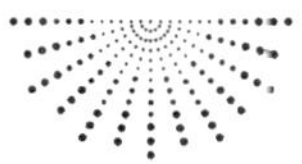

R ed reprit conscience en toussant et en crachant, aspergé par un seau d'eau en pleine figure. Le visage et la chemise trempé, il essaya de bouger, de se souvenir.

Puis il la vit, et tout se remit en place. Il voulut la rejoindre mais il était cloué sur sa chaise. Une corde épaisse lui barrait la poitrine, et ses poignets étaient noués dans son dos. Ses jambes n'étaient pas attachées, mais cela ne suffisait pas pour qu'il puisse bouger. – et, de toute façon, elle le tuerait s'il tentait de faire quoi que ce soit.

Comme la dernière fois, putain. Exactement pareil !

En réalité, ce n'était pas tout à fait la même chose : cette fois, il avait ses jambes. Il devait certainement pouvoir en tirer parti…

Mais ils avaient Jo. À moins que – *Mon Dieu, faites que ce ne soit pas le cas* – ils ne l'aient déjà tuée. Or, cela changeait tout : s'il était prêt à mettre sa vie en jeu, il était hors de question qu'il prenne le moindre risque avec la sienne…

— Où est-elle ?

— Qui ? Votre chère Lisa ? Avec sa bande de salopes ? Elles sont mortes, vous le savez…

Il grogna, comme un animal sur le point d'attaquer, et se
précipita en avant – en vain : il faillit tomber, attaché à sa
chaise, et parvint de justesse à se rattraper.

*Pourtant, ce mouvement – ce léger mouvement – déclencha
quelque chose en lui.*

*Il allait se libérer. Il le devait. Jo avait besoin de lui, et il était
hors de question qu'il la laisse tomber.*

— Oh, pardon… Vous vouliez parler de la belle Joséphine ? Ne vous inquiétez pas. Elle va bien. Elle vous
attend… Nue.

Elle sourit, puis s'installa sur la chaise vide derrière
laquelle elle se tenait.

— J'ai tellement hâte de regarder.

Tout son être lui hurlait d'attaquer, mais il se força à se
concentrer. Avant de faire quoi que ce soit, il devait étudier
son environnement. Penser. Analyser. Planifier.

Murs en parpaings. Trois ampoules suspendues en guise
d'éclairage. Une petite pièce, environ deux mètres carrés,
avec une porte métallique de l'autre côté. Deux hommes le
surveillaient. *A priori*, aucune fenêtre – ils devaient être dans
un sous-sol.

— Je t'ai déjà tuée une fois, gronda-t-il. Cette fois, je ne te
raterai pas.

Elle éclata de rire. Dans un autre contexte, son rire aurait
pu lui sembler presque agréable : un son doux qui contrastait
complètement avec la garce sadique et cruelle qu'il savait
qu'elle était.

— Vous ne m'avez pas tuée ! le corrigea-t-elle en se levant.

Puis elle s'avança et se pencha sur lui, posant ses mains
sur les accoudoirs de la chaise.

— En revanche, moi je vais vous tuer.

Malgré lui, il sentit la peur et la panique le gagner. Tout le
passé qu'il avait enfoui menaçait de remonter à la surface. S'il

laissait cela se produire, il ne pourrait plus rien faire. Ni se sauver lui, ni sauver Jo – et cette idée lui était insupportable.

Putain, reprends-toi, Red !

Il avait déjà survécu à cette garce ; il n'y avait aucune raison qu'il ne puisse pas y arriver de nouveau ! Il le devait.

— Ce ne sera pas une mort facile, Monsieur Cooper, murmura-t-elle, tournant le regard vers un tuyau au sol.

Il remarqua qu'il n'y avait pas de baril dans lequel le plonger, ce qui était en soi une bonne nouvelle. En revanche, le tuyau était le même qu'utilisaient les pompiers et avait une forte pression. C'est avec ça qu'elle l'avait réveillé – mais elle ne l'avait pas mis sur la position la plus forte, il en était sûr.

Or, en l'utilisant à sa pleine puissance, elle pouvait facilement le noyer.

Un sourire passa sur ses lèvres de garce machiavélique.

— Oh, non. Non, mon cher Monsieur Cooper. Vous n'allez pas mourir aussi facilement. Pas tout de suite, en tout cas. Vous allez d'abord regarder mourir une autre femme qui vous est chère. Comme j'ai dû regarder mon mari mourir après que vous nous avez enterrés dans les décombres.

— Il le méritait autant que toi ! aboya-t-il, furieux qu'elle puisse faire du mal à Jo.

— Je vous en prie… Essayez d'être plus gentil, Monsieur Cooper. Cela ne sauvera pas votre petite copine, mais je pourrai au moins vous accorder une mort rapide. Si vous continuez sur ce ton, je me ferai un malin plaisir de vous tuer lentement. Péniblement. Mais si vous faites preuve d'un peu de savoir-vivre et que vous exprimez des regrets d'avoir tué Lars, alors peut-être que je me montrerai un petit peu plus clémente envers vous…

Il serra les lèvres mais réussit à rester silencieux. Cette garce était folle, et il avait tout intérêt à ne pas l'énerver. Non pas parce qu'il se souciait de ce qu'elle pourrait lui faire, mais s'il la provoquait trop, elle s'en prendrait sans aucun doute à Jo.

Réfléchis, putain ! Trouve un plan. Une stratégie.

Quand le moment viendrait – et il était certain qu'il viendrait –, il devait être prêt. Il allait devoir réagir vite pour tuer cette garce et ses deux molosses.

Alors il pourrait retrouver Jo.

Il inspira profondément, essayant de se détendre et de se préparer à la moindre opportunité. Derrière son dos, il tira discrètement sur ses poignets, essayant de desserrer les cordes. Lorsqu'il vit que cela ne servait à rien, il changea de tactique et serra chaque main sur l'avant-bras opposé. Sentir ses cicatrices le calma, lui rappelant qu'il était capable de se sortir de cet enfer. Il en avait les compétences, la force. Il lui suffisait d'attendre le bon moment.

Elle inclina la tête, donnant clairement un ordre silencieux à l'un des hommes, qui poussa la porte métallique et disparut.

— Vous devriez vous réjouir, Monsieur Cooper. Bientôt, vous allez retrouver votre chère et tendre… Profitez du moment, car ça ne sera pas long. Mais ne vous inquiétez pas, vous pourrez quand même en profiter. Je vous promets que sa mort sera lente.

— Putain, mais comment t'as fait pour survivre ? rugit-il, fou de rage.

Son beau visage se tordit.

— Le destin, Monsieur Cooper. Et à chaque instant que j'ai passé sous ces décombres devant l'homme que j'aimais, mort, j'ai pensé à vous. J'ai planifié ma vengeance. Et j'ai attendu l'occasion.

— Tu avais tout prévu, n'est-ce pas ? La mort de Mel. Les diamants.

Il espérait que lui parler la distrairait. À ce stade, il se fichait complètement de savoir comment elle avait fait pour s'en sortir. Tout ce qu'il voulait, c'était gagner du temps et trancher la gorge de cette salope.

Derrière son dos, il passa la phalange de chaque pouce contre les cicatrices sur ses avant-bras, espérant contre tout espoir qu'il réussirait à trouver le point de pression. Que son plan complètement fou marcherait. Car, jusque-là, il n'avait jamais eu l'occasion de le tester.

— Bien sûr que j'avais tout prévu… Mel Cooper était une cible facile. Il s'ennuyait tellement dans son mariage. Il avait envie d'un peu de glamour et de passion.

— Je ne te crois pas ! Mel n'aurait jamais participé à de la contrebande ni à la vente de diamants volés. La seule chose qui me surprend, c'est qu'il ait pu poser les yeux sur toi… Tu as dû faire de sacrés efforts !

Il se força à parler d'un ton impassible, espérant qu'elle supposerait que l'oppression et les respirations profondes qu'il ne pouvait pas éviter étaient le résultat de la peur et de la colère, et non de ce qu'il faisait derrière son dos.

Car, maintenant, il avait le couteau.

L'un des deux qu'il s'était fait implanter dans les avant-bras par le chirurgien en chef du SOC, après avoir reçu l'autorisation de Seagrave. Quelque chose qu'il avait imaginé lui-même, puis affiné au cours de réunions avec le Dr Hargrove. Elle s'était montrée hésitante, au début, mais avait fini par convenir que le concept pouvait être utile. Et, puisque Red voulait en être le cobaye, elle ne s'y était pas opposée.

Il se félicita d'avoir insisté. Son système fonctionnait ! La pression juste au-dessus de son poignet avait fait sortir la lame de titane vers l'avant, par la cicatrice. Malgré le sang sur ses doigts, il avait été capable de saisir le couteau par le manche texturé conçu pour faciliter la prise et minimiser le risque de faire tomber le couteau dans une situation comme celle-ci.

Il espérait qu'il n'y avait pas beaucoup de sang qui coulait sur le sol derrière lui alors qu'il était en train de tailler les cordes et que, de son autre main, il essayait de faire sortir le deuxième couteau, celui de son bras gauche.

Chaque couteau mesurait environ dix centimètres, manche compris. Ce n'était pas très grand, mais suffisant pour lui permettre de se défendre. La semaine suivant leur implantation dans ses avant-bras, il avait commencé à s'entraîner à manier des couteaux identiques, s'était mis aux arts martiaux, et avait renforcé son programme de musculation. Depuis, il n'avait jamais arrêté l'entraînement. Il était amplement préparé pour une situation comme celle-ci.

— Et voici votre bien-aimée, dit la femme.

Red sut à sa voix qu'elle ne savait pas que son bras droit était maintenant presque libre.

Lorsqu'il leva les yeux sur Jo, sa joie d'être presque libre disparut. Elle était nue, les mains liées derrière elle, et trébuchait en marchant tandis que l'homme la poussait vers une chaise.

— Je t'aime, murmura-t-elle, lui transperçant le cœur.

— Jo… Putain, Jo… Je vais te sortir d'ici, dit-il alors que le dernier brin de corde qui lui liait les poignets se brisait. Je te le jure.

La femme éclata de rire, mais Jo le regarda avec un sourire.

— Je sais, chuchota-t-elle.

Elle voulut ajouter quelque-chose, mais l'homme lui asséna un violent coup de poing à la mâchoire pour la faire taire.

Lorsqu'elle releva la tête, Red vit le sang couler de sa lèvre.

— Laisse-la tranquille, putain !

— Non, dit la femme d'un ton neutre. Je veux qu'elle meure. Lentement… Boris, montrez à notre invité ce qu'est une mort lente, je vous prie.

Le deuxième homme à la porte – Boris, visiblement – se dirigea vers Jo et lui détacha les mains, lesquelles tombèrent de chaque côté de la chaise, ensanglantées. Mais Jo, pâle et terrifiée, semblait ne même plus ressentir la douleur.

— Espèce de salope, gronda Red. Je te jure que je vais te tuer, putain !

— Mais non, dit la femme en se rapprochant de lui, avec un sourire narquois. Ne dites pas te bêtises. Comment le pourriez-vous ? Profitez plutôt du spectacle… Ensuite, mon cher Monsieur Cooper, je vous couperai les couilles et vous laisserai vous vider de votre sang. Vous voyez, je suis plutôt gentille, en fait : je vais vous réunir en enfer !

La montre qu'elle portait émit un bip, et elle la consulta en fronçant les sourcils.

— Tomas, va vérifier que tout est en ordre !

Le premier homme hocha la tête, puis partit, laissant derrière lui la chance que Red attendait.

Il n'avait pas encore réussi à libérer le couteau de gauche, mais il savait aussi qu'il risquait de ne pas avoir une meilleure opportunité que celle-ci. Alors, malgré son dos toujours attaché à la chaise, il bondit et donna un coup de chaise à la chienne devant lui, tout en braquant le couteau sur le fameux Boris, priant pour que ses heures d'entraînement payent finalement.

D'un coup sec, il lança le couteau qui alla se loger dans la gorge de Boris. Au même moment, Jo se laissa tomber sur le côté, toujours attachée à la chaise, et se tint les poignets pour empêcher son sang de couler du mieux qu'elle pouvait.

Red voulut aller vers elle, mais la garce était en train de se relever. Il s'écarta d'elle autant qu'il le put et tenta de faire sortir son deuxième couteau. Ce n'est que lorsqu'elle se précipita vers lui, hurlant des obscénités, qu'il réussit enfin à le faire sortir. La douleur était intense, mais il la savoura et y puisa son énergie.

Dès que la femme fut assez proche de lui, il se tourna pour pointer la chaise dans sa direction et se jeta sur elle afin de la plaquer contre le mur. Alors, en moins d'une seconde, il pivota et lui trancha la gorge, avant de lui planter un pied de chaise dans la poitrine pour être certain de ne pas la rater.

Cette fois-ci, la chienne était morte.

Avec son couteau, il se libéra de la corde qui lui barrait la poitrine, et la chaise tomba au sol. Il était enfin libre, malgré le sang qui coulait de ses bras.

Mais à quelques centimètres de Jo, Boris, qui avait délogé le couteau de sa gorge, rampait, haletant, vers elle, tandis qu'elle essayait de reculer autant qu'elle le pouvait.

— Jo ! Non ! Ne bouge pas ! N'augmente pas ta fréquence cardiaque !

Boris leva la tête et ricana, mais Red lui prit le couteau des mains et lui tordit le cou. Puis il attrapa son pistolet et le glissa dans la ceinture de son pantalon.

Le danger immédiat étant enfin écarté, il arracha des pans de sa chemise et les noua autour des poignets de Jo afin de juguler l'hémorragie. Puis, avec son couteau, il la libéra, l'aida à se relever et, tendrement, la couvrit avec sa chemise déchirée.

— J'étais sûre que tu y arriverais, murmura-t-elle.

Il la regarda un instant, réalisant à quel point il l'aimait.

— Il faut qu'on y aille ! L'autre est toujours dans les parages, et il est peut-être allé chercher du renfort.

Elle acquiesça.

— Je peux marcher. Je suis faible, mais ça va aller.

— Je te tiens, dit-il en la tenant par le bras. Et je ne te lâcherai jamais.

— Je sais, sourit-elle. Sortons d'ici. S'il te plaît.

Ils marchaient aussi vite qu'ils le pouvaient, vérifiant les coins alors qu'ils essayaient de trouver comment sortir de ce labyrinthe souterrain. Puis, alors qu'ils tournaient dans un couloir, ils tombèrent nez à nez avec Tomas.

Aussitôt, Red poussa Jo derrière lui et braqua ses deux couteaux. Il sentit Jo tirer le pistolet de sa ceinture, et entendit le déclic lorsqu'elle tira. Mais rien ne se passa. L'arme était complètement vide.

— Malheureusement pour vous, mon arme est chargée, déclara Tomas. Je vais vous…

Il n'eut pas le temps de terminer sa phrase. Alors qu'il parlait, Red envoya l'un de ses couteaux dans son œil. En une fraction de seconde, la tête de leur ennemi explosa, et Red bascula en arrière, surpris, avant de couvrir Jo au sol avec son propre corps.

Lorsqu'il tourna à nouveau la tête, après de longues secondes, il aperçut Simon derrière le corps de Tomas, une arme à la main, accompagné de Quincy.

Il soupira de soulagement en fermant les yeux et lorsqu'il les rouvrit, Renly et Emma étaient en train d'arriver en courant.

— Putain ! Merci, mon Dieu ! souffla Renly. Que s'est-il passé ?

— Je suis tombé sur une vieille amie, déclara Red. Mais tout va bien maintenant.

Il aida Jo à se relever et la serra contre lui.

— Si j'osais, je dirais même que tout est parfait, ajouta-t-il en la regardant.

* * *

— Encore une heure, et vous pourrez rentrer chez vous, déclara le médecin qui était en train d'ajuster l'intraveineuse de Jo.

Ils étaient à l'infirmerie de Stark Security, et elle était soignée par le médecin de garde.

— Je ne vous cache pas que je serais soulagée de ne plus être accrochée à ce truc, sourit-elle.

— Mais elle va bien ? demanda Red. Vous êtes sûr ?

— Absolument, le rassura le médecin. Vous avez tous les deux eu beaucoup de chance et serez très vite sur pied.

Red hocha la tête, jetant un coup d'œil à ses avant-bras bandés. Les couteaux n'y étaient plus mais, dès qu'il le pourrait, il demanderait au Dr Hargrove de les lui réimplanter. Avec un peu chance, il n'aurait plus jamais à les utiliser, mais il préférait être prévoyant.

— Je suis désolé pour ton mariage, bro, lança-t-il à Renly, qui se tenait, avec les autres, dans l'embrasure de la porte.

— Arrête… Tu plaisantes ? Même si je dois avouer que je déteste quand des trafiquants d'êtres humains sanguinaires gâchent mes soirées. Ça ne fait jamais très chic, plaisanta Renly.

— Comment est-ce que vous nous avez trouvés ? demanda Jo.

Red avait déjà entendu l'histoire, mais elle s'était évanouie dans la voiture et l'avait manquée, alors il laissa Renly la lui raconter à nouveau.

— Quincy a vu la voiture de Red sur la route. Il a trouvé ça bizarre et nous a prévenus. Du coup, Mario a fait le rapprochement avec la photo qu'il vous avait envoyée ; il nous l'a montrée et Simon a reconnu la femme.

— Simon ? s'étonna Jo en regardant Red qui confirma d'un hochement de tête et reprit l'histoire.

— Apparemment, elle dirigeait la cellule de traite sur laquelle il enquêtait et il la connaissait bien. Il dit que lui et Devlin Saint nous doivent beaucoup.

— Donc, tout ça était lié à la traite d'êtres humains ?

— Non. C'était lié à moi. Elle m'a retrouvé et voulait venger son mari. Je pensais qu'ils étaient tous les deux morts, mais il s'avère qu'elle a réussi à en réchapper… C'est donc elle qui a fabriqué cette histoire d'assurance-vie et qui a planqué les diamants. Pour ça, elle a dû séduire Mel, mais je suis sûr qu'elle a tout mis en œuvre pour ça et qu'il n'a pas eu d'autre choix que de s'engager dans cette liaison. Il t'aimait, Jo. Il ne t'aurait jamais fait de mal.

— Je sais, dit-elle, tendant la main vers lui. Nous étions où ? Et comment est-ce que vous nous avez trouvés ?

— Dans une usine abandonnée, répondit Renly. Et nous vous avons localisés grâce à Mario. Simon avait quelques idées sur les endroits où vous pouviez être, et les compétences informatiques de Mario ont fait le reste. Il avait mis un tracker dans le téléphone de Mel et les clones, et Red l'avait dans sa poche.

— Un tracker ? Mais pourquoi ? s'étonna Jo.

Renly haussa les épaules.

— C'est aussi ce que j'ai demandé à Mario. Il m'a simplement répondu qu'il pensait que c'était une bonne idée.

— Force est de constater qu'il avait raison ! intervint Red.

— Bon, je vais devoir vous laisser. Mais Abby veut vous voir avant que nous partions en lune de miel, donc on se voit tout à l'heure ?

Red prit son frère dans les bras.

— Merci, bro !

— Arrête, c'est normal ! D'ailleurs, pourquoi est-ce que tu n'accepterais pas l'offre de Damien ? Ce serait plus pratique pour se surveiller mutuellement ! répondit Renly avec un clin d'œil.

— Je vais y réfléchir, répondit Red, gardant pour lui le fait qu'il y avait déjà pensé.

À temps partiel, cela pouvait l'intéresser. Mais pas plus. Il avait une distillerie à faire tourner, et des années à rattraper avec Jo.

— Je n'ai jamais douté que tu nous ferais sortir de là, lui dit Jo en souriant, lorsqu'ils furent seuls.

— Oui… Même si j'en étais un peu moins certain. J'avais déjà échoué une fois…

Mais le sourire qu'elle lui adressa lui fit oublier tout ce qui venait de se passer.

— Eh bien, moi, j'en étais sûre pour nous deux. Je t'aime, Red, ajouta-t-elle en serrant sa main, et il sut qu'il ne se lasserait jamais d'entendre ces mots. Je t'aime depuis toujours.

— Moi aussi, je t'aime, ma chérie.

— Même avec des chemins différents, le destin a fini par nous réunir…

— C'est vrai. Je m'en veux d'avoir perdu toutes ces années. J'aurais dû écouter le destin plus tôt. Mais tu es à moi maintenant. Et je ne te laisserai jamais partir.

ÉPILOGUE

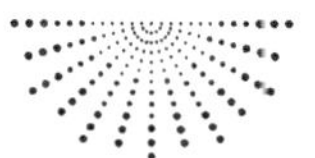

Un an plus tard

Les vagues du Pacifique viennent lécher mes pieds, tandis que je tiens dans mes mains l'urne contenant les cendres de mon premier mari.

Nous sommes à Cortez dans le cadre d'un week-end organisé par Stark Security pour tout le personnel et les conjoints, ainsi que d'autres personnes importantes. Le trajet en bateau n'a pas été facile avec mes nausées de début de grossesse, mais nous tenions à venir quand même.

— Désolé d'avoir mis si longtemps ! me lance Red en se dirigeant vers moi depuis le bungalow de Damien où il vient de terminer un appel avec un client au sujet d'une opération récente.

Il me rejoint dans l'eau et je le regarde en souriant.

— Aucun problème. Je repensais à tout le chemin que nous avons parcouru… Et au fait que, si c'était à refaire, je referais exactement la même chose.

Il m'attire contre lui, puis m'embrasse sur le front.

— Ça va ?

— Oui. Ce n'est pas Catalina, mais je pense qu'il aimerait cet endroit.

Lorsque nous étions à l'université, nous allions tous les trois sur l'île de Catalina au moins une fois par mois pour manger, boire et nous prélasser sur la plage.

— C'est vrai. Mais comme nous venons ici souvent, maintenant, nous serons plus proches de lui…

J'acquiesce, puis retire le couvercle de l'urne. Cela fait maintenant un an que nous l'avons conservée ; il est temps de le libérer et de le laisser s'envoler.

— Prêt ?

Red hoche la tête.

— Je t'aime, mon pote, dit-il. L'année prochaine, nous célébrons la sortie de la cuvée spéciale Mel. Mais bon, essaie de ne pas prendre la grosse tête ! Nous t'aimons. Et nous savons que, où que tu sois, tu veilles sur nous deux.

C'est mon tour, et je retiens mes larmes.

— Tu nous manques, Mel. Ami. Mari. J'espère que tu sais à quel point je t'ai toujours aimé. Toi et Red étiez les meilleurs amis que j'aie jamais eus. Malgré tout, notre histoire a été belle. J'espère que tu as été heureux avec moi…

Comme elle est lourde, je donne l'urne à Red, de peur de la faire tomber. Le vent souffle dans notre dos et, alors qu'il l'incline, je regarde les cendres de Mel s'envoler et rejoindre la mer.

— Au revoir, murmuré-je une fois l'urne complètement vide.

— À la tienne, mon pote ! dit Red.

Je souris et, avec un soupir, je pose ma main sur mon ventre où est en train de grandir le petit Mel ou la petite Mélanie, puis je prends la main de mon mari pour retourner vers les bungalows.

Renly est là, avec Abby. À quelques mètres derrière eux,

Simon est en pleine discussion enflammée avec Damien à propos de je ne sais quoi.

Abby me prend dans ses bras et Renly passe un bras autour de Red.

— Ça s'est bien passé ? lui demande-t-il.

— Oui, oui, très bien, répond Red en m'adressant un regard plein de tendresse. C'est quoi l'histoire avec Simon ?

Bien qu'il travaille toujours occasionnellement pour Devlin Saint, Simon a officiellement signé avec Stark Security.

— J'imagine qu'il est en train de discuter d'une de ses opérations ? suggéré-je en souriant.

— Disons qu'il essaie d'éviter une opération, me corrige Renly.

— C'est-à-dire ?

Renly et Abby échangent des regards amusés.

— Vous connaissez le mépris de Simon pour l'élite hollywoodienne ?

— Qui ne le connaît pas ? lancé-je en riant.

Je ne connais pas très bien Simon, mais son aversion pour les *people* d'Hollywood est devenue célèbre.

— Et alors ? relance Red.

— Francesca Muratti, dit Abby. Apparemment, elle vient de faire appel à l'agence. Et elle veut que ce soit Simon qui s'occupe d'elle…

Envie de connaître l'histoire de Red et Jo ? N'oubliez pas de pré-commander **A couvert de nos cœurs** !

MON ANGE DÉCHU - CHAPITRE 1

(UN EXTRAIT)

Le vent me cingle le visage et le soleil de l'après-midi m'éblouit alors que je descends le long tronçon de Sunset Canyon Road, à plus de cent soixante à l'heure.

Mon cœur bat la chamade et mes paumes sont moites, mais ce n'est pas à cause de la vitesse. Au contraire, c'est exactement ce dont j'ai besoin. L'adrénaline. Le frisson. Je suis une vraie droguée, et ces sensations m'affectent comme une surconsommation de sucre chez un enfant en bas âge.

Honnêtement, je dois mobiliser toute ma volonté pour ne pas mettre ma Shelby Cobra 1965 à l'épreuve et faire monter son puissant moteur dans les tours.

Cela dit, je ne peux pas. Pas aujourd'hui. Pas ici.

Parce que je suis de retour, et mon retour à la maison a réveillé des papillons dans mon ventre. Chaque virage de cette route me rappelle des souvenirs. Des larmes m'obstruent la gorge et j'ai les entrailles nouées.

Bon sang.

J'écrase la pédale d'embrayage, appuie sur le frein et passe au point mort tout en décrivant une embardée sur la gauche. Les pneus protestent dans un crissement tandis que je fais demi-tour, m'engageant sur la voie inverse. L'arrière de la voiture décroche dans un dérapage, avant de s'arrêter pile en droite ligne. J'ai le souffle court, et honnêtement, je crois que ma Shelby aussi. C'est plus qu'une voiture pour moi, c'est la meilleure amie de toute une vie, et en temps normal, je ne la pousse pas autant.

Maintenant, cependant…

Eh bien, maintenant, elle est dangereusement proche du bord de la falaise, toute son aile du côté passager parallèle avec le vide. De là, j'ai une vue imprenable sur la côte, dans le lointain. Sans parler d'un magnifique aperçu du petit centre-ville en contrebas.

Je tire sur le frein à main, le cœur dans la gorge. Ce n'est qu'une fois certaine que nous n'irons pas dévaler à flanc de falaise que je coupe le moteur de la Shelby, essuie mes paumes moites sur mon jean et autorise mon corps à se détendre.

Bien le bonjour, Laguna Cortez.

Avec un soupir, je retire ma casquette de baseball, laissant mes boucles foncées rebondir librement autour de mon visage, jusque sur mes épaules.

— Ressaisis-toi, Ellie, murmuré-je avant de prendre une profonde inspiration.

Pas tant pour le courage – je n'ai pas peur de cette ville –, mais pour la maîtrise de mes nerfs. Parce que Laguna Cortez m'a déjà mise à terre, autrefois, et il va me falloir toutes mes forces pour arpenter à nouveau ses rues.

Encore une respiration, puis je sors de la voiture. Je rejoins le bas-côté de la route. Il n'y a pas de parapet, et de la terre ainsi que quelques pierres dévalent le talus lorsque je m'arrête tout au bord, presque en équilibre.

En dessous, des rochers dentelés dépassent des parois du canyon. Plus bas, les arêtes saillantes s'adoucissent pour former une pente douce avec des maisons diverses nichées parmi les rochers et les broussailles. Les toits de tuiles suivent la route sinueuse qui mène au quartier des arts. Lovés dans la vallée, encadrée sur trois côtés par des collines et des gorges, les lieux s'ouvrent sur la plus grande plage de la ville qui attire un flux constant de touristes et de locaux.

Pour tout le monde, Laguna Cortez est l'un des joyaux de la côte Pacifique. Une ville à l'atmosphère décontractée, avec un peu moins de soixante mille habitants et des kilomètres de plages de sable et de galets.

La plupart des gens donneraient leur bras droit pour vivre ici.

En ce qui me concerne, c'est l'enfer.

C'est ici que j'ai perdu mon cœur et ma virginité. Sans parler de tous mes proches. Mes parents. Mon oncle.

Et Alex.

Le garçon que j'aimais. L'homme qui m'a brisée.

Il ne reste plus personne ici, pour moi. Ma famille, tous sont morts. Et Alex est parti depuis longtemps.

Moi aussi, je me suis enfuie, impatiente d'échapper au poids du deuil et à l'aiguillon de la trahison. Je me suis juré de ne jamais remettre les pieds ici.

Et je croyais résolument que rien ne me ferait revenir.

Or à présent, dix ans plus tard, me revoilà, ramenée en enfer par les fantômes de mon passé.

MON ANGE DÉCHU - CHAPITRE 2

(UN EXTRAIT)

J'ai rencontré Alex Leto le jour de mon seizième anniversaire, et la première fois que je l'ai vu, quelque chose s'est déclenché en moi. Ça ressemblait au bonheur, mais infiniment plus complexe. L'optimisme, peut-être, mêlé à des arcs-en-ciel et des licornes.

Le début de journée était gris et maussade, avec des orages violents à l'aube. Les nuages se sont amoncelés au-dessus de ma maison, déployant leurs bras gris souris pour nous infliger vent et pluie, du lever jusqu'au coucher du soleil. Sur mes dix invités, six ont appelé pour annuler, et même avant le début de la fête, je savais qu'elle était gâchée.

J'aurais dû le voir venir. Peut-être pas un coup de vent, mais quelque chose, du moins. Après tout, je n'étais pas la fille la plus chanceuse du monde. Pour commencer, j'étais orpheline.

J'ai eu quatre ans le lendemain de la mort de ma mère, et même si vers l'âge de dix ans je disais souvent à mon père que je me souvenais d'elle, c'était un mensonge.

Après sa mort, son frère, mon oncle Peter, est venu installer à Laguna Cortez son agence de promoteur immobi-

"

lier. Mon père n'avait pas les moyens d'embaucher de l'aide et, en tant que chef de la police, il avait des horaires irréguliers. Papa et moi habitions dans les hauteurs, mais je rejoignais l'immense maison de plage baignée de lumière de mon oncle Peter presque tous les jours après l'école.

C'était formidable, chez lui, pourtant j'avais horreur de passer du temps loin de mon père. Peut-être qu'au fond, je pressentais ce qui allait arriver. Je n'en sais rien. Tout ce que je sais, c'est que je voulais qu'il soit à mes côtés, en sécurité.

Bien sûr, ce que je voulais n'avait pas d'importance. Comme toujours. Les envies sont éphémères et le destin est un monstre. L'été de mes treize ans, j'ai bien appris cette leçon.

Parce qu'un homme armé a assassiné mon père avant de se suicider. Tout le monde a essayé de me réconforter en me disant que mon père était mort en service, en exerçant le travail qu'il aimait. Mais ça ne me faisait ni chaud ni froid. Il n'en restait pas moins mort, aussi atroce et douloureux que ce soit.

Après cela, ma vie est allée de mal en pis. J'ai emménagé chez l'oncle Peter et tous mes amis se sont dit que j'avais beaucoup de chance, parce qu'il y a peu de maisons en bord de mer à Laguna Cortez.

En réalité, ce n'était pas le cas. Comment pourrais-je avoir de la chance avec ce qu'il s'était passé ?

J'ai fini par m'habituer à mon nouveau quotidien. Je passais même des journées entières avec un sentiment de bien-être. Le soir, en revanche, la culpabilité revenait de plus belle. Je n'avais pas le droit d'éprouver de la joie alors que mes parents étaient tous les deux morts, irrémédiablement.

Voilà pourquoi je n'ai pas été surprise quand l'orage a éclaté le jour de mon anniversaire, parce que la vie revient toujours vous mordre au mollet.

Malgré tout, même en nombre réduit, nous avons passé

un bon moment. Au lieu d'aller à la plage, nous nous sommes installés dans la salle cinéma pour regarder des films. Et quand Brandy et moi sommes descendues demander à l'oncle Peter si ma pizzeria préférée livrait malgré la tempête, *il* était là.

Âgé de quelques années de plus que moi, Alex avait un physique sec et élancé, avec des cheveux blonds coupés court et un visage rasé de près aux rondeurs encore enfantines, en dépit d'une expression si adulte. Ses yeux couleur de sable m'ont clouée sur place quand il s'est retourné pour me regarder. Et lorsque sa belle bouche m'a adressé un sourire amical, une infime pulsation est née entre mes cuisses.

J'avais déjà connu quelques coups de cœur, à ce moment-là, mais je n'avais jamais réagi aussi viscéralement. Pourtant Alex… eh bien, ce simple regard m'éclairait soudain sur l'engouement de mes copines pour les histoires de garçons, lors des nombreuses soirées pyjama que donnait Brandy.

Quand il est venu me serrer la main en me souhaitant un joyeux anniversaire, je me suis presque évanouie. J'étais tellement sous le choc que je suis restée plantée là, ma main dans la sienne, rejouant en boucle la conversation des dernières secondes.

Alex Leto. Voilà comment il s'était présenté. Et il travaillait pour mon oncle Peter pendant son année sabbatique, avant de faire son choix d'université.

— Salut, ai-je dit d'une voix éraillée.

Aussitôt, je m'en suis voulu d'être aussi inintéressante.

— Des problèmes avec le film ? a demandé l'oncle Peter.

Je l'ai regardé bêtement, sans comprendre.

— Le projecteur, a-t-il précisé. Tu es descendue me demander de réparer quelque chose ?

— Oh, c'est vrai. De la pizza. On aimerait commander de la pizza. Est-ce qu'ils livrent par ce temps ?

— Sinon, je peux aller en chercher pour vous, s'est proposé Alex.

Si je n'étais pas déjà follement amoureuse, voilà qui aurait réglé la question. Un vrai prince charmant, en chair et en os dans ma cuisine.

Comme l'oncle Peter avait accepté, il n'y avait plus aucune raison de traîner avec eux. Brandy et moi sommes retournées à contrecœur dans la salle ciné.

— *Oh, mon Dieu*, a-t-elle soufflé alors que nous montions les escaliers. Tu as vu comment il te regardait ?

— Il était juste poli.

Mais ses paroles ont ravivé mon émotion, déclenchant un envol de papillons dans mon ventre.

— Tu crois ? a-t-elle répondu avec un clin d'œil.

Je lui ai attrapé le poignet avant qu'elle ne puisse faire irruption dans la salle où étaient restés les autres.

— Ne dis rien.

— Quoi ? Pourquoi ?

— Je… je… s'il te plaît. On pourrait leur parler simplement de la pizza et en rester là ?

— D'accord, a-t-elle dit en haussant les épaules. Oui, bien sûr. Si c'est ce que tu veux.

— Merci.

Elle a eu un petit sourire de conspiratrice.

— Mais il est vraiment super mignon.

— Carrément.

Sur ce, nous avons gloussé toutes les deux avant de céder à une crise de fou rire quand notre copine Carrie a poussé la porte, la mine renfrognée.

— Euh, allô ? On a mis le film en pause pour vous deux. C'est pas très sympa de nous faire poireauter.

Une main sur la bouche pour nous retenir de rire, nous avons retrouvé nos sièges et avons remis le film en attendant la pizza. Et même si c'est Alex en personne qui nous l'a apportée, même s'il est resté avec nous pour regarder la deuxième moitié d'*Alien*, assis juste à côté de moi, Brandy n'a pas cafté. Ni sur le moment, ni jamais par la suite.

Ce qui explique en grande partie pourquoi c'est encore ma meilleure amie aujourd'hui.

Après quoi, Alex était souvent dans les parages. Peter avait un bureau à la maison, mais l'essentiel de son travail se déroulait sur les chantiers de construction ou dans les bureaux des appartements et des hôtels qu'il possédait. Il avait engagé Alex pour effectuer des tâches administratives, ce qui l'amenait presque tous les jours chez nous.

J'ai refusé de nombreuses invitations de mes amis à sortir à la plage ou au cinéma, pour rester sur place et servir de l'eau, des en-cas et du café à Alex. Chaque fois, je m'attardais un peu, lui demandant ce qu'il faisait. Il ne me rejetait jamais. Il m'invitait même à rester. Puis un jour, il m'a demandé si je voulais l'aider.

— Ce n'est pas aussi intéressant que passer l'été avec tes amis, a-t-il dit, mais j'adorerais avoir un peu de compagnie.

Il a souri alors, et cet infime mouvement, simple tressaillement des muscles autour de ses lèvres, a suffi à me faire fondre.

— Pourquoi pas ? J'aime mieux être ici.

— Vraiment ?

J'ai hoché la tête. Mon cœur battait avec une telle fougue qu'il l'entendait forcément.

— Ça me va très bien, parce que j'aime que tu sois ici, a-t-il ajouté.

J'ai rencontré son regard, et quelque chose au fond de moi a rugi. Pour la première fois de ma vie, j'ai ressenti l'élancement d'un véritable désir sexuel.

— Bon…

J'ai dégluti, la bouche sèche comme en plein désert.

Ainsi, je me suis mise à l'aider quand je le pouvais, brassant de l'air le reste du temps. Et nous avons discuté. De tout et n'importe quoi. Je n'avais jamais été aussi à l'aise avec quelqu'un de toute ma vie, et ce, malgré les bourdonnements et les crépitements dans l'air chaque fois que nous étions près l'un de l'autre.

— Vous avez fait quelque chose ? m'a demandé Brandy à la rentrée scolaire, trois mois plus tard.

— Non ! Il travaille pour mon oncle, tu te souviens ? En plus, il a dix-huit ans. Moi, seize ans. Et il le sait.

Elle a balayé ma réponse d'un geste de la main.

— Et alors ? Tu es plus mature que ton âge. Depuis… enfin, ma mère dit que tu t'es élevée toute seule.

Honnêtement, Madame Bradshaw n'avait pas tort. Mon oncle m'avait peut-être logée, nourrie et blanchie ces dernières années, mais c'était à peu près tout. L'éducation, j'en recevais des bribes chez Brandy. Et le reste ? Eh bien, je crois qu'on peut dire que je me suis élevée toute seule.

— Dix-huit ans, ai-je répété résolument. Dix-neuf la semaine prochaine.

— C'est parfait.

Ses yeux bleus pétillaient.

— Enveloppe-toi dans un ruban et tu seras son cadeau.

Je ne me suis pas donnée à lui, bien sûr, mais le jour de ses dix-neuf ans, je lui ai offert un bracelet d'amitié en cuir avec une croix celtique.

— On appelle ça un nœud d'amour, a-t-il dit.

Aussitôt, j'ai senti mes joues virer au rouge.

— Je… je ne savais pas.

— Ah bon ? Alors, ça le rend encore plus spécial.

— Oh.

Il m'a tendu le bras.

— Tu me l'attaches ?

Je l'ai fait, caressant légèrement son poignet de mon pouce tout en manipulant le fermoir.

— C'est n'importe quoi, a-t-il dit, d'une voix si basse que je l'ai à peine entendue.

— Quoi ?

— Nous deux.

Ses paroles m'ont fait l'effet d'une douche glacée.

— Excuse-moi. Je dois…

Je me suis retournée pour partir, mais il m'a attrapé le bras et m'a tirée en arrière. Nous étions seuls dans le bureau de mon oncle Peter et il me retenait.

— Tu as seize ans, a-t-il dit dans un grognement. Pourquoi as-tu seulement seize ans, merde ?

J'ai secoué la tête en clignant des paupières, réprimant un afflux de larmes.

— On ne peut pas, a-t-il ajouté.

Je n'ai pas eu à lui demander ce qu'il voulait dire.

— Je sais.

J'avais murmuré, les yeux au sol, mais je me disais que ce n'était pas juste. Il méritait des mots. Il méritait de voir mon cœur. Alors, j'ai levé les yeux et rencontré son regard.

— Mais j'en ai envie.

Il a répondu avec un petit hochement de tête :

— Je sais. Moi aussi.

MON ANGE DÉCHU - CHAPITRE 3

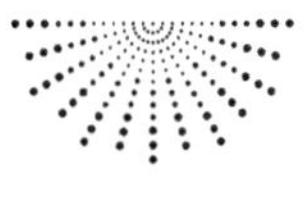

(UN EXTRAIT)

Pendant des mois, la présence d'Alex était à la fois une torture et un bonheur. J'avais l'impression de vivre dans une cocotte-minute, et nous savions certainement tous les deux que le jour viendrait où nous ne pourrions plus résister.

Peu après Noël, le père de Brandy a obtenu une promotion, et toute la famille a déménagé à San Diego du jour au lendemain. Nous étions dévastées. La veille de son départ, je l'ai aidée à préparer sa chambre et je suis restée jusqu'à ce que sa mère m'annonce que je devais m'en aller, que les déménageurs arrivaient à cinq heures le lendemain matin. J'étais partie à contrecœur, retenant mes larmes pour ne pas rendre Brandy plus triste encore.

Je suis rentrée chez moi et j'ai trouvé Alex, qui m'attendait en faisant semblant de ranger les papiers de l'oncle Peter. Je me suis précipitée dans ma chambre, incapable de lui parler sous peine d'éclater en sanglots.

J'étais sur le point de m'assoupir quand j'ai entendu de légers coups sur ma porte. Je me suis redressée en pensant que c'était Peter qui venait me souhaiter une bonne nuit. Au lieu de ça, c'était Alex.

Il a refermé la porte derrière lui, puis il est resté de l'autre côté de la pièce.

— Je voulais m'assurer que tu allais bien.

— Je suis triste, ai-je admis, ces quelques mots ouvrant les vannes de mes yeux. Je crois que je n'ai pas été aussi triste depuis la mort de papa.

— Oh, Ellie…

Je me suis vaguement aperçue qu'il avait traversé la chambre. Qu'il s'était assis au bord du lit et que je m'étais penchée contre lui, sanglotant contre son épaule.

J'ignore quand il s'est glissé dans le lit à côté de moi, mais il l'a fait. Nous étions tous les deux entièrement habillés, lui en jean et moi en pyjama, et il m'a serrée fort contre lui. Je me suis blottie dans sa chaleur. Il m'a caressé les cheveux et je me suis endormie en pleurant. Non seulement parce que Brandy était partie, mais parce que je savais qu'un jour, bientôt, Alex s'en irait à l'université, et que je le perdrais à son tour.

Il ne s'est rien passé cette nuit-là. Rien de sexuel, du moins. Mais du point de vue des émotions ? Eh bien, si je retenais encore une partie de mon cœur, elle lui était acquise le matin venu. Il s'est éclipsé avant l'arrivée de mon oncle Peter et nous avons échangé un sourire secret dans la cuisine, alors que je me faisais griller une tartine pour grignoter sur le chemin de l'école. Une journée normale. Sauf que plus rien ne serait jamais normal.

Après ça, il y a eu des sourires et des regards partagés tous les jours. Je flottais sur un nuage en sachant que ce garçon merveilleux était devenu mon roc, une personne solide et réelle, dans un monde où tous ceux que j'aimais m'étaient arrachés les uns après les autres.

Je n'ai pas fait de fête le jour de mon dix-septième anniversaire. Comme Brandy n'était plus là et qu'Alex était en déplacement pour le boulot, je manquais cruellement de motivation. Mon oncle m'a emmenée dîner, et quand il est sorti plus tard dans la soirée, j'ai fait une promenade au crépuscule sur la plage jusqu'aux flaques laissées par la marée.

Je me suis assise sur les rochers, prêtant attention à ne pas glisser dans la flaque et déranger le minuscule écosystème. La lune était pleine, il y avait donc assez de lumière pour voir les poissons argentés, les anémones marron et le reste de la vie marine qui évoluait dans ce petit monde fragile.

J'étais penchée en avant, à regarder un bernard-l'ermite flotter dans l'eau stagnante, quand j'ai entendu des bruits de pas discrets derrière moi. Un élan de peur m'a traversée et je me suis levée d'un bond, sans même y penser, perdant pied dans le mouvement. J'ai commencé à dégringoler, certaine d'écraser toutes les bestioles de la flaque et de m'écorcher la peau sur les rochers.

Mais je ne suis pas tombée. J'ai décollé du sol, tirée en arrière par-dessus le rocher, pour atterrir dans les bras d'Alex.

— Je te tiens, m'a-t-il dit alors que mon sang cognait dans mes oreilles – non pas à cause de la chute évitée de justesse, mais à cause de sa proximité, de la sensation de son corps pressé contre le mien alors qu'il me serrait dans ses bras.

Nos yeux se sont rencontrés, et même si je ne me suis jamais considérée comme particulièrement audacieuse, je me suis dégagée de ses bras pour pouvoir passer les miens autour de son cou. Puis je me suis hissée sur la pointe des pieds et j'ai posé ma bouche sur la sienne.

Je n'avais aucune appréhension, aucune crainte qu'il me repousse. J'ai su instinctivement, avant que nos lèvres ne se rencontrent, que c'était ainsi que cela devait se passer – ce moment parfait et intense, qui déclenchait un brasier en moi alors qu'il posait ses mains sur ma nuque, me rapprochant jusqu'à ce que je puisse presque me couler en lui.

— Ellie, a-t-il murmuré quand nous nous sommes enfin écartés.

Mon prénom dans sa bouche m'a fait un effet d'huile sur le feu. J'avais envie de lui. De tout son être. Une fois de plus, je me suis dressée sur mes orteils pour me perdre dans son goût.

Il n'a hésité qu'un court moment, et pendant ces quelques secondes, j'ai eu peur qu'il ne me repousse. Mais un faible bruit est monté de sa gorge. L'instant d'après, il prenait possession de ma bouche, sa langue gourmande et taquine dansant avec la mienne tandis que ses mains s'aventuraient sur mes fesses.

Il m'a plaquée contre lui et j'ai gémi en sentant son sexe en érection sur mon ventre. Je n'avais jamais été aussi proche d'un homme. La preuve criante du désir qui brûlait en lui a provoqué d'étranges sensations entre mes cuisses et m'a fait mal au cœur.

Puis, brusquement, il m'a lâché les fesses. Il a glissé une main dans mon short, par derrière, et j'ai écarté les jambes, m'offrant à lui tout entière.

— S'il te plaît, ai-je supplié, le souffle court.

Je n'étais même pas sûre de ce que je demandais. Son doigt ? Son sexe ? Avais-je envie qu'il m'étende sur le sable et qu'il me fasse l'amour ? Qu'il me ramène à la maison ?

Tout ce que je savais, c'était que la réponse était *oui*. Tout ce que je désirais, à ce moment-là, c'était être à lui, comme il le voulait, où il le voulait.

Quand il m'a regardée, quand j'ai vu la chaleur à l'état brut dans ses yeux, j'ai su que c'était aussi ce dont il avait envie.

C'était réellement en train de se passer. Oh, mon Dieu, nous allions le faire.

Mais son expression a changé imperceptiblement et il a retiré sa main de mon short. Je me suis entendue gémir alors qu'il reculait d'un pas, se détachant de moi.

— Alex ?

J'ai perçu la peur dans ma propre voix. Peur qu'il ne veuille pas de moi, peur d'avoir fait quelque chose de mal.

— On ne peut pas, a-t-il dit en me prenant la main, la gardant contre sa poitrine. Je n'ai jamais désiré quelqu'un autant que toi, Ellie. Mais on ne peut pas faire ça.

J'ai essayé de déglutir, mais le nœud de larmes est resté dans ma gorge. Et quand j'ai demandé pourquoi, ma voix était rocailleuse.

Il a posé les mains sur mes joues.

— Tu viens d'avoir dix-sept ans, El. Et moi, j'en ai presque vingt. En plus, je travaille pour ton oncle.

Son expression était dure.

— Ton oncle ne laisserait pas passer ça. On a déjà joué avec le feu. Si on persiste, on s'y brûlera les ailes tous les deux.

J'avais envie de rétorquer que je m'en fichais. Je voulais me brûler. Je voulais m'abîmer dans les flammes avec lui jusqu'à ce que nous soyons réduits en cendres.

Mais je n'ai rien dit, parce que je savais qu'il avait raison.

Lentement, il a secoué la tête, profondément attristé.

— Je ne voulais pas…

— Quoi ?

— Je n'ai jamais demandé à venir ici.

— À Laguna Cortez ?

Ma voix montait dans les aigus sous l'effet de la surprise.

— Je pensais que tout le monde voulait venir ici, ai-je ajouté.

— Mon père m'a forcé. Mais maintenant…

Il s'est interrompu, passant les doigts dans ses cheveux courts.

— Mon Dieu, Ellie, maintenant c'est exactement là où je veux être.

— S'il te plaît, ai-je répété, laissant échapper le mot avant de perdre mon sang-froid. J'en ai envie.

Il a ébauché un sourire.

— Moi aussi. Évidemment. Mais on ne peut pas.

— Bien sûr que si. Peter a tout juste remarqué qu'on était amis, et encore moins qu'il y avait autre chose.

— Bon, d'accord. On pourrait peut-être.

Pendant un moment, mon cœur s'est arrêté, puis il a continué :

— Mais, El. Je ne le ferai pas.

Le sujet était clos.

Tous les soirs, en me couchant, je glissais ma main entre mes jambes et je l'imaginais faire tout ce que je lisais dans les romans d'amour. Chaque nuit, je priais en silence pour qu'il se faufile dans ma chambre et dans mon lit.

Mais il ne l'a jamais fait. Il a tenu parole, même si chaque fois que nous étions seuls, l'air était tellement chargé de tension que j'étais sûre que l'un de nous allait craquer.

Toutefois, nous ne l'avons pas fait.

Pas à ce moment-là, du moins. Pas encore.

Pendant les deux mois qui ont suivi, notre amitié s'est renforcée. Surtout avec le départ de Brandy, il est devenu mon ami le plus proche. Nous avons discuté pendant des heures, cet été-là, quand il avait fini de travailler. Nous nous retrouvions principalement près des flaques à marée basse. Parfois, il restait tard à la maison, car mon oncle Peter n'était presque jamais là.

Nous parlions, cuisinions ensemble ou regardions des films. D'horreur, surtout, c'était une excuse pour nous asseoir tout près l'un de l'autre et nous tenir la main dès la première scène effrayante.

Et toujours, *toujours*, il y avait une avidité entre nous, une envie coupable qui me contraignait à serrer les cuisses pour soulager la pression. Je m'imaginais ramper sur ses genoux et faire exactement ce que faisaient les filles dans ces films.

Je n'avais même pas peur, si je le faisais, que le monstre m'attrape, moi aussi, comme à l'écran.

J'aurais peut-être dû m'en inquiéter. Peut-être qu'en fin de compte, j'ai vraiment attiré les monstres dans ma vie.

Je ne sais pas. En tout cas, je me souviens très bien de ce jour de septembre où le chef Randall est venu au lycée et m'a annoncé la mort de l'oncle Peter. Tué d'une seule balle dans la nuque, tirée par un monstre.

En proie au chagrin et à la peur, j'ai couru jusque chez moi, m'attendant à trouver Alex dans le bureau. Mais il n'était pas là. Plus tard, j'ai appris qu'il était parti vérifier les livres de comptes dans l'une des propriétés de l'oncle Peter, où un inspecteur était allé lui annoncer la nouvelle tragique. Ils avaient interrogé Alex pendant plus d'une heure, fouillant dans les affaires de l'oncle Peter à la recherche d'indices pour savoir qui aurait pu lui garder rancune.

Je ne savais rien de tout cela à l'époque. Tout ce que je savais, c'était que je mourais de l'intérieur. Que j'avais besoin d'entendre sa voix pour m'assurer qu'il allait bien. Parce que tous ceux que j'aimais – absolument *tous* – m'avaient été enlevés. Ça ne finirait donc jamais.

Pendant tout l'après-midi et toute la soirée, je suis restée assise avec mon téléphone à côté de moi, recroquevillée sous une couverture dans le salon en compagnie d'Amy Randall, la femme du chef de la police, qui m'apportait du thé chaud et des biscuits. J'étais reconnaissante qu'elle prenne soin de moi, pourtant malgré sa présence, je me sentais atrocement seule.

Alex n'a jamais appelé. À dix heures du soir, elle m'a embrassée sur la joue et s'est installée dans la chambre d'amis. Je suis montée dans ma propre chambre… et il était là, assis sur le bord de mon lit.

Sans trop savoir comment, j'ai réussi à fermer et à verrouiller la porte derrière moi avant de tomber en sanglots dans ses bras.

— Ça va aller, a murmuré Alex. Ça me fait de la peine que tu souffres, mais tu es forte, El. N'oublie jamais à quel point tu es forte.

Il y avait des trémolos nouveaux dans sa voix. Il parlait directement à mon âme quand il a dit :

— Je connais ton cœur, tu survivras. Je vais te dire autre chose, aussi. Je t'aime, Elsa Holmes.

Sa voix était vibrante d'émotion.

— C'est pour ça que je t'appelle El, a-t-il ajouté, son pouce et son index formant la lettre L. Parce que c'est la première lettre du mot *Love*.

Une joie pure est venue chasser la détresse et le chagrin alors qu'il posait une main sur ma joue, ses yeux rivés aux miens.

— Promets-moi que tu n'oublieras jamais ça.

— Alex…

Je pouvais à peine prononcer son prénom entre mes larmes.

— Promets-le-moi.

Son ordre était ferme. Exigeant.

— C'est promis.

Il a fermé les yeux et pris une profonde inspiration. Quand il les a rouverts, l'intensité farouche que j'y ai perçue m'a coupé le souffle. C'était une flamme ardente.

— Ce soir, Ellie. Je veux t'avoir ce soir, tant pis pour les circonstances.

— Oui.

J'avais envie de pleurer de soulagement.

— Oui, ai-je répété.

Ce simple mot s'est effacé sous l'effleurement de ses lèvres, dans un contact innocent et tendre qui s'est rapidement déployé en véritable passion, en échange brutal.

C'était merveilleux.

Il m'a retournée sur le dos et m'a chevauchée, sa bouche ferme contre la mienne alors que je me cramponnais à ses hanches et l'attirais à moi sur le lit, avide d'une connexion plus profonde. J'avais besoin de sentir sa peau contre la mienne. Je voulais tout ce sur quoi j'avais fantasmé, et je le voulais tout de suite. En même temps, j'avais envie de prendre mon temps, que cela dure éternellement. Je ne voulais personne d'autre qu'Alex, et rien d'autre que d'être dans ses bras.

— Ellie, a-t-il chuchoté avant de descendre le long de mon cou, et plus bas encore, faisant pleuvoir ses baisers sur mon corps.

Je ne portais pas de soutien-gorge et sa bouche s'est refermée sur mon sein à travers mon t-shirt. Je me suis cambrée, tellement surprise par l'intensité de la sensation que j'ai dû me mordre la base du pouce pour ne pas crier. Amy était de l'autre côté de la maison, un étage en dessous, mais l'ampleur de ce que je ressentais était telle que si je lâchais prise, j'étais certaine que mes cris de plaisir ébranleraient les murs.

Il s'est aventuré encore plus bas, sa langue taquinant la fine bande de peau nue entre mon haut et mon bas de pyjama. Je me trémoussais sous ses attentions. J'ai senti le frôlement de ses doigts quand il a dénoué le cordon, puis je l'ai vu lever la tête et rencontrer mes yeux alors qu'il baissait délicatement mon pantalon, ainsi que ma culotte. Un frisson m'a parcourue – pas de peur, mais d'impatience, les nerfs à vif.

— Ça va ?

J'ai acquiescé, puis fermé les yeux tandis qu'il embrassait

mon nombril avant de continuer sa progression. De part et d'autre de mon corps, ses mains me caressaient les côtes, ses pouces effleurant à peine le galbe de mes seins. Le seul contact vraiment intime était celui de sa bouche. Une parcelle de peau si fine, capable de provoquer les plus délicieuses des sensations.

Il bougeait avec une lenteur insoutenable, sans doute pour s'assurer que je sois prête. Je planais déjà sous la chaleur, la fougue et le besoin qu'il déchaînait en moi. Malgré toutes les fois où je m'étais donné du plaisir seule, je n'avais jamais connu cette fébrilité grandissante, le pur plaisir érotique d'être attisée et entraînée sur un chemin sensuel vers une avalanche de plaisir.

C'en était presque trop. J'ai gémi et ondulé des hanches alors que ses lèvres se pressaient sur mon mont de Vénus. Il a glissé ses mains sur mes flancs et m'a agrippée par la taille, me tenant fermement en place. Une seule fois, il a retiré sa bouche de ma peau, et c'est à ce moment-là qu'il m'a parlé. Mes yeux étaient fermés et je me cambrais, le corps tendu par l'envie.

— Tu devrais te toucher, a-t-il dit. Tes seins. Tes tétons.

— Pourquoi ?

— Ça te plaira. Je le ferai aussi.

J'ai dégluti. La pensée qu'il allait me regarder faire quelque chose d'aussi intime me rendait terriblement nerveuse. Plutôt ironique, étant donné ce qu'il me faisait en cet instant. Malgré tout, j'ai fait ce qu'il me demandait, effleurant du bout du doigt mon mamelon dressé. Seigneur, les étincelles que ce simple geste a produites ! J'ai refermé les paupières, oubliant toute ma nervosité, laissant mes mains jouer avec mes propres seins pendant que sa bouche continuait son exploration. Sa langue me caressait de telle sorte que je me mordais la lèvre inférieure pour me retenir de gémir, de peur qu'il ne s'inquiète et s'interrompe.

Soudain… Oh, mon Dieu ! Soudain, mon corps tout entier s'est contracté et a explosé avec une intensité que je n'avais jamais atteinte. Toute seule, je n'allais jamais jusqu'au bout. Mais Alex était implacable. Il a continué de m'attiser, m'aspirant dans sa bouche jusqu'à ce que j'en oublie toute pudeur, me laissant aller aux secousses de plaisir, criant sans retenue. Enfin, il est remonté le long de mon corps et a posé sa main sur ma bouche, me rappelant que les murs étaient fins.

Il m'a étreinte tout en me caressant la poitrine, puis il m'a délestée de mon t-shirt. Je me suis retrouvée nue devant lui, encore entièrement habillé.

Je me suis mordu la lèvre et j'ai demandé :

— Tu veux… ?

J'ai retenu mon souffle, attendant sa réponse. J'étais brûlante et comblée, mais j'en voulais plus encore. Je le voulais, lui.

— Désespérément, a-t-il dit. Je veux tout de toi, El. Je veux une nuit inoubliable. Je veux m'enfouir dans ton corps et te sentir exploser autour de moi.

Il m'a embrassée tout doucement.

— Tu veux bien ?

J'ai hoché la tête, frappée de mutisme, et il a déposé un nouveau baiser sur mes lèvres avant de s'asseoir, fouillant dans sa poche de derrière. Il a sorti son portefeuille et un préservatif, et je me suis sentie bête, parce que j'étais tellement survoltée que cela ne m'était même pas venu à l'esprit.

— Tu as déjà fait ça, ai-je dit.

Ça paraissait vaguement accusateur, mais en réalité, ce n'était que pour cacher mon embarras.

— Non, a-t-il répondu en enlevant son jean et sa chemise.

J'ai levé les yeux au ciel.

— Je ne suis pas naïve, tu sais.

Son sourire était à la fois doux et taquin.

— J'ai déjà couché, mais jamais avec une femme que j'aime.

— Oh.

— Je t'aime, El, et ça détruit toute ma raison.

— Comment ça ? ai-je demandé en fronçant les sourcils.

— On ne devrait pas. Pas ce soir. Pas alors que… après que… Mais bon sang, j'ai trop envie de toi. Je ne supporte pas l'idée que je pourrais…

— Quoi ?

— Te perdre ?

Curieusement, il avait posé une question, et j'ai hoché la tête en signe de compréhension. Peter était la première personne qu'il avait perdue. Et moi, je comprenais le chagrin mieux que quiconque.

— Tu ne me perdras pas, Alex, ai-je promis. Comment est-ce possible si on s'aime ?

J'ai cru voir des larmes dans ses yeux, mais ensuite il m'a embrassée, et une fois de plus, j'étais perdue. Il m'emportait sur une vague de passion. Il s'est mis à bouger lentement contre moi, chaque frottement me rapprochant encore plus d'une extase implorante jusqu'à me faire perdre la tête et me répandre en supplications.

Il ne m'a pas demandé si j'en étais sûre – il savait que je l'étais –, mais il a rencontré mon regard, et quand il a souri, j'ai vu bien plus que mon nouvel amant, j'ai vu mon meilleur ami. Et j'ai su tout de suite que, quoi qu'il arrive, la nuit serait parfaite.

Il s'est enfoncé en moi avec précaution, prenant soin de ne pas me faire mal, jusqu'à ce que je gémisse, en proie à un plaisir intense. Et quand il s'est laissé aller à son tour, j'ai ouvert les yeux et j'ai contemplé son visage extatique, stupéfaite d'avoir le pouvoir de lui procurer un tel plaisir – et tout aussi stupéfaite, quelques minutes plus tard, quand il m'a de nouveau propulsée vers les mêmes sommets, jusqu'à ce que nous soyons tous les deux épuisés, alanguis comme deux loques.

Il a roulé sur le lit, m'attirant contre lui, et nous nous sommes enlacés. Nous avons discuté à mi-voix jusqu'à ce que le sommeil nous cueille. J'ai dérivé dans ses bras, consciente que j'allais survivre. Parce qu'avec Alex à mes côtés, je pourrais survivre à tout.

C'était ce que je croyais, du moins, mais je n'ai pas tardé à apprendre que tout cela, ce n'étaient que de belles conneries bien fumeuses.

Parce qu'en me réveillant le lendemain matin, j'ai constaté qu'Alex était parti, qu'il avait disparu sans rien laisser d'autre qu'un bout de papier merdique, où il me disait qu'il était désolé et que j'étais forte. Je l'avais aimé. Je lui avais fait confiance. Et il était parti.

Tous ceux qui avaient compté dans ma vie m'avaient été fauchés contre leur gré. Mais Alex ? Il était parti de lui-même.

Ce qui faisait de lui le pire démon de tous.

À PROPOS DE L'AUTEUR

J. Kenner (alias Julie Kenner) est une auteure de best-sellers internationaux figurant aux classements des journaux *New York Times*, *USA Today*, *Publishers Weekly* et *Wall Street Journal*. Elle a écrit plus d'une centaine de romans, de romans courts et de nouvelles dans toutes sortes de genres littéraires.

Selon *Publishers Weekly*, JK est une auteure qui a un « don pour le dialogue et la création de personnages excentriques », et le *RT Bookclub* estime qu'elle a su « répondre aux besoins du marché en créant des antihéros scandaleusement attirants et dominateurs, et des femmes qui fondent pour eux. » Six fois finaliste de la prestigieuse récompense RITA (*Romance Writers of America*), JK a remporté son premier trophée RITA en 2014 pour son roman *Claim Me* (tome 2 de sa trilogie *Stark*) et le second en 2017 pour son roman *Wicked Dirty*. Elle a vendu des millions de livres, publiés dans plus de vingt langues.

Au cours de sa précédente carrière, JK a exercé comme avocate en Californie du Sud et au Texas. Elle vit actuellement dans le centre du Texas, avec son mari, ses deux filles et deux chats plutôt lunatiques.

Visitez son site web www.juliekenner.com pour en savoir plus et pour entrer en contact avec JK sur les réseaux sociaux !

www.jkenner.com